AtV

Maria Frisé, 1926 in Breslau geboren, 1945 Heirat, Flucht und Neuanfang in Schleswig-Holstein. Seit 1957 in zweiter Ehe mit Adolf Frisé verheiratet. Erste journalistische Arbeiten. Von 1968 bis 1991 Redakteurin im Feuilleton der »Frankfurter Allgemeinen Zeitung«. Lebt als freie Autorin in Bad Homburg.

Buchveröffentlichungen u. a.: »Hühnertag und andere Geschichten« (1966), »Montagsmänner und andere Frauengeschichten« (1986), »Eine schlesische Kindheit« (1990), »Wie du und ganz anders – Mutter-Tochter-Geschichten« (1994), »Liebe, lebenslänglich – Erzählungen« (1998), 2004 erschienen im Aufbau-Verlag ihre Erinnerungen »Meine schlesische Familie und ich«.

Das vielseitige erzählerische Talent Maria Frisés hat sich immer wieder auf die unterschiedlichsten Beziehungsszenarien gerichtet. Mit genauer Beobachtungsgabe für menschliche Verhaltensweisen berichtet sie von verletzter Liebe und hoffnungsvollen Neuanfängen, von der Macht der Versuchung und den Schatten der Vergangenheit. Da ist Herr Krotz, von seiner Mutter liebevoll auf zweieinhalb Zentner angefüttert, der während einer Abmagerungskur beginnt, sich aus den Fängen seines Elternhauses zu befreien. Da ist auch das ewig konkurrierende Schwesternpaar, in deren Leben derselbe Mann auftaucht: als wunderbarer Urlaubsflirt der einen, später als Verlobter der anderen. Und da sind dunkle Punkte in der Vergangenheit, die nach einem Familienfest Großmutter und Enkelin eine schlaflose Nacht bereiten. Die Begegnungen, die Maria Frisé in ihren Erzählungen schildert, sind geprägt von der Einsamkeit in der Gemeinschaft, von der Distanz, die auch Teil der Nähe sein kann. Und doch finden ihre liebenswerten Protagonisten immer wieder zueinander, stets bleibt die Hoffnung auf Versöhnung.

Maria Frisé

Familientag

Erzählungen

Aufbau Taschenbuch Verlag

ISBN 3-7466-2133-X

1. Auflage 2005

Umschlaggestaltung MediaBureau Di Stefano, Berlin
unter Verwendung eines Fotos von getty images
Druck und Binden GGP Media GmbH, Pößneck
Printed in Germany

www.aufbau-taschenbuch.de

Inhalt

Schlaflose Nacht

1

Als das letzte Auto durch das Gartentor gefahren war, blieb sie zusammengesunken auf der obersten Treppenstufe der Terrasse stehen. Ich hätte sie gern umarmt, aber ich wußte, sie kämpfte mit den Tränen und wollte es mir nicht zeigen.

Ich war bei ihr geblieben, um das Chaos zu beseitigen, das immer am Ende solcher Feste übrigbleibt. Es hatte Mißtöne gegeben; sie hatten das scheinbar friedliche Geplauder und überhaupt das ganze Familientreffen empfindlich gestört. Was mag davon bis zu ihr gedrungen sein? Harmonie, ein Wort, das wir selten benutzen, ist für sie das Wichtigste. Für einen Zustand von Harmonie, wie sie ihn versteht, ist sie zu jedem Opfer bereit. Einer ihrer Söhne – war es mein Vater Edgar oder sein Bruder Herbert? – hat es mitleidig und wohl auch ein wenig verächtlich so ausgedrückt: Sie hat sich immer etwas vorgemacht.

Eine sehr harmonische Familie sind wir wohl nie gewesen. Wie die meisten anderen auch kehren wir Unangenehmes so lange wie möglich unter den Teppich, bis eine gründliche Auseinandersetzung nicht mehr zu vermeiden ist und manchmal mit explosionsähnlicher Heftigkeit aufbricht.

Paul, Irenes Mann, hat einmal mit seiner Bemerkung, wir hätten keine Streitkultur, schallendes Gelächter ausgelöst. Typisches Psychologengelaber, war Herberts Reaktion. Diesen Schwager hatte er noch nie gemocht. Und Irene, die jüngste Schwester meines Vaters, ist viel zu schüchtern, um ihren Mann zu verteidigen. Außerdem denkt sie wahrscheinlich, daß jeder mit sich selbst genug zu tun hat, um sich auch noch um die Probleme der anderen zu kümmern. Streitkultur – sollten wir etwa lernen, uns im Rahmen gepflegter Umgangsformen zu bekämpfen?

Wenn Vaters Geschwister mit ihren Lebensgefährten zusammen sind, werden Meinungsverschiedenheiten aggressiv und oft auch kleinlich und zänkisch ausgetragen. Offenbar fallen sie in die alten Muster und Machtkämpfe ihrer Kindheit zurück. Ich habe mich immer herausgehalten, als ginge es mich nichts an. Ich gehöre zur jüngeren Generation; ich bleibe ähnlich verschont wie Großmutter, der niemand Kummer machen möchte.

Sie wandte sich jetzt zu mir und wischte sich verlegen die Augen: Zu viele Abschiede, entschuldigte sie sich, und die Reihe wird immer länger.

Laß uns zum Teich gehen, schlug ich vor. Es ist ihr gewohnter Spaziergang, wenn ihre Kräfte zu einem weiteren Weg nicht reichen. Ich nahm ihren Arm und paßte mich ihren kurzen vorsichtigen Schritten an. Die Rasenfläche vor ihrem Haus neigt sich sanft bis zu dem von Schilf umsäumten Gewässer, in dem sich an diesem Abend zerrissene dunkle Wolken an einem fast türkisblauen Himmel spiegelten.

Früher waren wir hier in den Weihnachtsferien bis zum Einbruch der Dunkelheit gerodelt. Wer den Schlitten in einer scharfen Kurve kurz vor dem Ufer nicht zum Stehen brachte, landete auf dem meist zu dünnen Eis und brach ein. Mit heißem Kakao und Bratäpfeln hat unsere Großmutter uns jedesmal im Wohnzimmer empfangen. Wir durften uns die kalten Hände und Füße am flaschengrünen Kachelofen aufwärmen und die nassen Jacken über die Stuhllehnen hängen. Die kleinen Pfützen, die sich schnell unter den Stühlen auf dem Parkett bildeten, schienen sie nicht zu stören, auch nicht, daß wir – kaum waren unsere Lebensgeister wieder erwacht – durch das ganze Haus toben und auf Strümpfen Verstecken spielten.

Bei ihr durften wir alles, fast alles, jedenfalls seit sie allein war. Wir durften auch, ohne zu fragen, Freunde mitbringen. Ihr wurde nichts zu viel. Im Gegenteil, sie schien aufzuleben, wenn wir die gebohnerte Eichentreppe hinauf und herunter rannten und unsere Stimmen sich vor Eifer überschlugen. Abends gab es Milchreis mit Zimt und brauner Butter, bevor wir, ohne uns lange im Badezimmer aufzuhalten, todmüde in die Betten sanken. Sie sagte uns Gute Nacht, indem sie jedem ihre kühle trockene Hand auf die heiße Stirn legte. Sie erwartete von uns keine Küsse.

Ein Wildentenpärchen dümpelte zutraulich nahe am Ufer herum.

Ich habe das Brot in der Küche liegen lassen, sagte Großmutter – wir nennen sie meistens Nonna –, die Enten warten immer darauf.

Ich kann es holen, bot ich an.

Laß, nicht nötig; sie verhungern nicht, sagte sie. Ich habe auch vergessen, Georg zu versprechen, daß ich ihn ein Jahr in Paris unterstützen würde, auch länger. Wenn ihr alle zusammen seid, vergesse ich noch mehr als sonst, seufzte sie.

Georg wird sich freuen, wenn du es ihm schreibst, tröstete ich. Und außerdem kommt er ja bald wieder bei dir vorbei; er hat es versprochen.

Georg ist mein Lieblingsvetter und Nonnas Lieblingsenkel. Er malt. Seine Eltern bezeichnen es als brotlose Kunst. Gelegentlich mäht er Nonnas Rasen und macht sich auch sonst nützlich. Sein Geld verdient er mit Kurierfahrten. Offenbar reicht es, er muß niemandem auf der Tasche liegen und ist niemandem Rechenschaft schuldig, wenn er wieder mal die Studienfächer wechselt.

Georg ist ein Lebenskünstler, sagte Großmutter, als hätte sie meine Gedanken gelesen. Für mich ist es ein Glück, daß er manchmal in dieser Gegend zu tun hat.

Sie schwieg. Vielleicht dachte sie der Reihe nach an ihre vier Kinder und die Enkel, die heute gekommen waren, um ihren Geburtstag zu feiern, an die Gespräche, die angefangen und zu keinem Ende geführt hatten, weil niemand geduldig genug war, um den Faden weiter als unbedingt nötig zu spinnen. Keiner wollte offen mit ihr sprechen, zumindest nicht an diesem Tag. Eine seltsame Befangenheit lähmte uns alle.

Spontan reagierten nur die Kinder von Irene und Paul und die beiden gleichaltrigen von Verena und Herbert. Sie jedenfalls gackerten und kicherten fast ohne Unterbrechung und entlockten uns Erwachsenen wenigstens hin und wieder ein Lächeln. Herumalbern ist ein todsicheres Mittel gegen Feierlichkeit. Vielleicht hatten sie Großmutters Alkoholvorräte heimlich ausprobiert. Jedenfalls machten sie uns deutlich, daß ihre Welt meilenweit von unserer entfernt war. Sie wollten einfach nichts mit uns zu tun haben.

Du hast es gut überstanden, sagte ich zu Großmutter, man hat dir nichts angemerkt. Ihre noch immer lebhaften braunen Augen funkelten mich verärgert an. Auch vor mir wollte sie verbergen, wie schwer ihr das Gehen fiel und wie oft sie nach Luft ringen mußte.

In der Stadt wäre er achtlos an mir vorbeigegangen, er hätte mich nicht wiedererkannt, sagte sie nach einer Pause. Außer den kurzen Grüßen, die wir uns seit Jahren zu Weihnachten oder zu anderen Feiertagen schicken, hatten wir keine Verbindung mehr. Wir haben wohl beide Angst davor gehabt, etwas wieder aufzunehmen, was so endgültig beendet worden war.

Ich wußte, wen sie meinte. Ellen hatte Wolf, Großmutters Jugendfreund, in einem Berliner Seniorenstift aufgetrieben und als Überraschungsgast mitgebracht. Ob es eine gute Idee war? Ich bezweifle es. Alle beobachteten die beiden Alten mit unverhohlener Neugier; keiner ließ ihnen die Zeit, dort anzuknüpfen, wo sie sich einmal nah gewesen waren.

Georg hatte Ellen, seiner Mutter, Vorwürfe gemacht. Er fand es taktlos, ein Wiedersehen vor den Augen der ganzen Familie zu arrangieren. Peinlich sei es, sagte er, wie seine Eltern und die Onkel und Tanten anzüglich lächelten. Und überhaupt, es sei eine unverzeihliche Überrumpelung.

Aber er war doch einverstanden, verteidigte sich Ellen. Er war neugierig, sie wiederzusehen und uns alle kennenzulernen. Ich mußte ihn gar nicht überreden.

Was du Nonna mit deiner Überraschung zugemutet hast, ist dir wohl gar nicht klar, konterte Georg wütend. Mit seiner Mutter war er oft überhaupt nicht einverstanden.

Ellens Einfälle arten nicht selten zu gewaltsamen Aktionen aus. Wer kann, versucht sich ihnen zu entziehen oder zu fliehen wie nacheinander ihre drei Ehemänner. Erstaunlicherweise ist es ihr aber gelungen, mit ihnen auch nach der Scheidung befreundet zu bleiben. Sie bezieht sie sogar weiterhin in ihre lukrativen Geschäfte ein. Der eine berät sie bei allen juristischen Problemen, der andere organisiert ihren Textilbetrieb, den dritten hat sie, nur auf Probe allerdings, zum Direktor ihrer Neuerwerbung gemacht, einem ausbaufähigen Hotel mitten in der Stadt. Sie ist überzeugt, daß ursprüngliches Vertrauen, auch wenn die Liebe abhanden gekommen ist, sich weiterhin nutzbringend für beide erhalten läßt.

Man soll sein Leben nicht stückweise verleugnen und abschreiben, meint sie, wertvolle Menschen behalten ihren Wert, auch wenn man sich von ihnen getrennt hat.

Und wenn bei jeder Begegnung immer wieder alte Wunden aufgerissen werden? hat Irene, ihre weniger robuste Schwester, eingewandt.

Vor Ellen, der ältesten Schwester meines Vaters Edgar, habe ich mich als Kind gefürchtet. Das harte Klacken ihrer hohen Absätze schien mir jeden Widerspruch niederzutrampeln. Noch heute trägt sie diese hochhackigen spitzen

Schuhe. Ungesund sollen sie angeblich sein, Krampfadern fördern und die Wirbelsäule belasten. Ellen haben sie bisher nicht geschadet; auf ihre nach wie vor makellosen langen Beine ist sie stolz.

Wenn sie uns besuchte, war es jedesmal eine Inspektion, wobei sie meine Eltern und erst recht mich ihre Kritik auch ohne viel Worte spüren ließ. Ihre flinken Augen erfaßten mit einem Blick, was es bei uns alles auszusetzen gab: das unaufgeräumte Wohnzimmer, die Küche mit den eingeweichten, angebrannten Töpfen in der Spüle. Der verwahrloste Garten, in dem Unkraut über den Plattenweg wucherte. Mein Vater zog in ihrer Gegenwart seine Schultern noch mehr ein als sonst; meine Mutter erstarrte, unfähig, sich gegen so viel Mißbilligung zu wehren.

Wie siehst du denn aus, begrüßt Ellen mich auch heute noch meist und mustert meinen knöchellangen weiten Rock oder meine Schlabberhose. Bei ihr sitzt alles knapp und sexy; davon ist sie jedenfalls überzeugt. Perfekt eben wie ihre immerblond gefärbten Haare und das dauerhafte Make-up. Die erfolgreiche Geschäftsfrau in Person.

Nach dem Tod meiner Mutter hat sie vergeblich versucht, mir ihre modischen Vorstellungen aufzudrängen. Fang mit den Haaren an, riet sie mir, laß sie kurz schneiden; so lang sind sie nicht gerade eine Pracht. Und streich endlich den kindlichen Pony aus der Stirn! Ich suche dir etwas Schönes aus meinem Kleiderschrank. Grün müßte dir stehen, dazu schwarze Pants. Auf keinen Fall Rot oder Gelb, das paßt nicht zu dir.

Sie wollte etwas aus mir machen und erwartete für ihre selbstlosen Ratschläge Dankbarkeit. Jetzt erwartet sie von mir nur noch, wie von allen anderen, Bewunderung, und – daß ich sie keinesfalls Tante nenne. Ihre kalten blauen Augen schätzen mich mitleidlos ab. Und jedesmal werde ich sofort unsicher. Meine blasse Haut, die breiten Hüften, die zu großen Füße – ich weiß, es gibt viel an mir auszusetzen. Für Ellen bin ich eine graue Maus, ein hoffnungsloser Fall.

Ellen hat es gut gemeint, nicht wahr? fragte Großmutter zögernd. Wie hat sie Wolf nur gefunden? War es wirklich ein Zufall? Aber da ist so vieles, was zwischen uns steht; es sind ja Jahrzehnte. Stell dir vor, er hat mich zuletzt in dem weißen Kleid mit dem Rosenmuster gesehen. Ich habe ihm nie ein neues Bild von mir oder von uns geschickt. Vor der alten Frau in Schwarz muß er erschrocken gewesen sein.

Ich kannte das Foto aus dem Album: Ein achtzehnjähriges Mädchen mit kunstvoll hochgestecktem blondem Haar, die großen dunklen Augen fast ängstlich in eine unbestimmte Ferne gerichtet.

Aber nein, versuchte ich sie zu beschwichtigen. Ihr seid schließlich beide alt geworden. Du bist schön geblieben. Du trägst deine Haare ja immer noch hochgesteckt wie damals, lachte ich, und Grau und Schwarz steht dir.

Ich mußte nicht lügen. Nonna ist eine Altersschönheit, schlank, aber ein wenig gebeugt, fällt sie auf mit ihrer konsequenten Art, sich zu kleiden. Sie trägt seit Rudolfs Tod schwarze Hosen und Pullover, meist aber knöchellange Kleider; hochgeschlossen und schlicht, betonen sie ihre schmale Gestalt. Die Jahre haben ihr ebenmäßiges Gesicht mit einem Netz von feinen Linien überzogen, nur die Falten um Mund und Nase haben sich tiefer eingegraben.

Sie lächelte nachsichtig und zuckte die Schultern: Ich wollte mit ihm nach Amerika gehen. Das Wort emigrieren kannte ich damals noch nicht. Die Ankündigung, daß ich mit ihm fortgehen wolle, war für meinen Vater so ungeheuerlich, daß er seine Beherrschung verlor. Ich hatte ihn noch nie so außer sich erlebt. Er schrie, nein, er brüllte. Und ich stürzte die Treppe hinauf und schloß mich in meinem Zimmer ein. Ich warf mich auf mein Bett und heulte, bis keine Tränen mehr flossen. Ich bin zu oft geflohen, statt mich zu stellen. Nie hatte ich genug Mut.

So weit kannte ich die Geschichte. Unter dem Titel »Nonnas große Liebe« gehörte sie zum festen Bestand der Familienlegenden. Was damals wirklich in ihr vorgegangen war und warum sie sechs Jahre später ausgerechnet Rudolf geheiratet hat – ich weiß es nicht. Rudolf blieb wohl für sie immer zweite Wahl. Doch sie war ihm dankbar, er bot ihr eine solide Existenz und dieses Haus, das sie von Anfang an geliebt hat.

Nach dem Krieg, als im Osten alles verloren war, was die Familie seit Generationen besessen hatte – das Gut mit dem sogenannten Schloß, den großen Scheunen und Stallungen, der Verlust der Privilegien, überhaupt der vertrauten Heimat – damals muß ein altes weiträumiges Haus mit einem parkähnlichen Garten am Rande einer fast unzerstörten Stadt eine unwiderstehliche Anziehungskraft besessen haben. Und Rudolf, der Amtsrichter, bot ihr die Sicherheit, nach der sie sich sehnte. Großmutter durfte nun – bescheidener zwar – an die Lebensverhältnisse ihrer Jugend anknüpfen. Sie mußte sich nicht wie die meisten Vertriebenen aus Pommern, Ostpreußen oder Schlesien mit dem gesellschaftlichen Abstieg abfinden. Die eintönige Büroarbeit gab sie sofort auf, um mit Freude Hausfrau und bald auch Mutter zu sein. Zu seinen vier Kindern hielt Rudolf einen kaum zu überwindenden Abstand, und zu uns Enkeln fand er erst recht keine Beziehung. Ich kann mich nicht erinnern, daß er einen von uns jemals auf seine Knie gesetzt oder mit uns gespielt hätte, er scheute jede Berührung, wir waren ihm lästig.

Früher bemühten sich Männer selten um engen Kontakt zu ihren Kindern oder Enkeln, war Großmutters Erklärung. Er gehört einer anderen Zeit an.

Wenn wir uns über ihn beschwerten, entschuldigte sie ihn meist. Sein Donnerwetter, das bei geringfügigen Anlässen über uns niederging, quittierte sie nur mit einem Achselzucken. Oft schwieg sie hilflos. Wie hat sie es nur mit ihm ausgehalten? Sie muß in seiner Nähe gefroren haben.

Nach seinem Tod lebte sie auf. Oder schien es uns nur so? Vermißte sie ihn nicht doch insgeheim, seine grimmige Gegenwart, den Duft seiner Zigarren, seine kleinlichen Ansprüche, die ihr kaum Raum ließen für ihre Entfaltung? Hat er ihr nicht doch den Sinn ihres Lebens gegeben, nach dem sie immer suchte, die Rechtfertigung dafür, daß sie in seinem Schatten so wenig Eigenes entwickelte? Abgesehen von ihren Kindern und Enkeln natürlich – sicherlich empfindet sie uns als Teil ihres Lebens, als das Wichtigste überhaupt. Deshalb wohl ihr ständiger Hunger nach guten Nachrichten; sie braucht sie als Bestätigung ihrer Existenz.

Herberts Geschäfte mit Immobilien sind ihr zwar fremd, aber daß er damit erfolgreich ist, bedeutet ihr viel. Ihr gegenüber ist er großzügig. Gönnerhaft läßt er seine materielle Überlegenheit spielen. Vielleicht bewundert sie ihn insgeheim. Jedenfalls gibt sie seine Ansichten über wirtschaftliche Zusammenhänge kritiklos weiter. Herbert hat gesagt. Er ist ihr Orakel in allen wirtschaftlichen Dingen.

Die mehr oder weniger gescheiterten Versuche meines Vaters, auf der Beamtenleiter emporzuklettern, hat sie stets mit neuen Hoffnungen begleitet. Daß er oft zu viel trinkt, ist ihr bisher verborgen geblieben. Er war wohl immer ihr Sorgenkind. Am liebsten hätte sie ihn wahrscheinlich ein Leben lang beschützt und behütet. Sie war betrübt, daß meine Mutter sich weigerte, sie in dieser Hinsicht abzulösen.

Meine Mutter wollte nie eine gute Hausfrau sein, sie war alles andere als ein liebevolles Mütterlein, das auch den Ehemann noch wie ein großes Kind in ihre Arme schloß. In der Familie ihres Mannes blieb sie immer eine Außenseiterin, selbst Großmutter mit ihrer Herzlichkeit konnte das nicht ändern.

Auch Irene hat sich mit ihrem anspruchsvollen Paul zurückgezogen aus der Vertraulichkeit des Familienclans. Sie lebt ausschließlich für ihre vier Kinder, die sie nach dem jeweils neuesten Ratgeber erzieht. Die kleinen Ungeheuer nützen die Unsicherheit ihrer Mutter weidlich aus und werden wohl auf diese Weise ziemlich unbeschadet von den rasch wechselnden pädagogischen Theorien davonkommen.

Irene sieht wie eine schwächliche Ausgabe von Nonna aus, wie steckengeblieben in dem Versuch, ihr zu gleichen. Sie könnte schön sein, wenn sie sich mehr zutraute und sich aus ihrer geduckten Haltung hervorwagen würde.

Beide Töchter, die resolute Ellen wie die empfindsame Irene, haben ein seltsam verklemmtes Verhältnis zu ihrer Mutter. Wenn Abstand und Nähe nicht in ein positives Gleichgewicht gebracht werden, sagt mein Psychologie-Lehrbuch, gibt es Verwerfungen und schmerzliche Enttäuschungen. Die beiden Tanten bestätigen die Lehrbuchweisheit. Allerdings leidet Irene wohl erheblich mehr als Ellen, weil sie stets eifersüchtig auf ihre Schwester ist.

Mein Freund Albrecht vermutet, daß ich Psychologie studiere, um mich und meine komplizierten Angehörigen besser zu durchschauen. Er selbst entzieht sich mir, sobald ich meine Kenntnisse auch auf ihn anwende.

Noch bist du nicht approbiert, lacht er jedesmal. Für die Ausnahme von der Regel, wie ich sie darstelle, bist du noch gar nicht gerüstet.

Es ärgert mich, daß er mich nicht ernst nimmt. Doch das ist es nicht, was uns jetzt in solche Schwierigkeiten gebracht hat. Nicht einmal Nonna zuliebe ist er heute mitgekommen.

Immer nach solchen Familienfesten fühle ich mich wieder hineingezogen in einen Kreis, aus dem ich längst mit aller Kraft ausgebrochen war. Was gehen sie mich an, diese Verwandten, mit denen mich so wenig verbindet! Außer mit Nonna natürlich. Sie ist ein Stück meiner Kindheit. Bei ihr fand ich immer, was ich daheim vermißte: Geborgenheit, Verständnis, Geduld. Ich brauchte ihre Wärme, mit der sie das große Haus erfüllte.

Keiner hat nach meinen Bildern gefragt, sagte Großmutter jetzt bedauernd. Ich habe doch eine neue Technik entwickelt, kräftigere Farben auf festem Bütten. Ich hätte euch zu gern die neuen Versuche gezeigt. Gelegentlich bekomme ich noch immer Aufträge.

Grandma Moses, hat mein Vater Edgar gespottet, hoffentlich müssen wir nicht wieder ihre Werke bewundern.

Sie malt nach Postkartenvorlagen die verlorenen Häuser ihrer Verwandten und Bekannten aus dem Osten. Ob Schinkelklassik, Jugendstil oder Gründerzeitprotz, schlichte Pfarr- oder Lehrerhäuser aus Backstein – sie sehen sich alle ähnlich. Sorgsam in Aquarellfarben hingepinselt und umgeben von zartgrünen Bäumen, haben sie die Leichtigkeit von Luftgebilden.

Meine Auftraggeber träumen davon, hat mir Großmutter einmal erklärt, also kann ich die Häuser doch nicht so malen, wie sie jetzt aussehen, mit abgefallenem Putz und verschandelten Dächern. Seitdem man dort wieder hinfahren kann, wird der eine oder andere ohnehin den Verfall zur Kenntnis nehmen müssen. Zu ihren Auftraggebern aus dem Osten unterhält sie lose Kontakte. Ihr ähnliches Schicksal verbindet sie.

Wir haben alle etwas verloren, sagt Großmutter, deshalb verstehen wir uns. Geduldig hört sie sich Klagen an. Sie selbst gestattet sich nur noch leise Trauer, nicht mehr, wenn von dem verlorenen Besitz in Pommern die Rede ist. Schließlich haben wir den Krieg verloren, sagt sie. Wir mußten natürlich bezahlen, wir mehr als die anderen. Gerecht konnte es gar nicht zugehen bei diesem unzulänglichen Versuch, etwas gutzumachen. Lastenausgleich, wie das schon klingt! Was haben die Russen und all die anderen bekommen, denen wir ihr Land zerstört haben! Verbrannte Erde – ihr könnt euch das nicht vorstellen, obwohl ihr ähnliche Bilder täglich im Fernsehen anschaut.

Sie hat sich eine Ecke in ihrem Wohnzimmer als Atelier, wie sie es nennt, eingerichtet. Viel Platz braucht sie nicht. Der Biedermeier-Nähtisch genügt ihr. Umständlich breitet sie jedesmal eine alte Zeitung aus, bevor sie ihre Malutensilien zurechtlegt: die beiden Wassergläser, den Farbkasten mit den Pinseln und einen fleckigen Stofflappen zum Abtupfen. Ihre Häuser- und Schlösserporträts sind nur wenig größer als die Postkartenmuster, und am liebsten malt sie Miniaturen, die sie in silberne ovale Rahmen fassen läßt. Neuerdings gehören auch Bauernhäuser oder die Neubauten im Villenviertel zu ihrem Repertoire.

Ich werde bekannt, lacht sie. Vielleicht könnte ich sogar höhere Preise verlangen. Häuser sind Statussymbole. Man zeigt sie gern in hübscher Fassung her.

Daß sie zu Georg ein engeres Verhältnis hat als zu ihren anderen Enkeln, ist kein Wunder. Er hat zumindest ihr bescheidenes Talent geerbt und wird es weiterentwickeln, hofft sie. Er ist der einzige, der so etwas wie einen Stil in ihren Werken entdeckt hat; vielleicht hat er es auch nur behauptet, um ihr eine Freude zu machen. Georg ist auch mir der liebste von meinen Vettern, die anderen, die Kinder von Irene und Paul und Verena und Herbert, sind viel jünger, eine wilde Horde, wenn sie zusammen sind. Ich habe mich noch nie um sie bemüht.

Wir hatten uns auf der Holzbank am Teich niedergelassen. Nonna zog meine Hand in ihren Schoß. Erst jetzt bemerkte ich, wie stark ihre Finger von Rheuma oder Arthrose gekrümmt waren. Über ihre Gesundheit klagt sie nie. Langweilig sei es, meint sie, über die Gebrechen einer alten Frau zu sprechen. In ihrer Hausapotheke nehmen die Salben viel Platz ein, die mit dem Wort »Balsam« Linderung versprechen.

Du siehst blaß aus, fing sie an. Muß ich mir Sorgen machen?

Ich schüttelte den Kopf. Gleich würde sie nach Albrecht fragen, meine Ausrede, er hätte eine unaufschiebbare Dienstreise antreten müssen, war wohl wenig überzeugend.

Viel zu tun, sagte ich, und dann das Examen.

Sie war die erste in der Familie, die Albrecht akzeptierte und uns nicht mit besorgten Fragen nach einer amtlichen Bestätigung unserer Zweisamkeit nervte. Sie gibt sich gern mit beruhigenden Erklärungen zufrieden. Keinem von uns wäre es eingefallen, sie mit schlechten Nachrichten zu erschrecken. Trotzdem hatte es Verena für nötig gehalten, uns an die bekannten Spielregeln zu erinnern.

Wir wollen die liebe Nonna schonen, stand in ihrem Rundbrief, in dem sie die Aufgaben für dieses Fest verteilte. Edgar war für Getränke zuständig, Herbert, Verenas Mann, und unbestritten der Krösus der Familie, sollte bei einem Party-Service ein komplettes Vier-Gänge-Menü bestellen. Verena selbst übernahm alles, was zum Nachmittagstee gehörte. Ich durfte den Tisch decken und vorher das Silber putzen. Wie den ganz Jungen mutete man mir keine finanzielle Belastung zu. Ellen war zuständig für das gemeinsame Geschenk, für das Spenden auf ein Sonderkonto überwiesen werden sollten.

Schonen, das bedeutet weder Krankheiten, Scheidungen, Trennungen, nicht bestandene Prüfungen, Geldnöte und sonstige Mißerfolge erwähnen, schon gar nicht das eigentlich unaufschiebbare Problem: Nonna und ihr Haus, in dem sie seit Großvaters Tod allein lebt.

Wieder mal eine Familienversammlung mit Maulkorb, stellte Paul fest. Er forderte, wie so oft schon, daß endlich die Karten auf den Tisch kommen sollten. Ihr vergeßt, sie ist seit sechzig Jahren mündig, mahnte er.

Sie soll es auch bleiben, erwiderte Irene ungewohnt scharf. Was du anstrebst, würde ihr jede Illusion von Selbständigkeit rauben. Sie wagt selten, gegen ihren Mann Stellung zu nehmen.

Du sagst es, beharrte Paul: Illusion. Wie lange soll die eigentlich noch gepäppelt werden? Und warum wollt ihr dieses notwendige Gespräch immer wieder aufschieben?

Das übliche Gezänk. Wenn meine Mutter noch lebte, hätte sie es verstärkt. Sie war nie einverstanden, weder mit Irene noch mit Paul. Ich konnte es mir nur damit erklären, daß sie und Vater darunter litten, in der Familie noch weniger Erfolge vorweisen zu können als dieses Paar. Bis zu ihrem Tod war Mutter Edgars jüngerer Schwester und ihrem Mann aus dem Weg gegangen. Ob sie sich durchschaut fühlte?

Paul hat den Psychologenblick, behauptete sie immer, er bildet sich ein, die Wahrheit allein gepachtet zu haben. Sie habe meinen Vater, den Sohn des Richters, aus Berechnung geheiratet, argwöhnten böse Zungen. Sie konnte nicht wissen, daß er niemals den Platz seines Vaters einnehmen würde. Daß er sie enttäuschte, hat sie ihm nicht verziehen.

Ich weiß, ich sollte meine Eltern in einem anderen Licht sehen, milder, gerechter oder einfach nur mit einer Spur von Mitleid, wenn ich schon kaum Liebe für sie aufbringen kann. Sie hatten es miteinander nicht leicht, sie waren überhaupt nicht füreinander geschaffen. Und ich stand zwischen ihnen, hilflos und oft auch erschrocken über die Heftigkeit ihrer Auseinandersetzungen.

Machen sich Eltern überhaupt klar, was sie ihren Kindern antun, wenn sie sich vor deren Augen und Ohren anschreien? Ich war allein, ich konnte mich weder verkriechen noch zu jemandem fliehen. Ich war ihnen ausgeliefert. Ein Nichts, das ihnen offenbar so wenig bedeutete, daß sie es manchmal ganz und gar vergaßen.

Wir wohnten weitab vom nächsten Haus am Ende eines kaum befestigten Weges, der in den Wald führte, wo ich, als ich klein war, noch größere Schrecken vermutete. Nie habe ich Spielgefährten zu uns eingeladen; ich wollte nicht, daß sie Zeuge unserer gewöhnlichen Dramen würden. Nach Großmutters Haus habe ich mich fast täglich gesehnt; jedesmal gab es Tränen, wenn ich wieder zurück nach Hause mußte.

Als meine Mutter ihre Arbeit wieder aufnahm und regelmäßig in die Stadt fuhr, wurde es besser. Am Abend erzählte sie meinem Vater von ihren Versuchen im Labor und von den Kollegen, an denen sie viel auszusetzen hatte. Vater und ich waren nun nicht mehr allein das Ziel ihrer Kritik, der Grund für ihre Unzufriedenheit und Unruhe. Und mich entlastete sie auch: Sie verlangte nicht mehr, daß ich stellvertretend das erfüllte, was sie sich gewünscht hatte: Anerkennung. Sie hätte gern im Mittelpunkt gestanden, bewundert und beliebt. Sie war ehrgeizig und begabt. Vielleicht hätte sie ihr Ziel erreicht. Die Krankheit überfiel sie, als sie gerade begann, sich in ihrem Institut durchzusetzen. Das Geld für ihre Versuchsreihe war genehmigt worden; sie war überzeugt, daß das Resultat wie gewünscht ausfallen würde.

Sie hat nicht lange gekämpft. Hodgkin. Sie wußte Bescheid. Die letzten Wochen verbrachte sie in einem gnädigen Halbschlaf. Ihre verbissenen, strengen Züge waren weicher geworden; sie hatten sich aufgelöst in der Andeutung eines Lächelns. Ich verzeihe alles, schien es auszudrücken. Vater hat sich damit getröstet.

Ich nicht, ich machte mir Vorwürfe, weil ich zu viel von ihr erwartet hatte. Zu lange hatte ich ihr allein die Schuld gegeben für unser liebloses, gereiztes Verhältnis und mein Unglücklichsein. Seltsam, allmählich lerne ich zu akzeptieren, daß ich ihr ähnlich sehe. Und gleichzeitig fürchte ich, so zu werden wie sie: rechthaberisch, abweisend und insgeheim unsicher um Liebe bettelnd.

Es wurde kühl. Der aufkommende Wind raschelte in den Weidenblättern. Großmutter erhob sich schwerfällig.

Immer, wenn ich länger sitze, werde ich steif, stellte sie ärgerlich fest. Auf dem Rückweg zum Haus atmete sie mühsam. Zum Reden reichte die Kraft nicht.

Eine Bergsteigerin wäre ich nie geworden, stöhnte sie, als wir endlich vor der Haustür standen. Sie wandte sich um und blickte zurück zum Teich. Wie schön dieser Abend ist! sagte sie. Sieh doch die Wolken. An ihren Rändern fangen sie die letzten Sonnenstrahlen ein. Er vergeht immer so rasch, dieser überirdische Glanz. So etwas hätte ich gern gemalt, wenn ich begabter gewesen wäre.

Sie hat noch immer diese offenen Augen, die Schönheit geradezu einsaugen, ob es der Abendhimmel ist, ein blühender Strauch oder ein Bild, das sie entdeckt hat. Sie kann sich begeistern und selbst nüchterne Menschen wie mich oder meinen Vater Edgar mitreißen.

Für heute laß alles stehen und liegen, bat sie, ich möchte jetzt meine Ruhe haben. Sie umarmte mich, bevor sie sich in ihr Schlafzimmer zurückzog.

2

Ich ahne, worüber sie heute heimlich geredet haben. Wenn ich mich der einen oder anderen Gruppe näherte, erstarb das Gespräch oder setzte mit einem anderen Thema neu an. Aber ihre Blicke blieben mir nicht verborgen. Die einen sahen mich mitfühlend an. Die anderen beobachteten mich so sachlich und aufmerksam wie Doktor Weber, mein Hausarzt. Meine zitternden Hände, mein unsicherer Gang, auch wie oft mir Namen entfielen – sie haben sicherlich alles registriert. Wahrscheinlich hat Ellen längst einen Plan, dem die anderen nur noch zustimmen müssen. Aber ich will nicht. Ich werde dieses Anwesen nicht freiwillig verlassen, und wenn Herbert es noch so gern parzellenweise verkaufen möchte. Seitdem ich ahne, wie sie darauf lauern, daß ich aufgebe, kann ich nicht mehr unbefangen mit ihnen umgehen. Außer mit Georg und gewiß auch mit Astrid, die heute hiergeblieben ist.

Das Menü war ausgezeichnet, für meine Verhältnisse luxuriös. Bouillon mit Eierstich und einem delikaten Gewürz, das ich nicht kenne (oder war es einfach nur ein Schuß Madeira?), Krebsschwänze in Gelee, Kalbsmedaillons mit Pfifferlingen und Himbeeren auf Eisparfait. Dabei wissen sie doch, daß mir eine selbstgemachte Kartoffelsuppe und, seit Kinderzeiten, die Schokoladentorte aus acht Eiern – nach dem Rezept unserer Köchin – genügt hätte. Trotzdem, ich habe es genossen und Herbert fast überschwenglich gedankt.

Ob es das letzte Mal gewesen ist, daß sie alle hier zusammenkamen? Sie treffen sich nur bei mir, das versichern sie mir immer; ohne mich wären sie sich längst fremd geworden. Aber sind sie das nicht schon seit Jahren? Von mir erwarten sie, daß ich die Familie zusammenhalte. Ich bin mir nicht sicher, ob mir das noch gelingt, ob es mir jemals gelungen ist. Das große Haus ist zwar der gewohnte Rahmen, aber ich kann ihn nicht mehr ausfüllen und spüre die Risse und Lücken. Ich bin auf ihre Hilfe angewiesen und weiß nicht, wie lange ich mich darauf verlassen kann.

Manchmal fühle ich mich wie der Museumswächter einer Familie, die es gar nicht mehr gibt. Die vier Zimmer im oberen Stockwerk habe ich so erhalten, wie sie waren, als die Kinder auszogen. Gelegentlich reiße ich die Fenster auf und puste den Staub von den Büchern, die, als die Räume bewohnt waren, nie so ordentlich auf den Regalen standen wie jetzt.

Wenn Herbert oder Edgar kommen, steigen sie regelmäßig die Treppe hoch, um festzustellen, ob alles noch so ist, wie sie es verlassen haben. Sie vergewissern sich ihrer Kindheit, es scheint ihnen etwas zu bedeuten, jedenfalls bilde ich mir das ein, wenn sie mit diesem halb verklärten, halb verlegenen, auf jeden Fall zufriedenen Ausdruck im Gesicht zurückkommen.

Vergangenheit getankt? fragt Verena dann manchmal spöttisch.

Habe ich ihnen eine glückliche Kindheit geschenkt, wie ich es mir immer vorgenommen hatte? Heute erzählen so viele Erwachsene von ihrem Unglück in den frühen Jahren, von den Verletzungen, die nie heilen wollen. Und immer sind die Eltern schuld, wenn im späteren Leben der Kinder etwas mißlingt. Eine schreckliche Schuld, weil sie niemals getilgt werden kann. Zu spät, wie oft habe ich das eingestehen müssen.

Der gute Wille war ja da, hat Paul mich vergeblich zu trösten versucht. Aber ...

Ich weiß wohl, was er hinzufügen wollte und in letzter Sekunde nicht aussprach. Doch ich möchte mein Versagen nicht in Zusammenhang bringen mit Rudolfs Schwächen oder überhaupt mit seinem Charakter.

Edgar hatte sich während seiner Studienzeit, kurz vor dem zweiten Staatsexamen, noch einmal hierher ins Haus und in sein Zimmer geflüchtet. Er war am Ende seiner Kräfte, überreizt und voller Zweifel, ob er die Prüfungen bestehen würde. Für mich war es eine schöne Zeit. Wortlose Nähe, die haben wir beide immer wieder gesucht.

Er hatte damals schon Frau und Kind, eben Astrid, doch er kam allein; es tat ihm wohl, wie früher umsorgt zu werden, ohne sich erklären zu müssen. Wir waren seltsam entrückt, konzentriert auf Aufgaben, von deren Lösung seine Zukunft abhing, deren Inhalt mir allerdings schwer begreiflich war.

Das Frühstück in der Küche haben wir beide genossen. Kaffee und Rührei auf Toast. Wir saßen manchmal eine Stunde und länger am zerschrammten Tisch und ließen den Tag auf uns zukommen. Nur wenn Edgar wollte, haben wir geredet. Ich glaubte ihn zu verstehen, wenn er plötzlich meine Hand nahm und sie streichelte. Die Küche mit ihrer Wärme und ihrem nahrhaften Dunst war wie eine Höhle, in der wir Schutz und Ruhe fanden. Wenn ich jetzt dort allein meinen Tee trinke, friere ich oft und beeile mich, mein Gesundheitsmenü aus Körnern und Obstsäften vorschriftswidrig hinunterzuschlingen, um so schnell wie möglich ins warme Wohnzimmer und an meinen Nähtisch zu flüchten.

Läßt du dich regelmäßig untersuchen? hat Ellen heute plötzlich beim Essen unüberhörbar laut gefragt. In deinem Alter ist das nötig.

Aber meine Antwort wartete sie kaum ab. Sie denkt immer einen raschen Schritt weiter.

Wir machen uns Sorgen um dich, Nonna.

Ellen nennt mich so, seit sie länger in Italien war, und einige meiner Enkel haben sich auch angewöhnt, statt dem strengen Wort Großmutter Nonna zu sagen. Untersuchen – ich mag das Wort nicht und erst recht nicht die ganze Prozedur: Das Warten auf unbequemen Stühlen, die gleichgültigen Fragen der Sprechstundenhilfe, die eine ganze Liste mit meinen überstandenen Krankheiten und aktuellen Beschwerden abhakt, das undurchdringliche Gesicht des Arztes, der mir Angst macht, weil er mir eine böse Botschaft zu verschweigen scheint.

So lange wie möglich werde ich solche Untersuchungen hinausschieben. Warum soll ich mich regelmäßig dieser Überprüfung aussetzen? Ich kenne meine Schwächen, meine altersbedingten Kümmernisse. Ich finde mich damit ab, daß sie nicht zu beheben sind, weder mein stolperndes Herz noch meine abgenutzten, schmerzenden Gelenke. Und heimlich hoffe ich, daß mich eines Tages eine Krankheit befällt, die rasch zum Tode führt. Vielleicht täusche ich mich da und sage es nur so wie eine Beschwörung. Denn eigentlich hänge ich noch am Leben und bin neugierig, wie es weitergehen wird.

Die Inspektion, wie Ellen sie verlangt, könnte ergeben,

daß ein Arzt mein Alleinleben für einen bedenklichen Zustand hält. So ein Bundesgenosse käme Ellen wie Herbert und vielleicht auch den anderen gerade recht. Also bleibt es dabei: Ich überhöre die mahnenden Fragen nach einer Routineuntersuchung. Und mit der Angst, die mich gelegentlich befällt, ich könnte stürzen und stunden- oder tagelang hilflos am Boden liegen, bevor mich jemand findet, bin ich bisher immer noch fertig geworden.

Wenn Ellen anruft, jammert sie jedesmal über zu viel Arbeit und die vielen lästigen Verpflichtungen, zu denen allerdings auch so schöne Dinge wie Konzerte und Opernbesuche gehören. Sie hat ein schlechtes Gewissen, weil sie mich höchstens einmal im Jahr besucht. Sollte ich sie trösten? Wenn ich behaupten würde, daß es mir nichts ausmacht, müßte ich lügen. Sie fehlt mir natürlich.

Was tust du? fragt sie meistens.

Aber sie hört kaum zu, wenn ich ihr etwas von mir erzähle. Und ich spüre, wie die Entfernung zwischen uns wächst und wächst. Ich bin entbehrlich, das muß ich endlich einsehen. Ich weiß, Ellen ist beschäftigt, hat Termine; sie zählt sie mir so schnell auf, daß ich sie sofort durcheinanderbringe. Ellen, meine betriebsame Älteste. Oder täuscht ihre Unruhe nur über eine Leere hinweg? Wird sie jemals erreichen, was sie anstrebt? Vergeblich suche ich das kleine weinende Mädchen, das sich in meine Arme flüchtete und dort sofort zur Ruhe kam. Für mich ist sie immer noch das schöne Kind, nach dem sich die Leute umsahen. Doch es ist mir fremd geworden, und es schmerzt mich, daß ich ihm nicht wie früher folgen kann.

Und Max, Ellens derzeitiger Lebensgefährte? Ich habe ihn heute erst kennengelernt, ein schweigsamer junger Mann. Zu seinen Vorgängern hatte ich ein freundlich-distanziertes Verhältnis. Nie konnte ich verstehen, warum meine Tochter sich von ihnen trennte. Oder war es umgekehrt? Hatten sie von Ellen genug?

Die Familie irritierte Max. Wenn Ellen ihm die verwandtschaftlichen Beziehungen erklärte, verzog er gequält sein schmales Gesicht. Arbeitet er an der Börse? Er hat mir etwas von seinem Beruf erzählt; ich habe es vergessen. Es muß etwas sein, wozu man einen Nadelstreifenanzug mit Weste und blankgeputzte schwarze Schuhe trägt. Er war der einzige, der zu meinem Geburtstag in diesem offiziellen Habit erschien. Viel Glück, hätte ich ihm gern gewünscht. Doch dann hätten die anderen gelacht. Glück bei Ellen? Es sieht aber so aus, als fiele es Max vorerst nicht schwer, sich ihr unterzuordnen. Er betet sie an, und daß sie mindestens zehn Jahre älter ist als er, scheint ihn nicht im geringsten zu stören.

Ich sei eine gute Beobachterin, hat Rudolf mich immer gelobt. Er wunderte sich, was ich alles bemerkt hatte.

Du hast einfach die größeren Augen als ich, scherzte er.

Wenn wir einen der seltenen Abende mit vielen Menschen verbracht hatten, tranken wir zu Hause noch ein Glas Rotwein zusammen, und ich erzählte ihm von meinen Eindrücken. Es amüsierte ihn. Seine Kollegen vom Gericht versuchte ich seinetwegen zu gewinnen. Es gelang mir meistens.

Du bist meine bessere Hälfte, stellte Rudolf anerkennend fest. Es war seine Art einer Liebeserklärung.

Es stimmt nicht, daß ich ständig vor ihm Angst gehabt hätte, wie die Kinder behaupten. Jedenfalls will ich das so nicht sehen. Es gab sogar gelegentlich unverhoffte Übereinstimmung zwischen uns. Und die Gewohnheiten, die wir uns im Laufe der vielen Jahre zugelegt hatten, schufen eine Gemeinsamkeit, die ich auch als Reichtum empfand. Bei Meinungsverschiedenheiten allerdings habe ich immer nachgegeben, ich hätte mich ohnehin nie durchsetzen können. Ich bin keine Kämpferin. Aber wie sollte ich das den Kindern erklären? Sie haben mich deshalb wohl manchmal verachtet. Um des Friedens willen nachgeben, was ist schon dabei? Mir fiel das nicht schwer. Und war es nicht auch besser, als tagelangen Groll zu riskieren? Die Kinder haben die guten Stunden zu selten erlebt. Und mir ist es nie gelungen, ihnen diesen verschlossenen Mann nahezubringen, dessen Jähzorn sie mehr fürchteten als ich. Ich wußte ja, er vergeht rasch wie ein Gewitter.

Als sie größer waren, haben sie mich gefragt, nicht ihn. Davor scheuten sie sich. Was er während des Krieges gemacht habe, wollten sie wissen. Ich wich aus, genau wußte ich es ja auch nicht. Ein Jurist in einer grauen Uniform. Einer, der Recht spricht in einem besetzten Land. Kriegsgerichtsrat, schon der Titel brachte mich zum Schweigen oder Verschweigen.

Nie hat Rudolf von dieser Zeit in Polen erzählt. Aber als ich erfuhr, was alles geschehen war in diesem Land, zu dieser Zeit, im Namen des deutschen Volkes, sah ich immer Rudolf vor mir. Die dunklen Haare damals kurz geschoren, fast kahl über den Ohren, mit diesem akkuraten Scheitel, an den ich mich bis zuletzt, als die Haare weiß geworden waren, nicht gewöhnen konnte, in seiner schlecht sitzenden Uniform mit dem verrutschten Koppel um den fülligen Bauch. Als ich einmal in seinem Schreibtisch nach dem Garantieschein für den Kühlschrank suchte, fand ich das Foto. Ich habe es sofort wieder unter die Papiere geschoben.

Spätestens damals hätte ich fragen müssen. Ich habe mich nicht getraut. Eine Zeitlang bin ich unter einem Vorwand ins Gästezimmer gezogen, um die gemeinsamen Nächte zu vermeiden, ein feiges Ausweichen, ich weiß. Rudolf hat kaum gemerkt, wie sich der Graben zwischen uns verbreiterte. Er hatte selten ein Bedürfnis nach Nähe. Daß alles perfekt und ordentlich funktionierte, war ihm das Wichtigste.

Als Teile der Untersuchung über die Justiz im besetzten Polen veröffentlicht wurden, lag Rudolf im Sterben. Er hat nicht mehr erfahren, daß sein Name auf der Liste mit den belasteten Richtern stand. Ich habe mit niemandem darüber gesprochen, auch nicht mit den Kindern. Ich weiß, es war falsch. Es wäre besser gewesen, ich hätte ihnen gleich den Zeitungsartikel gezeigt. Es hätte ihre Ablehnung gegen Rudolf zwar verstärkt; vielleicht wären sie auch von mir entsetzt gewesen, aber Verschweigen ist genau so schlimm wie Lügen. Irgendwann wird mich eins der Kinder oder Enkel zur Rede stellen. Davor fürchte ich mich.

Seit langem leide ich unter Schlaflosigkeit. Nachts gehe ich mit mir ins Gericht. Unerbittlich? Nein, nicht unerbittlich genug. Noch immer versuche ich auszuweichen, zu entschuldigen, die Augen zu verschließen. Was man ein Leben lang getan hat, kann man im Alter nicht plötzlich ändern. Dabei habe ich das Gefühl, ich müßte es jetzt endlich tun, ehe es zu spät ist. Ich erfinde immer neue Entschuldigungen, zum Beispiel, daß ich zeitraubende Pflichten übernommen habe, Ehrenämter, die ich gewissenhaft ausübe. Zweimal in der Woche gehe ich ins Pfarramt und erledige Schreib- und Verwaltungsarbeiten. Ich kann es noch, vor vielen Jahrzehnten habe ich es schließlich gelernt. Auch mit dem Computer funktioniert das Zehn-Finger-System. Darauf könnte ich fast stolz sein. Jeden Tag eine gute Tat – das Motto der Pfadfinder ist gar nicht schlecht; danach zu handeln macht zufrieden, bringt Schuldgefühle zum Schweigen.

Auch heute konnte ich nicht so offen sein, wie ich es mir vorgenommen hatte. Und daß Wolf dabei war und uns mit seinen wachen skeptischen Augen wie aus weiter Entfernung beobachtete, irritierte mich. Hatte jemand erwartet, daß ich ihm gegenüber unbefangen sein würde? Meine große Liebe – wie lange ist das her! Jetzt ist er nur noch ein Fremder, der mich kannte, als die Weichen für mein Leben noch nicht gestellt waren.

Ellen hatte vielleicht angenommen, wir würden uns

gerührt in die Arme sinken und damit vieles ungeschehen machen, zumindest vergessen lassen oder vielleicht sogar neue Gefühle wecken. Es blieb bei der Geste der Überraschung; und sofort zogen wir uns beide verlegen oder hilflos zurück, als müßten wir zuerst einmal sammeln, was noch an Gemeinsamem vorhanden ist. Ich bin auch jetzt noch nicht damit fertig geworden. Ich brauche Zeit, aber gerade die wird jetzt für uns beide knapp.

Oft frage ich mich, ob wir verpflichtet sind, uns an das zu erinnern, was uns damals und auch heute noch unerträglich ist. Verdrängen kann Selbstschutz sein, aber meistens ist es doch wohl ein Ausweichen aus Feigheit, Hilflosigkeit, eben aus mangelndem Mut. Wie machen es andere, die ähnlich verstrickt sind wie ich und ebenso aus dem Verschweigen nicht herausfinden? Es ist schließlich eine ganze Generation. Als »Mitläufer« wurde eingestuft, wer nur mäßig belastet die Nazizeit überstanden hatte. Für passive Ausweicher wie mich fand man keinen Namen. Ihnen war nichts nachzuweisen. Sie hatten geschwiegen und nicht mitgemacht. Sie hatten sich gedrückt, wo immer es möglich war, in der Hoffnung, daß der Spuk bald vorüber sein würde. Doch viele von ihnen kippten auch um, wenn es gefährlich wurde. Ich habe Glück gehabt. Ich konnte mich durchmogeln, man verlangte nichts von mir. Es war eben doch so etwas wie die Gnade der späten Geburt, wie ein späterer Bundeskanzler peinlicherweise ausgerechnet in Israel sagte und damit Proteste erntete.

Ein paar Mal habe ich versucht, mit Rudolf zu sprechen. Obwohl er so viel älter war als ich – die Nazizeit war ja unsere Zeit. Wir hatten sie zwar an verschiedenen Orten und unter verschiedenen Umständen erlebt, doch sie verband uns. Aber er wollte nichts davon hören.

Ich bin froh, daß das alles vorbei ist, damit beendete er jeden Ansatz eines Gesprächs.

Nach Rudolfs Tod bin ich allein in fast alle europäischen

Hauptstädte gereist, ich wollte etwas nachholen. Ob es die Anstrengung wert war? Ich blieb überall die Touristin, die fleißig Sehenswürdigkeiten besichtigte und beim Frühstück im Hotel den kleinsten Tisch hinter einer Säule zugewiesen bekam. Erst nach meiner Rückkehr fand ich in Büchern, was ich in den Städten gesucht hatte. Ich las und vergegenwärtigte mir Eindrücke, die ich an Ort und Stelle kaum an mich herangelassen hatte.

Auf Reisen habe ich dann bald verzichtet, es bedeutete mir zu wenig. Es machte mir nur bewußt, wie unsicher ich mich ohne ausreichende Sprachkenntnisse in fremden Welten bewegte. Ich war dafür nicht begabt. Doch an die Museen und ihre Schätze, in die ich ganze Tage geflüchtet war, erinnere ich mich gern. Sie waren der größte Gewinn für mich.

Das Haus, das Rudolf von einer Tante geerbt hatte, ließ ich nach seinem Tod in einem warmen Dottergelb streichen. Mit den dunkelgrünen Fensterläden sieht es jetzt biedermeierlich-behaglich aus. Wiederholt, aber vergeblich hatte ich Jahre zuvor diese Verschönerung vorgeschlagen; ich hatte sogar einen kolorierten Plan gezeichnet. Rudolf war gegen jede nicht unbedingt notwendige Veränderung. Zugegeben, er war auch geizig. Er legte keinen Wert auf Äußeres. So blieb es bei dem schmuddligen grauen Verputz, der hier und da in großen Fladen abfiel und das Mauerwerk preisgab, wenn nicht Efeu darüber wucherte.

Den Garten habe ich ebenfalls umgestaltet. Die Büsche waren so verwildert, daß sie die schöne Aussicht auf den Teich verdeckten. Ich leistete mir zum ersten Mal einen Gärtner, der mit einer Motorsäge dem wilden Gestrüpp zu Leibe rückte. Daß er aus Polen kam und nur die Hälfte des hiesigen Lohnes erhielt hätte Rudolf nicht geduldet. Korrekt mußte alles sein, vor allem korrekt.

Die klobigen Ledersessel und den wuchtigen Schreibtisch in Rudolfs Zimmer habe ich verschenkt. Keines der

Kinder wollte die Möbel haben. Sie erinnerten zu sehr an erzwungene Geständnisse, die sie stehend machen mußten, während ihr Vater sich in seinem Schreibtischstuhl zurücklehnte und die Zornesader auf seiner Stirn anschwoll. Es waren schlimme Stunden für mich. Ich konnte solche Zusammenstöße nicht verhindern. Daß ich meine Kinder vor ihrem Vater nicht zu schützen vermochte war jedesmal eine bittere Niederlage für mich. Vor allem die beiden Ältesten, Herbert und Ellen, müssen mein Versagen gespürt haben. Ich war jedesmal die Schwächere, das empfanden sie gewiß als beschämend. Vielleicht haben sie nicht verstanden, daß ich bei ihm geblieben bin. Wie über so vieles, haben wir auch darüber nie gesprochen.

Das düstere Arbeitszimmer habe ich in einen Wintergarten verwandelt. Ich ließ die Mauer nach Süden durchbrechen und eine breite doppelflüglige Glastür einbauen. Doch die Korbstühle finden die Kinder unbequem; und der spanische Wein will nicht so ranken, wie ich es mir vorgestellt habe. Wir sitzen selten dort. Und die rosa Kamelie, die Verena mir zu Weihnachten schenkte, hat nur dieses einzige Mal geblüht. Trotzdem ist das Haus nun mein Haus, es gehört mir allein. Es sieht jetzt wirklich so aus, wie ich es mir immer gewünscht habe.

Endlich konnte ich die dunklen Erbstücke der Tante, die Schränke und ungeöffneten Kommoden, auf den Boden räumen. Ich hätte viel Platz geschaffen, lobten Paul und Irene; insgeheim dachten sie vermutlich: Zu viel für mich allein. Vielleicht haben sie erwartet, daß ich sie bitten würde, zu mir zu ziehen. Sie leben mit ihren vier Kindern in wesentlich bescheideneren Verhältnissen. Doch das habe ich nie ernsthaft erwogen. Wir wären wohl kaum eine ideale Hausgemeinschaft geworden.

Ich habe tatsächlich angenommen, daß ich mich mit den äußerlichen Veränderungen auch selbst verwandeln könnte. Fast alle Lampen im Haus – zumindest die Glühbirnen – habe ich ausgewechselt. Ich wollte es hell haben. Es hat eine Weile gedauert, bis ich einsah, daß es für einen neuen Anfang, wie ich und vielleicht auch die Kinder ihn erhofft hatten, zu spät war. Ich konnte nicht mehr gutmachen, was in den vergangenen Jahren zerstört worden war: Vertrauen. Die beiden Ältesten hatten längst gelernt, allein zurechtzukommen. Die Jüngeren, Edgar und Irene, hatten erfahren, daß auf mich nur mit Vorbehalt zu bauen war. Ich hatte keine Gelegenheit, ihnen das Gegenteil zu beweisen.

Als ich die Papiere zusammen mit Edgar durchsah, stellte ich fest, daß mein Erbteil mit dem Umbau, den Reisen und den kleinen Verbesserungen bereits fast aufgebraucht war. Ich kaufte mir von dem Rest einen Kelim, wie wir ihn zu Hause besessen hatten. So einen Teppich in sanften rötlichen, schilfgrünen und safrangelben Pflanzenfarben wollte ich schon lange besitzen. Seitdem begnüge ich mich mit Rudolfs Pension, sie reicht, es bleibt sogar meist etwas übrig. Ich könnte Georg also ohne Mühe unterstützen.

Anpassen – das habe ich mein Leben lang gelernt. Ich bin versorgt, habe mein regelmäßiges Einkommen. Auskommen mit dem, was vorhanden ist – für mich war das nie schwierig. Aber ich mache mir etwas vor: Allein könnte ich die notwendigen größeren Reparaturen für das alte Haus nicht bezahlen. Herbert springt ein, er hat die Kosten für die neuen Dachschindeln übernommen, vielleicht haben sich auch die anderen beteiligt. Ich weiß es nicht, sie wollen mir Peinliches ersparen.

Nicht nur bei Gelegenheiten wie diesem Familienfest werden sie über meine Zukunft gesprochen haben, so weit man die kurze Zeitspanne, die mir noch bleibt, Zukunft nennen kann. In den letzten Wochen fand ich fast täglich bunte Prospekte von Seniorenheimen, Altersstiften oder Residenzen für den dritten Lebensabschnitt in der Post.

Ich habe sie nur flüchtig durchblättert und weggeworfen. Alte Menschen mit Schwimmbädern und Fitneß-Studios zu locken, finde ich frivol, und auf die überall gepriesene Atmosphäre eines Luxushotels verzichte ich gern. Aber wer ließ mir diese Werbung schicken? Ein häßlicher Verdacht, ich will ihn nicht aussprechen. Doch es beunruhigt mich, daß meine Kinder mich offenbar am liebsten in so einer Versorgungseinrichtung sehen möchten.

Manchmal denke ich, die jungen Frauen heute haben es leichter, weil sie sich von vornherein nicht allein auf die Familie beziehen. Sie finden sich eher in der Welt zurecht. Mit dem Dasein einer »besseren Hälfte« begnügen sie sich nicht. Der Beruf ist eine Alternative und natürlich die Chance, selbständig zu werden. Aber sind sie deshalb glücklicher? Bisher hat niemand herausgefunden, ob es früher mehr oder weniger gelungene Ehen – oder sagen wir Beziehungen – gab als heute. Ich weiß, das sind nutzlose Gedanken einer Frau, die der Zeit und ihren Veränderungen nachhinkt. Auch ich würde, wenn ich noch einmal anfangen könnte, vieles in meinem Leben anders machen. Es klingt töricht, dieses Wenn ... Auf keinen Fall würde ich wohl noch einmal dermaßen unbedacht in eine Ehe hineintaumeln.

Vorige Nacht hatte ich einen seltsamen Traum. Ein berühmter Regisseur – sein Name ist mir entfallen – kam auf mich zu, als ich im Park spazierenging. Wir sind mitten in den Dreharbeiten, sagte er. Wir brauchen Sie unbedingt und sofort. Er machte mir Komplimente, als ob ich ein junges Mädchen wäre. Und als ich ihn an mein Alter erinnerte, winkte er nur ab. Ihr Gesicht – das ist es doch – wir brauchen es nicht einmal zu schminken!

Ich wachte mit einem Glücksgefühl auf. Erstaunlich, daß mich absurde Träume so froh machen können. Mein Gesicht – was ist wohl daran? Als junges Mädchen wollte ich Schauspielerin werden, in andere Rollen schlüpfen. Ich war begierig nach Beifall von Wildfremden. Nora oder Hedda Gabler hätte ich gern gespielt, diese Mutigen, Radikalen, die den Ausbruch wagten. Aber Rudolf wollte nicht, daß ich mich einer Laienspielgruppe anschloß. Er traute mir wenig zu und fürchtete die Blamage. Die Frau des Richters ausgebuht! Für ihn wäre das ein Albtraum gewesen. So blieb es bei Theaterbesuchen. Meist ging ich allein.

Wie viele Möglichkeiten der Selbstverwirklichung hat der Mensch? Und was ist, wenn er die falsche Wahl getroffen hat? Die Vergangenheit läßt sich schwer korrigieren. Ich habe das rückwärtsgerichtete Spiel »Was wäre, wenn« oft gespielt nach Enttäuschungen, die ich mir selbst zuschreiben muß.

Mit Wolf in Amerika – wären wir glücklich geworden? Hätte meine Kraft gereicht, ihn so zu stützen, daß er seine Begabung hätte entfalten können? Wäre unsere Liebe stark genug gewesen, um die schweren ersten Monate für Einwanderer durchzuhalten, den armseligen Anfang in einer Stadt wie New York, die ich mir noch heute wie einen alles verschlingenden Moloch vorstelle?

Nach Rudolfs Tod ist mir die Vergangenheit wieder näher gerückt. Oder liegt es daran, daß die Enkel jetzt manchmal fragen: Wie war das damals, du warst doch dabei? Meine Kinder haben mich selten zur Rede gestellt. Mag sein, sie wollten mich schonen, möglicherweise haben sie sich einfach nicht dafür interessiert, wie ich in dem Dorf an der Oder aufgewachsen bin. Vorbei und vergessen, sagt Herbert immer. Dabei habe ich nie zu denen gehört, die die verlorene Heimat verklärt haben.

Allerdings – über die Nazizeit zu sprechen, habe ich meistens vermieden. In diesem Zusammenhang wollte ich schon gar nichts über Rudolf sagen. Es fällt mir zunehmend schwerer. Jedesmal kommt es mir vor, als stünden wir beide vor einem Gericht, und die Wahrheit, nichts als die Wahrheit würde uns abverlangt. Wie weit mußte er sich einlassen, und was habe ich später gewußt, was habe ich geahnt, was hätte ich tun können, und was habe ich eben nicht getan?

Als sie vor dem Essen alle um den Tisch herumstanden und das alberne »Happy Birthday« sangen, kamen mir die Tränen. Ich dachte an meinen Geburtstag zu Hause. Die knarrenden Dielen auf dem Flur, wenn sich die Hausbewohner frühmorgens vor meiner Tür versammelten und Mutter den Choral »Lobet den Herren« anstimmte. Die Köchin sang schleppend und immer einen halben Ton zu hoch, Vater brummte einfach eine Oktave tiefer, und man hörte deutlich, wer die Strophen auswendig konnte und wer mogelte. Es war nicht gerade ein lieblicher Chorgesang, aber es war feierlich wie die anschließenden Umarmungen, wenn ich, noch im Nachthemd, die Tür öffnete.

Daß die Zeit der Gutsherrlichkeit im Osten ein für allemal vorbei war, ist mir gleich klar gewesen, als wir den Treckwagen mit silbernen Leuchtern, Teppichen und vielen Konserven vom letzten Schweineschlachten beluden. Zum Nachdenken blieb keine Zeit. An eine Rückkehr habe ich nie geglaubt und mich auch nie an den Klagen beteiligt. Für mich war es weniger schwer, im Westen Fuß zu fassen, als für die Älteren. Ich hatte kein Lebenswerk verloren, und die Heimat, davon war ich überzeugt, würde ich verschmerzen können.

Doch manchmal denke ich jetzt, daß meine Unsicherheit etwas mit diesem Verlust zu tun hatte. Mir war in den ersten Jahren nach dem Krieg gar nicht bewußt, wie sehr ich darunter gelitten habe, herausgerissen zu sein aus vertrauten Lebensumständen. Es waren ja Millionen, die ein ähnliches Schicksal getroffen hatte. Keine Sentimentalität. Das Nächstliegende war zu tun und füllte jede Stunde aus: Nahrung zu beschaffen, Kleidung und eine menschenwürdige Wohnung für die kränkelnden Eltern.

Aber etwas fehlte mir, und ich konnte es auch später

nicht ersetzen. Ich kam aus einer konservativen Familie mit festen Maßstäben. Wie einengend die sein konnten hatte ich zwar schon damals erfahren. Trotzdem fühlte ich mich geborgen und versuchte, die Erwartungen zu erfüllen, die man an mich stellte. An die Tradition anzuknüpfen war mir unmöglich, doch dagegen etwas Neues zu entwickeln ist mir eben auch nicht gelungen. Daß Rudolf mich daran hinderte, kann ich, wenn ich ehrlich bin, nicht behaupten, und doch entschuldige ich mich manchmal damit. Er war noch tiefer als ich in die Vergangenheit verstrickt; er verschloß sich gegenüber allem Neuen.

Den Absender des ersten Care-Pakets kannten wir nicht. Erst später erfuhren wir, daß es von Wolf kam. Die Verbindung zu ihm war gewaltsam abgerissen, nachdem er kurz vor dem Krieg über Portugal nach Amerika ausgewandert war. Auswandern, dieses verräterisch falsche Wort, als sei es ein erholsamer Spaziergang!

Die Enkel wissen nicht, was damals ein Care-Paket bedeutete, dieses unverhoffte Geschenk aus einer anderen Welt: Kaffee, Schokolade, Kakao, Kekse und vor allem das gängige Zahlungsmittel Zigaretten – wir hatten vergessen, wie das schmeckt. Dazu die freundliche Aufforderung, wir sollten schreiben, was wir dringend brauchten.

Sei nicht unbescheiden, ermahnte mich meine Tante, bei der ich nach dem Tod der Eltern lebte. Nähnadeln, schrieb ich, und vielleicht ein Stück »richtige« Seife. Den lehmigsandigen Ersatz spüre ich noch heute an den Händen, wenn ich daran denke.

Vater war im ersten Winter nach dem Krieg an einer Grippe gestorben, gegen die es damals keine Medikamente gab. Eigentlich müßte er auf den Totenschein schreiben: An gebrochenem Herzen, sagte der Arzt, der viel Verständnis für den alten heimwehkranken Mann hatte. Vater wollte nicht mehr, er hatte sich ebenso aufgegeben wie Mutter, die sich bei ihm angesteckt hatte und ihm zwei

Wochen später in den Tod folgte. Sie wurden beide mit den dürftigen Lebensverhältnissen nach der Flucht nicht fertig, und an eine Rückkehr in die alte Heimat glaubten sie nicht mehr.

Ich hatte mich bemüht, Wolf zu vergessen. Nie habe ich den Versuch gemacht, ihn in mein späteres Leben einzubeziehen. Was ich von ihm nach dem Krieg durch einen Freund erfuhr, bestätigte mir, wie unerreichbar weit wir uns voneinander entfernt hatten. Seine ehrgeizigen Pläne als Physiker mußte er aufgeben. Seine Familie ernährte er mit Übersetzungen von Fachliteratur. Schmerzte es ihn, wenn er an mich dachte? War er voller Bitterkeit über sein Leben, das so vielversprechend begonnen hatte? Die Enttäuschung, die ich ihm bereitet habe, muß ihn tief getroffen haben.

Ich blieb in dem Land, das ihn verstoßen hatte. Und jahrelang habe ich die Augen vor dem verschlossen, was in diesem Land geschah. Das muß ich mir heute vorwerfen. Ich schäme mich vor Wolf, aber auch vor denen, die, anders als ich, damals Mut bewiesen haben. Nach dem Krieg haben wir alle viel verdrängt. Die Stimmen, die die unerträgliche Wahrheit über die zwölf Jahre herausschrieen, wollten wir nicht hören. Für Rudolf blieben es die Stimmen von Feinden. Als er nicht länger leugnen konnte, daß sie die Wahrheit sagten, verstummte er.

Wenn ich versuche einzuschlafen, umstellt mich die Vergangenheit wie ein meterhoher Wall, den ich erst einmal überwinden müßte, um Ruhe zu finden. Ich muß ihn abtragen, denn ich weiß, erst jenseits werde ich aufatmen können. Doch statt niedriger zu werden, scheint er höher und höher zu wachsen.

An Schlaflosigkeit leiden viele alte Menschen, es ist nichts Besonderes; die Apotheken machen gute Geschäfte mit Baldrian und all den anderen Mitteln. Ich habe bisher weder Tropfen noch Tabletten eingenommen. Ich möchte am nächsten Morgen nicht betäubt oder schwindlig aufwachen. Und außerdem braucht man im hohen Alter nicht mehr so viel Schlaf.

Die Gedanken, die mich bedrängen, sind wichtig. Und trotzdem wehre ich mich oft, ihnen zu folgen. Ich möchte mir Geschichten erzählen, möglichst heitere, damit ich mit einem Lächeln einschlafen kann. Zum Beispiel heute: Es war insgesamt ein schöner Tag. Doch unbeschwerte Geschichten fallen mir nicht immer ein. Seit einiger Zeit sammle ich vor dem Einschlafen Glücksmomente. Zu den frühesten, an die ich mich erinnern kann, gehört ein Spaziergang mit den Eltern. »Über die Felder gehen«, nannte es Vater, wenn er nach dem Mittagessen zu den Arbeitern ging, die beim Rübenhacken oder beim Dreschen waren. Ich mußte rennen, um mit ihm mitzuhalten. Alle paar Schritte rief Mutter »Engelchen flieg«! und beide, Vater und Mutter, rissen mich an den Armen in die Luft und schwangen mich ein großes Stück weiter.

Fliegen wurde mein Traum. Später spürte ich diese wunderbare Schwerelosigkeit auf dem Kettenkarussell, gesteigert noch von ein bißchen Angst vor der atemberaubenden Geschwindigkeit, mit der sich das ächzende Gefährt drehte und mich immer höher kreisen ließ. Wenn das buntbemalte Karussell allmählich zur Ruhe kam, lösten sich meine verkrampften Hände nur schwer von den rostigen Ketten, und benommen, auf unsicheren Füßen taumelte ich zum Ausgang des Festplatzes.

Bei meinem ersten Flug erwartete ich ähnlich selige Kindheitsgefühle. Doch nichts davon stellte sich ein, eher das Gegenteil. Die vielen Menschen auf den engen Sitzen, der Motorenlärm und das Rauschen der Klimaanlage ließen mir erst gar nicht zu Bewußtsein kommen, daß wir von der Erde abgehoben hatten. Erst als wir jenseits der Alpen die dichte Wolkendecke durchstießen und zur Landung in Venedig hinabsanken, konnte ich über das Wunder des Fliegens staunen. Die Stadt schien aus Perlmutt gebaut, sie ruhte, von unzähligen dunklen Kanälen durchzogen, im blauen Bett der Lagune. Ich war bezaubert, konnte mich nicht satt sehen an diesem Panorama.

In Venedig war ich zusammen mit Rudolf. Ein Juristenkongreß beschäftigte ihn von früh bis spät. Er hat nicht viel von der morbiden Pracht der Palazzi gesehen. Ich machte mich allein auf den Weg, lernte mühelos den Rhythmus der Treppenstufen über die zahllosen Brücken, den Wechsel von engen schattigen Gassen zu blendenden Ausblicken über den Canale Grande. Das Gewimmel von Touristen störte mich kaum. Wenn meine Füße schmerzten oder die Ohren dröhnten vom nicht abreißenden Palaver der Menschenströme, fuhr ich mit dem Vaporetto zu einer der Inseln, suchte die Stille einer Kirche oder eines Klosters. Wieder einmal von Venedig träumen, das müßte den Schlaf rasch heranlocken.

3

Ich bin selbstverständlich nicht schlafen gegangen. Ich hasse es, morgens die Überreste vom Abend zuvor zu beseitigen. Der abgestandene Geruch von Aschenbechern, verklebten Speisen und halbgeleerten Weingläsern ekelt mich an. Außerdem gingen mir die Gespräche im Kopf herum. Ich hätte ohnehin nicht einschlafen können.

Nonna würde mein Geklappere nicht hören, da war ich sicher. Die Küche liegt weit genug entfernt von ihrem Schlafzimmer, das Klirren des Geschirrs kann nicht bis zu ihr dringen. Vorsichtig räume ich die Teller in die Spülmaschine. Sie seien kostbar mit ihrem breiten goldblauen Rand, hat Großmutter gesagt, ein Service, wie es in ihrem Elternhaus benutzt wurde. Ihre Kinder haben es ihr zu einem runden Geburtstag geschenkt. Es gehört zu den

Dingen, die ihren besonderen Wert besitzen, weil sie »wie früher« sind, ein Beweis für die Vergangenheit und der rührende Versuch, etwas zu rekonstruieren, was unwiederbringlich verloren ist. Bei besonderen Gelegenheiten wird es herausgeholt und allseits bewundert.

Außer dem Silberbesteck hat Großmutter nichts gerettet. Sie benutzt es nur selten. Edelstahl-Rostfrei sei viel praktischer, sagt sie, und ihr Geschirr aus dickem blauem Steingut sei für alle Tage auch ein durchaus erfreulicher Anblick auf dem Küchentisch. Es paßt heute einfach besser zu mir, sagt sie. Und was heißt eigentlich gerettet? Ein viel zu pathetisches Wort. Schiffbrüchige muß man retten, aber Silber? Nachbarn haben ihr Besteck vergeblich im Garten vergraben, in Milchkannen. Es wurde gefunden und wahrscheinlich in einem russischen oder polnischen Antiquitätenladen verkauft. Großmutters Messer und Gabeln gelangten mehr oder weniger zufällig in den Westen. Die schwere Kiste mit dem Besteck hatte die Post ordnungsgemäß noch befördert, während russische Truppen bereits in das Dorf drangen.

Selten habe ich mir Gedanken darüber gemacht, was »früher« für Nonna bedeutet. Sicherlich nicht ererbten Hausrat und anderen Besitz, den man bei Verlust notfalls ersetzen kann. »Früher«, das war eine Lebenshaltung, die Verzicht, Pflichten und Verantwortung verlangte. Dafür gehörte man dazu, hatte seinen selbstverständlichen Platz ziemlich weit oben in einer Gesellschaft, die sich nur wenig veränderte. Man mußte sich anpassen an die gegebenen Verhältnisse. Mir wäre das wahrscheinlich nicht schwer gefallen und Großmutter gewiß auch nicht.

Als Kind hörte ich gern zu, wenn sie von ihrem Leben erzählte, das viel mehr zur Postkutschenzeit zu gehören schien als zu unserer Gegenwart. Man spannte Pferde vor den Landauer, und so, im gemächlichen Trab und Schritt, verging die Zeit im Rhythmus der Jahreszeiten. Im

Frühjahr wurden Gärten und Äcker bestellt, im Sommer Beeren und Getreide geerntet, im Herbst dann Kartoffeln. Zum Pilzesammeln fuhr man mit Körben und kurzen Küchenmessern in den Wald. Wo Pfifferlinge, Reizker oder Steinpilze wuchsen, wußten nur die Eingeweihten. Ein gebrochenes Wagenrad, eine Kuh, die auf der Weide geschlachtet werden mußte, weil sie ein Stück Draht gefressen hatte, waren Sensationen. Hagelschlag oder der Brand einer Scheune waren Katastrophen, von denen man lange sprach. Im Winter hatte man genug Muße dafür.

Man lebte zusammen in einer Haus- und Dorfgemeinschaft von Ungleichen. Die Rangordnung stand fest, war unverrückbar. Als einer der Onkel ein sehr hübsches Kindermädchen heiraten wollte, floh er mit ihr nach Frankreich. Für die Familie war er gestorben.

Es muß Nonna gewaltige Anstrengung gekostet haben, sich zurechtzufinden in unserer Zeit des ständigen Wechsels und Wertewandels. Ob Rudolf ihr dabei geholfen hat? Ich erinnere mich an ihn nur als einen erstarrten alten Mann. Wir mußten ständig auf ihn Rücksicht nehmen. Wenn er zu Hause war, schlichen wir auf Zehenspitzen herum, schlossen die Türen lautlos, flüsterten auf dem düsteren Korridor. Die Mahlzeiten am langen ovalen Tisch im dunkel getäfelten Eßzimmer waren eine einzige Qual. Strenge Augen erspähten jeden Fleck, jede Ungeschicklichkeit mit Messer und Gabel. Nur wenn Rudolf etwas fragte, wagten wir zu sprechen. Doch kaum waren wir draußen, prusteten wir los. Hinter seinem Rücken machten wir uns über unseren Großvater lustig. Georg war der beste Imitator; wir lachten, sobald er die Augenbrauen hochzog und hüstelte, bevor er uns mit verstellter Stimme nach unseren Zensuren fragte oder unsere zu flüchtig gekämmten Haare und die schwarzgeränderten Fingernägel bemängelte. Daß ich es aufgegeben hatte, Latein zu lernen, konnte Rudolf mir nie verzeihen.

Trotzdem, die wortkarge Runde am Tisch und anschließend die befreienden Albernheiten gehören zu meinen deutlichsten Kindheitserinnerungen. Wir waren uns einig, fühlten uns sogar stark, weil wir gemeinsam abwehren konnten, was uns verletzte oder wovor wir uns fürchteten. Insgeheim wußten wir, sie konnten uns nichts anhaben, diese Erwachsenen, und sobald uns Rudolf den Rücken kehrte, war Großmutter unsere Verbündete.

In Großmutters Haus – ich habe es immer so genannt, weil ich Rudolf darin immer nur als Störenfried empfand –, fühlte ich mich heimisch. Ich durfte in Vaters Zimmer schlafen, und nie, so kam es mir vor, war er mir so nah wie in diesem Dachstübchen, wo seine vergilbten Zeichnungen von Indianern und Rittern die Wände bedeckten und die zerlesenen Bücher zeigten, womit er sich vor Jahrzehnten beschäftigt hatte.

Mit Vater allein habe ich mich immer gut verstanden. Deshalb war das Jahr nach Mutters Tod eine schöne Zeit für mich. Entspannt lebten wir nebeneinander her. Wir nahmen Rücksicht. Wir brauchten uns, erwarteten aber nicht zu viel voneinander. Daß Vater anfing zu trinken, habe ich anfangs nicht bemerkt. Als sich die abstoßenden Szenen in immer kürzeren Abständen wiederholten, bin ich ausgezogen. Ich ertrug es nicht, meinen Vater lallend, torkelnd und nicht selten auch gewalttätig zu erleben. Ja, ich habe ihn verlassen, nachdem ich ihm mehrmals damit gedroht hatte, ich würde es tun, wenn er nicht aufhörte mit dem Trinken. Ich weigerte mich, sein Opfer zu werden.

Ich habe ihn verlassen, ja. Aber noch immer fühle ich mich für ihn verantwortlich. Ich besuche ihn regelmäßig, bringe notdürftig seinen Haushalt in Ordnung, fülle den Kühlschrank mit Fertiggerichten, Milch und Eiern. Er ist erschreckend mager geworden. Aber heute hat er keinen Tropfen Alkohol angerührt. Und ein paar Mal hat er mich, wenn ihm wieder ein Glas angeboten wurde, angeschaut, stolz, daß er es schaffte abzulehnen.

Bei meinem letzten Besuch hat er mir Mutters Armband mit den drei Saphiren geschenkt. Wir hatten drei gute Jahre, ganz am Anfang, sagte er. Vielleicht wären es mehr geworden, vielleicht hätte ich ihr eine ganze Kette aus Saphirsteinen geschenkt, für jedes gute Jahr einen. Es blieb dabei: Die ersten drei Jahre waren für uns beide gut. Am Ende wurdest du geboren, wir hatten uns auf dich gefreut.

Und, hätte ich gern gefragt, habe ich euch enttäuscht? Wann wurde ich zu einer unerträglichen Belastung? Doch da war der Augenblick für Bekenntnisse schon vorüber, und Vater schwieg. Er spricht nicht gern von Mutter. Er möchte sie so in Erinnerung behalten, wie sie vermutlich in den ersten drei Jahren ihrer Ehe war, als sie beide hofften, ihre Liebe würde sich entwickeln, und die Geburt eines Kindes würde sie festigen.

4

Meine Schlaflosigkeit sei nichts Gravierendes, sagt Dr. Weber. Doch ich spüre mein Herz, zähle die Schläge, die manchmal aussetzen, dann wieder losrasen und mich beunruhigen. Denken Sie beim Einschlafen an etwas Schönes, empfiehlt der Doktor jedesmal.

Als ob einem auf Kommando immer etwas Schönes einfiele! Nicht einmal heute kommt der Schlaf, obwohl ich früh aufgestanden bin und an diesen Tag mit Freude zurückdenken kann. Allerdings, Albrecht hat gefehlt. Ich würde es bedauern, wenn er und Astrid dabei wären, sich zu trennen. Als ich Astrids traurige, erschrockene Augen sah, habe ich gar nicht weiter gefragt. Sie tut mir leid. Aber natürlich habe ich zu wenig Einblick in diese Beziehung; in sechs Jahren hat sie sich möglicherweise abgenutzt. Bindung bedeutet immer auch Einschränkung. Vielleicht empfindet Albrecht das als Fessel oder als Verpflichtung, der er sich nicht gewachsen fühlt. Ich muß mich hüten, ungebetene Ratschläge zu geben.

Es ist schon länger her, da besuchten mich die beiden, die Motorradhelme unter dem Arm, mit vom Fahrtwind geröteten Gesichtern. Sie seien die Feldwege zwischen den reifen Getreidefeldern entlang getuckert, sagten sie und strahlten mich an. Endlich ein glückliches Paar, dachte ich und freute mich mit ihnen.

Albrecht hat mir von Anfang an gefallen. Wie er seinen Arm um Astrids Schulter legte, nicht von ihrer Seite wich, als sie die weißen Teetassen aus der Küche holte, die Keksdose mit sicherem Griff in der Speisekammer fand, und wie er ihr dann ganz selbstverständlich das Tablett abnahm. Sie sind beide gleich groß. Aber Astrid wirkt neben ihm schmal und zerbrechlich. Sie braucht die Anlehnung, dachte ich, und er kann sie ihr bieten. Wir sprachen von seinem Studium, Politologie und Geschichte. Er bemühte sich, mir geduldig zu erklären, worum es in seiner Doktorarbeit ging.

Für Wolf muß dieser Tag seltsam gewesen sein. Eine Geburtstagsfeier unter wildfremden Menschen. Erstaunlich, daß er auf Ellens Vorschlag eingegangen ist. Vermutlich ist er sehr einsam in diesem Stift in der Nähe des Kurfürstendamms. Er hat mir erzählt, wie er dorthin gekommen ist. Heimweh auf meine alten Tage, versuchte er zu scherzen. In New York hielt ihn nichts mehr, nachdem seine Frau gestorben und die Tochter nach Tusco gezogen war. Berlin, das war ein Angebot der jüdischen Gemeinde. Er nahm es bei einem Besuch vor zwei Jahren an. Doch unter den wie er spät zurückgekehrten Emigranten blieb er fremd. Um mich dort wohlzufühlen, müßte ich ein überzeugter Jude sein, sagte er.

Ich hätte ihn nicht erkannt, es wäre gelogen, wollte ich etwas anderes behaupten. Wir gingen höflich und behutsam miteinander um. Die bitteren Falten um seinen Mund verrieten mir mehr als die zögernden Antworten, die ich auf meine vorsichtigen Fragen erhielt.

Ich sollte dieses Fest als Schauspiel genießen, lächelte er, in dem wir mitspielen dürfen, ohne unsere Rolle genau zu kennen. Früher hat er oft in diesem leichten Ton gescherzt und erwartet, daß ich ebenso beiläufig erwidern würde. Doch ich war immer viel schwerfälliger als er. Aber Schauspiel? Wer spielte da wem etwas vor? Ich habe ihn nicht verstanden. Hat er gemeint, das ganze Leben sei ein Spiel, dessen Sinn wir nicht ergründen können?

Wenn wir allein gewesen wären, hätten wir zum Beispiel darüber länger reden können. Über das Leben ganz allgemein, über die kurze Zeit, als wir jung und zusammen waren, und über die lange, als wir nichts voneinander wußten. Unverbindliches hätten wir uns wohl gesagt als Ausweg oder Übergang zu Auskünften, die uns schwer fallen, die vielleicht überhaupt unmöglich sind.

Die Zeit kann Gefühle für immer verschütten. Wer kann schon dort wieder anfangen, wo er vor Jahrzehnten aufgehört hat? Und wer möchte das überhaupt?

Am besten hat Wolf sich mit Georg unterhalten. Sie hatten sofort einen Ton miteinander. Ich konnte nicht hören, worüber sie sprachen, vielleicht über New York; Georg will in den Semesterferien dorthin fahren.

Er möchte mir Berlin zeigen, hat Wolf beim Abschied gesagt und gefragt, wann ich kommen würde. Ich konnte nur den Kopf schütteln und lächeln wie über ein ungeduldiges Kind.

Was hätten wir uns zu sagen gehabt, wenn wir allein und mit unbegrenzter Zeit zusammengesessen hätten? Ich bezweifle, daß die Vergangenheit ein guter Gesprächsstoff gewesen wäre. Das naive Weißt-du-noch wäre mir nicht über die Lippen gekommen.

5

Ich bin noch einmal zurück in die Küche gegangen. Ich hatte Durst. Großmutter muß vom Knarren der Treppe geweckt worden sein. Sie erschien in ihrem weiten Morgenmantel aus taubenblauem Samt; die langen silbergrauen Haare fielen wie eine Mähne über ihren Rücken. Wir lächelten uns an.

Hast du meine Schlafschwierigkeiten geerbt? fragte Nonna. Eigentlich zu früh für dich, du kannst dich ja nicht wie ich am Tag ausruhen. Sie kramte im Schrank unter vielen Tüten einen Tee heraus, der Schlafmütze hieß und nach Baldrian roch. Der wird uns helfen, meinte sie, nachdem sie für jede von uns zwei Teelöffel von der Mischung aufgebrüht und mit Rapshonig gesüßt hatte. Wir setzten uns einander gegenüber an den Küchentisch, auf dem ich das saubere blaugoldgeränderte Geschirr gestapelt hatte, und wärmten unsere Hände an den Henkelbechern mit dem heißen Getränk.

Deinen Samtmantel haben wir uns immer zum Theaterspielen geliehen, sagte ich. Ich trug ihn, weil ich meistens die böse Königin, Schneewittchens Stiefmutter und ähnliche Ungeheuer spielen mußte.

Deshalb ist er auch so abgenutzt, lächelte Großmutter. Aber keine Angst, ich werde ihn nicht wegwerfen. Aus der Ferne und bei Funzellicht sieht er immer noch majestätisch aus. Wann spielst du das nächste Mal eine böse Königin?

Wir lachten und rührten in unserem dampfenden Tee. Willst du nicht noch bleiben? fragte sie plötzlich. Ein paar Tage Abstand werden euch beiden guttun. Sie ahnte, daß zwischen Albrecht und mir etwas vorgefallen war. Sie hatte uns immer nur unzertrennlich erlebt.

Ein paar Tage allein bei dir wären schön, sagte ich. Aber Albrecht würde es als Ausweichen empfinden. Wir hatten in letzter Zeit viel Streit und sind damit nicht am Ende.

Sie wartete, daß ich weiterreden würde.

Ich verstehe, sagte sie nach einer Weile leise, du willst es nicht machen wie ich.

Ich sah sie fragend an.

Ausweichen, antwortete sie, das habe ich mein Leben lang getan. Es war vielleicht falsch, um eines trügerischen Friedens willen nachzugeben um jeden Preis.

Ich schwieg. Ich wollte ihr nicht sagen, daß Albrecht und ich uns gerade deswegen gestritten hatten. Er war bei seinen Geschichtsstudien zum Thema Justiz im besetzten Polen auf Großvaters Namen gestoßen. Daß ich nie mit Nonna über Rudolf gesprochen habe, wollte er mir nicht glauben.

Wir wollten sie schonen, sagte ich matt und merkte, daß ich wiederholte, was unsere Familienübereinkunft war: schonen, auch wenn das Verschweigen und Verdrängen bedeutet.

Wir hatten unseren Tee getrunken. Geh schlafen, sagte Nonna, denk an etwas Schönes, das hilft.

Herr Krotz

Wir waren fast mit dem Frühstück fertig, als unser neuer Tischnachbar erschien.

Krotz, stellte er sich vor, zwei Meter drei groß, zweieinhalb Zentner schwer, sehen Sie ja selber.

Ein Riese mit einem rosig-wabbeligen Kindergesicht; er nahm einfach doppelt so viel Raum ein wie jeder von uns. Frau Haßburg mußte eng an die Wand rücken, Herr Klein zog die Beine unter seinen Stuhl, und ich versuchte, mich so schmal wie möglich zu machen.

Die letzte normale Mahlzeit, seufzte Herr Krotz, während er den Tisch mit allem belud, was er offenbar gewöhnlich morgens zu sich zu nehmen pflegte: Schinken, Eier, Käse, Butter, vier Brötchen, Marmelade, eine große Schüssel Cornflakes, Sahnequark und als süßen Abschluß drei abgepackte Portionen Nutella.

Der Kaffee ist sehr dünn, beschwerte er sich.

Er mampfte so konzentriert und geräuschvoll, daß wir nicht wagten, ihn dabei mit Fragen zu stören. Herr Klein und ich saßen ihm gegenüber, wir starrten ihn wortlos an. Die gertenschlanke Frau Haßburg würde zu ihrer ersten Anwendung zu spät kommen, weil sie sich unmöglich an Herrn Krotz vorbei drängen konnte, ohne ihn beim Genuß seiner letzten normalen Mahlzeit zu stören.

Ausgerechnet dieses Türkis hat er für seinen Jogginganzug gewählt, dachte ich, ein türkisfarbener Monsterfrosch.

Als er sein Messer ungeniert mit dem Rest der Erdnußbutter, die er sorgfältig aus ihrer Aluminiumverpackung gebohrt hatte, durch den Mund zog, standen Herr Klein und ich abrupt auf.

Bis dann! war der gängige Gruß, mit dem man sich in unserer Klinik, Reha genannt, nach jeder Mahlzeit von seinen Tischgenossen verabschiedete, um zur nächsten Reha-Prozedur, Massage, Gymnastik, Ergo-, Physio- und was auch immer noch für eine Therapie, zu eilen.

Herr Krotz schwieg. Er sah gar nicht auf, er war noch immer damit beschäftigt, mit seinem Messer den letzten Rest von Nutella aus der Aluminiumfolie herauszupolken.

Beim Mittagessen konnten wir die üblichen Fragen nicht mehr zurückhalten. Schließlich würden wir uns jetzt mehrmals täglich auf weniger als einen Meter Entfernung gegenübersitzen. Zwangsläufig kommt man sich nahe, da möchte man Bescheid wissen und mögliche Anknüpfungspunkte erkunden.

Herr Krotz überhörte unsere Fragen oder beantwortete sie nur widerwillig. Bayrischer Wald, ja, er kam aus dem Bayrischen Wald. Und Großhandelskaufmann sei er. Das war schon fast alles.

Großhandel, fragte Herr Klein, welche Sparte?

Doch Herr Krotz starrte nur trübsinnig auf die Zahl achthundert, die unübersehbar groß mit rotem Filzstift auf seiner Serviettentasche geschrieben stand.

Achthundert Kalorien, wie soll ich das überstehen? nuschelte er verzagt.

Herrn Klein waren immerhin zwölfhundert zugebilligt worden. Auf die Flädlesuppe mußten beide verzichten. Dafür gab es jede Menge Salat.

Joghurt-Dressing enthält auch Kalorien, warnte Herr Klein, der bereits erfolgreich drei Kuren wegen Übergewicht hinter sich hatte, und andere gern von seinen Erfahrungen profitieren ließ.

Frau Haßburg hatte es die Sprache verschlagen, sie saß an die Wand gequetscht auf der Stuhlkante und konnte kaum die rechte Hand heben, um ihren Rollbraten zu schneiden.

Rollbraten, stöhnte Herr Krotz sehnsuchtsvoll.

Er hatte seinen Teller mit den zwei kleinen Salzkartoffeln und einem winzigen undefinierbaren krustigen Brätling bereits bis auf den letzten Krümel leergegessen. Er schob den Tisch zurück und stand so plötzlich auf, daß das Geschirr klirrte und Frau Haßburg erschrocken ihre Gabel fallen ließ. Grußlos verließ er die Tischgemeinschaft.

Flegel, murmelte Frau Haßburg, von Manieren keine Spur. Ob ich wenigstens den Platz mit ihm tauschen darf? fragte sie den kurerfahrenen Herrn Klein, dann hätte ich wenigstens meinen rechten Arm frei, um ein Brötchen zu schmieren oder das Fleisch zu schneiden.

Mit Extrawünschen machte man sich unbeliebt. Wir hatten bereits alle drei die strenge Rehaordnung akzeptiert. Auf die Minute genau versammelten wir uns gehorsam in der lichtdurchfluteten Halle, um rechtzeitig bereit zu sein für unsere Anwendungen, Packungen, Bäder, Schwimmen, autogenes Training und dergleichen.

Ich lege einfach seine Serviettentasche hierhin, sagte Frau Haßburg kühn und wechselte entschlossen den Platz.

Und wie soll er sich hinter Ihrem Stuhl entlang an die Wand zwängen? gab Herr Klein zu bedenken.

Und mir säße er dann genau gegenüber. Aber das sagte ich natürlich nicht laut.

Herr Krotz aus dem Bayrischen Wald, seufzte ich, zwei Meter drei groß, zweieinhalb Zentner schwer, mit dem Messer zwischen den Zähnen. Wir werden ihn drei Wochen lang ertragen müssen.

Wie kann man sich nur in jungen Jahren einen solchen Wanst anfressen? fragte Herr Klein. Bei mir sind es nur zehn Kilo zu viel.

Zum Abendessen erschien Herr Krotz wieder in Türkis, alle anderen hatten sich, wie es die Hausordnung vorschrieb, ein wenig fein gemacht. Tolpatschig quetschte er sich auf seinen neuen Platz an der Wand. Sein Gesicht war leidvoll verzerrt. Vielleicht hatte er Bauchschmerzen. Fasten soll manchmal qualvoll sein …

Es roch nach Pfefferminztee und fettarmer Mortadella. Der Magerquark war völlig geruchlos, wenn er nicht mit Schnittlauch bestreut wurde.

Herr Krotz litt sichtlich. Das rosige Wabbelkinn hing herunter. Wortlos und traurig knabberte er am trockenen Knäckebrot.

Die ersten drei Tage sind die schlimmsten, tröstete Herr Klein. Lassen Sie sich ein Schlafmittel geben, damit Sie nicht hören, wie nachts Ihr Magen knurrt. Und jetzt nicht auch noch das Rauchen aufgeben, das schaffen Sie nie, riet er. Kameradschaftlich begleitete er unseren neuen Tischgenossen vor die Tür, wo sich nach den Mahlzeiten regelmäßig die Raucher trafen; sie nahmen ihn gern in ihre paffende Runde auf.

Er habe schlecht geschlafen, klagte Herr Krotz am nächsten Morgen. Er setzte sich umständlich an den Tisch, starrte die einzige blasse, fettfreie Wurstscheibe an, die man ihm, in Zellophan verpackt, zugeteilt hatte, und war zunächst zu keinen weiteren Äußerungen bereit.

Massage, Rückenschule, Wassergymnastik, autogenes Training, wie soll ich das schaffen? murmelte er verzagt, nachdem er seinen ausgedruckten Therapieplan studiert hatte. Nach einem Blick auf die Uhr eilte er aufgeschreckt davon.

Wie sollte er das schaffen? Allerdings, das fragten wir uns auch. Wir bedauerten Herrn Krotz ehrlich.

Am Abend erst trafen wir ihn wieder. Das autogene Training hatte er geschwänzt. Kann mir nichts darunter vorstellen, entschuldigte er sich. Nach einem ausgiebigen Mittagsschlaf hatte er, wie er uns jetzt ganz aufgeräumt erzählte, die Stadt erkundet und das Internet-Café entdeckt, das nicht einmal Herr Klein, seines Zeichens Informatiker, kannte.

Ich habe gleich Kontakt mit meiner Freundin in Amerika aufgenommen und noch ein paar andere Chat-Adressen ausprobiert, tat sich Herr Krotz wichtig.

Frau Haßburg sah ihn geradezu bewundernd an. Mit Computern kannte sie sich nicht aus.

Herr Klein trumpfte sofort mit seinem eigenen Laptop auf, ohne den er überhaupt nicht mehr leben mochte und den er folglich auch zur Kur mitgenommen hatte, obwohl ja Abschalten in mehrfacher Hinsicht zur Therapie gehörte. Ein Internet-Café hätte er nicht nötig, behauptete er.

Aber dort treffen Sie Kenner, entgegnete Herr Krotz. Man lernt nie aus, fügte er schüchtern hinzu.

Herr Krotz mit Freundin in Amerika – Frau Haßburg sah mich zweifelnd an. Wollte er uns damit imponieren? Glaubwürdiger war er, wenn er vom Bayrischen Wald und den kranken Bäumen erzählte. Davon jedenfalls hatte er Frau Haßburg ausführlich berichtet.

Wir sammelten die raren Auskünfte über Herrn Krotz wie Kostbarkeiten und versuchten gemeinsam, uns ein Bild von unserem Tischgenossen zu machen.

Er wohnt noch immer bei den Eltern, verhätscheltes Einzelkind also, wußte ich.

Er will zum Pfeiferauchen überwechseln, erzählte Herr Klein. Und gestern ist er beinahe ohnmächtig geworden. Ich habe ihm geraten, stets einen Müsliriegel in die Tasche zu stecken. Schwächeanfälle wegen Unterzuckerung, das kann gefährlich werden. Stellen Sie sich vor, was passiert, wenn Herr Krotz plötzlich hinschlägt!

Einen gewaltigen Fettfleck sah ich vor mir. Herrn Krotz wieder auf die Beine zu bringen, dazu brauchte man wahrscheinlich einen kleinen Kran, sagte ich laut und boshaft.

Die anderen sahen mich mißbilligend an. Sich über Herrn Krotz lustig zu machen war wirklich nicht fair.

Samstags gab es immer Eintopf, danach eine rosa Cremespeise mit einem Schlagsahneklecks in der Mitte. Herr Krotz mußte auf diesen süßen Trost verzichten. Sein Mund war zu einem dünnen Sichelmond verzogen. Den grünen sauren Apfel als Ersatz steckte er verächtlich in die Hosentasche.

Ich habe Ihnen etwas mitgebracht, sagte er plötzlich, zog drei Mon-Chéri-Pralinen aus der Tasche und verteilte sie.

Nett von Ihnen, bedankte sich Frau Haßburg, die essen Sie sicherlich sonst selber gerne, sagte sie mitfühlend.

Herr Krotz zuckte resigniert die Achseln. Der Welt des Genusses hatte er aus freien Stücken entsagt. Er hatte die Cognac-Kirschen wohl verschenkt, um nicht in Versuchung zu kommen. Wir steckten sie ein, wir wollten seine Qual nicht vergrößern, indem wir die in rosa Alufolie verpackten Schokoladenkirschen vor seinen Augen verzehrten.

Im Teestübchen hockte Herr Krotz mit hängendem Kopf allein auf dem abgewetzten rotsamtenen Sofa. Er wartete auf den Termin für die Rückenschule im Untergeschoß. Trübsinnig rührte er in seinem ungezuckerten Kräutergetränk.

Das einzige, was ich hier reichlich zu mir nehmen darf, ist Früchte- oder Kräutertee, stöhnte er. Drei Liter am Tag …

Ich holte mir auch ein Glas Früchtetee und leistete ihm Gesellschaft. Plötzlich fing er an zu reden, erst stockend, dann immer schneller, sich fast überschlagend.

Das hier sei für ihn der Beginn eines neuen Lebens, begann er fast feierlich. Mit jedem Kilo weniger würde er seinem Ziel näher kommen. Jetzt käme es darauf an durchzuhalten, bitte helfen Sie mir dabei! Er habe bereits die Bedingungen für den neuen Anfang geschaffen: seinen Arbeitsplatz gekündigt, einen neue Stelle in der Verwaltung in einem Ort weit weg von den Eltern gefunden, weg von Mamas Fleischtöpfen, Sahnesoßen und Kuchenbergen.

Ich muß selbständig werden, sagte er mit fester Stimme, ich darf mir nicht mehr alles von den Kollegen im Büro gefallen lassen. Das Mobbing muß aufhören. Aber so geht es nicht, erst müssen die Kilos weg, sonst fängt das Mobben auch an dem neuen Arbeitsplatz wieder an. Er preßte die Lippen zusammen, zu allem entschlossen.

Sie werden es schaffen, machte ich ihm Mut. Fragen Sie Herrn Klein, er speckt jetzt bereits zum dritten Mal ab.

Von nun an war die Gewichtsabnahme von Herrn Krotz unser Gesprächsthema beim Frühstück und beim Abendbrot. Fürsorglich erkundigten wir uns nach seinen meßbaren Erfolgen.

Dreihundert Gramm weniger, so schnell bringt das sonst keiner fertig in so kurzer Zeit, lobte Herr Klein.

Frau Haßburg hatte für Herrn Krotz schon einen dunkelblauen Jogginganzug zwei Nummern kleiner als der türkisfarbene ausfindig gemacht. Da werden Sie am Ende der Kur hineinpassen, versprach sie. So weit können Sie kommen, versicherte sie und erklärte ihm genau, wie er das Geschäft finden könne. Dunkelblau macht schlank, fügte sie hinzu.

Herr Klein empfahl ihm, Gewichte zu stemmen. Fangen Sie mit zwei Kilo an! Fürs Fahrradfahren brauchen Sie einen Spezialsattel. Links in der Ecke des Trainingssaals steht das einzige damit ausgestattete Gerät.

Ich war für die psychologische Betreuung im Teestübchen zuständig. Erzählen Sie mir von ihren Eltern. Haben Sie Freunde?

Herr Krotz sah mich erstaunt an. Niemand hat mich bisher danach gefragt, sagte er.

Ich stellte mir Vater und Mutter von Herrn Krotz vor: fast ebenso korpulent wie der Sohn, stumpf vor dem Fernseher sitzend oder schweigsam in der Wohnküche die riesigen Portionen vertilgend, die Frau Krotz jeden Tag auf den Tisch stellte. Essen, das hielt die Familie zusammen. Es war so etwas wie ein Liebesbeweis, den zumindest die Mutter lieferte.

Die sind in Ordnung, wies Herr Krotz meine Fragen ab. Er wollte nicht über seine Eltern sprechen. Freunde hatte er offenbar nicht, dafür jede Menge Arbeitskollegen, die ihn hänselten. Immer wieder fing er mit den täglichen Qualen an, den verächtlichen Blicken, dem höhnischen Gelächter, den boshaften Bemerkungen hinter seinem Rücken.

Glauben Sie, daß mich jemals eine Frau anschauen wird, als normalen Mann, meine ich? fragte er verzweifelt. Er war nahe daran, in Tränen auszubrechen.

Deshalb die Chatfreundin in Amerika, dachte ich. Er lerne Englisch, hatte er mir anvertraut, und eines Tages werde er sie besuchen. In den Vereinigten Staaten seien Zweimetermänner mit einem Gewicht von drei Zentnern nichts Ungewöhnliches.

Sie sind auf einem guten Weg, tröstete ich ihn. Sie werden Ihr Ziel erreichen. Er tat mir leid.

Keiner von uns schaute noch weg, wenn Herr Krotz sein Messer durch den Mund zog. Wir wurden eine gesprächige Runde. Mit Frau Haßburg unterhielt sich Herr Krotz über die Vogelwelt im Bayrischen Wald, mit Herrn Klein über die Chancen seines Heimatvereins in der zweiten oder dritten Fußball-Liga. Mir versuchte er das Shopping im Internet zu erklären.

Niemand von uns hatte etwas gegen Herrn Krotz. Wir hatten uns an ihn gewöhnt. Seine Kurfortschritte begleiteten wir anteilnehmend. Geduldig hörten wir uns seine Klagen an. Wir machten uns auch nicht mehr lustig, wenn er gierig oder neidisch auf unsere gefüllten Teller schaute oder Frau Haßburg fragte, wie sie es schaffe, so gertenschlank zu bleiben. Wir waren mindestens so stolz wie er, wenn er ein weiteres Kilo weggeschwitzt oder weggestrampelt hatte.

Statt zum autogenen Training zu gehen, verbrachte Herr Krotz seine anwendungsfreien Nachmittage noch immer im Internet-Café.

Da kommt manchmal eine Frau in einem roten Kleid hin, verriet er uns schüchtern, die hat ähnliche Probleme wie ich.

Wir gönnten ihm die aufkeimende Hoffnung.

Gut versorgt

Das Kind hatte sich aus ihren Armen befreit. Es reckte sich einen Augenblick auf die Zehenspitzen, als wollte es davonfliegen, dann tappelte es zielstrebig und eilig auf die grauen Hosenbeine zu, die mitten auf dem Rasen stehengeblieben waren. Er hob das Kind hoch über seinen Kopf; es jauchzte und verschluckte sich vor Glück.

Du wirst es schwindlig machen, warnte sie, als er mit grotesken Galoppsprüngen auf sie zukam, kehrt machte und noch eine Runde mit dem Kind auf der Schulter drehte. Endlich hielt er vor ihr, setzte das Kind ab, beugte sich zu ihr nieder und küßte ihren Nacken. Die Kleine drängte sich zwischen sie, krallte sich in den Flanellhosen fest und quengelte in hohen, weinerlichen Tönen.

Sie ist jetzt schon eifersüchtig, lachte sie, wie wird das erst später werden! Sie machte ihm Platz auf dem Liegestuhl. Er nahm das Kind auf den Schoß, legte den freien Arm um die Schulter seiner Frau. Sie zog die Knie an und schmiegte sich an ihn.

Ihr habt's gut, sagte er, den ganzen Tag draußen.

Ja, wir haben es gut, seufzte sie, aber wir langweilen uns.

Es sollte scherzhaft klingen. Er spielte mit der Kleinen, kitzelte sie, bis sie außer sich geriet vor Lust. Dann versteckte er seine Hände und ließ das Kind suchen. Wenn du da bist, stellte seine Frau fest, will sie nichts mehr von mir wissen.

Klar, wenn ihr euch langweilt, lachte er. Er setzte die Kleine neben ihre Mutter und stand auf. Ich muß heute noch los, sagte er plötzlich so nüchtern, daß sie zusammenzuckte. In zwei Stunden geht meine Maschine.

Heute noch? Aber ich hatte doch ... und morgen ist Sonntag. Sie konnte ihre Enttäuschung nicht verbergen. Tränen schossen ihr in die Augen. Am liebsten wäre sie eingefallen in das wütende Geschrei, das ihre Tochter jetzt anstimmte.

Sie nahm das zappelnde Kind wie ein Kopfkissen unter den Arm und folgte ihm ins Haus. Koffer packen, duschen, umziehen, für anderes blieb keine Zeit. Sie ließ das Kind in sein Gitterbett fallen und drückte ihm die Stoffpuppe in die Hand, obwohl sie genau wußte, daß es diesen unzulänglichen Trost fortschleudern würde. Unschlüssig blieb sie stehen.

Ruhe, brüllte sie das Kind an, hör endlich auf! Aber das Geschrei steigerte sich nun erst recht zu sirenenhaft durchdringender Lautstärke, unterbrochen nur vom kurzen japsenden Luftholen. Schuldbewußt hob sie das Kind auf, bettete das rote, heiße Köpfchen an ihren Hals, streichelte den spärlichen blonden Flaum. Ist ja gut, flüsterte sie, ist ja gut. Und merkte, daß nicht einmal ihre Stimme beruhigend klang.

Sie sind wenig belastbar, hatte die Ärztin bei der letzten Untersuchung gesagt und es ihrer Patientin überlassen, sich einen Reim darauf zu machen. Sie sollten sich umstellen, einstellen auf Ihr Leben mit dem Kind.

Das war's wohl, was sie immer noch nicht geschafft hatte.

Früher hatten sie solche Reisen gemeinsam gemacht. Sie sah das Hotel vor sich, in dem er übernachten würde, die Bar, das Café mit den weißen Schnörkeltischen auf der Terrasse. Wochenendtagungen hatten an verlockenden Urlaubsplätzen stattzufinden.

Wer stellte sich eigentlich auf sie ein? überlegte sie wehleidig.

Er kam, nach Sandelholz duftend, im blauen Bademantel ins Kinderzimmer. Sofort wurde die Tochter still und streckte die Ärmchen nach ihm aus. Während er das Kind an sich drückte, sachte schaukelte und an seinen Fingern lutschen ließ, erzählte er von der Konferenz, worauf es ankommen würde, was er erreichen wollte.

Er macht alles richtig, dachte sie, als sie ihn mit dem nun friedlichen Kind im Arm hin- und hergehen sah. Sie beneidete ihn.

Bringst du mich? fragte er. Wir könnten auf der Fahrt noch reden. Doch sie schüttelte den Kopf. Für das, was sie ihm sagen wollte, war der Weg zum Flughafen nicht lang genug.

Sind ja nur zwei Tage, rief er tröstend durchs Autofenster, als das Taxi anfuhr.

Sie ging ins Haus zurück. Der Wasserhahn in der Küche tropfte, sonst kein Laut. Das Kind schlief. Er hatte es behutsam von seinem Arm gleiten lassen, ins Bett gelegt und zugedeckt, ohne daß es aufgewacht war.

Sie ließ sich in den alten braunen Sessel fallen, ein selbstbezogenes Scheusal aus ihrer Studentenbude, das sich schäbig und wuchtig gegen das italienische Design ihrer Wohnung behauptete. Der Telefonapparat war in Reichweite. Sie griff nach der Zigarettenschachtel, die schon lange unangebrochen auf dem Beistelltisch lag. Sie hatte das Rauchen aufgegeben. Wegen des Kindes. Das war das wenigste, es war ihr kaum schwergefallen. Sie hatte aufgehört zu rauchen, zu reisen, herumzubummeln, zu lernen, zu arbeiten, ans Examen zu denken, in Diskotheken zu gehen – sie hatte aufgehört, jung zu sein, so schien es ihr. Reichte das alles immer noch nicht? Was verlangte man von ihr?

Sie fühlte sich ausgesetzt in der eigenen Wohnung, abgeschnitten von ihrem bisherigen Leben. Dabei hatte sie sich selbst verbannt, die Verbindung zu alten Freunden zerrissen. Sie fühlte sich nicht imstande, sie neu anzuknüpfen. Was hätte sie denn antworten können auf die einfachste Frage: Was machst du? Verheiratet sein, ein Kind hüten,

Hauptbeschäftigung: warten. Ja, sie wartete, brütete vor sich hin, war ständig müde und erschöpft. Und er merkte nicht einmal, daß sie sich verändert hatte.

Wenn er da war, lebte sie auf. Du wolltest es doch, stimmts? fragte er. Sie nickte. Er hatte ihr die Entscheidung leicht gemacht. Er plante, verabredete, sorgte für sie.

Hatte sie es wirklich so gewollt? Er hatte sie mitgerissen, er war schneller als sie. Sie war ihm einfach gefolgt. Es war ja tatsächlich bequemer für sie, die Biologie an den Nagel zu hängen, nachdem sie durch die erste Prüfung gefallen war. Noch einmal die Schinderei? Du brauchst es doch nicht, wozu denn? Das war damals Trost, sie hatte ihn dankbar angenommen.

Das Kind wimmerte. Sie eilte in die Küche, schaltete den Wasserkocher an, ehe sie die Treppe hinaufrannte. Verschwitzt und verklebt klammerte sich die Kleine an die Gitterstäbe und jammerte vor sich hin. Die Windel voll, das Laken beschmutzt. Sie haßte diese Säuberungsprozeduren. Sie zog das Kind aus, hielt es wie einen räudigen Köter weit von sich und trug es hinüber ins Bad. Es weinte nun lauter, langgezogene Töne, die hoch ansetzten und schluchzend absanken. Hör auf, sagte sie matt, hör endlich auf. Aber die Kleine hatte sich nun eingestimmt in ihr trostloses Greinen, und ihre Mutter hatte nicht die Kraft, sie daraus zu erlösen.

Erst als das Kind sauber und naß auf dem Wickeltisch lag, eingeschlagen in ein gelbflauschiges Badelaken, brach sein Wehklagen ab. Mit seinen großen braunen Augen sah es unverwandt seine Mutter an.

Ob es schon denken kann? Sie fühlte sich unsicher unter diesem ernsten Blick. Sie trocknete das Kind sorgfältig ab und packte es in eine neue Windelhose. Sie hatte die Handgriffe in einem Mütterkurs geübt. Das Kind war gepflegt und gut versorgt. Niemand würde das bezweifeln.

Sie trug es in die Küche hinunter und behielt es auf dem

Arm, als wollte sie sich nicht trennen von ihm und seinem frischen Seifenduft.

Jetzt gibt es was zu essen, sagte sie und erschrak, weil ihre Stimme so seltsam laut klang.

Ich soll ja reden mit ihm, sagte sie sich, es steht in dem Buch. Sie rührte den Brei an und probierte auf ihrem Handrücken vorschriftsmäßig aus, ob er die richtige Temperatur hatte.

Essen, sagte sie zu dem Kind. Doch die Kleine wandte den Kopf weg, sie wollte den Brei nicht.

Nicht zwingen, ruhig bleiben. Sie hatte das ja alles gelernt.

Komm, bettelte sie, komm schon, sei lieb.

Doch die Tochter schlug ihr den Löffel aus der Hand, daß der Brei über Tisch und Fliesen spritzte und ihre Bluse befleckte.

Sie stellte das Kind so heftig auf seine Füße, daß es taumelte und zeternd umfiel. Dann stürzte sie schluchzend hinaus ins Wohnzimmer, warf sich in ihren braunen Sessel, schlug die Hände vors Gesicht und preßte ihre Schläfen. Sie krümmte sich in ihrem braunen Monstrum, als litte sie heftige Schmerzen. Allmählich weinte sie sich in ihr Selbstmitleid hinein. Nichts sehen, nichts hören, so schlecht hatte sie sich noch niemals gefühlt, so völlig unfähig, total versagend.

Sie schreckte auf. Wo war das Kind? Sie hörte nur den Wasserhahn tropfen. Als sie aufspringen wollte, entdeckte sie es: es hatte sich an die rechte Sofalehne gekauert und streckte ihr nun den Löffel hin. Sie hob es hoch, preßte es an sich, wie befreit plötzlich. Sie hockte sich mit dem verschmierten Kind zusammen in die weiche Höhle des braunen Sessels. Und nun begann die Kleine mit ihrer Vogelstimme zu plappern, dünne, hohe Laute. Zum ersten Mal glaubte sie zu verstehen, was ihr Kind wollte.

Ich müßte es ihr erzählen

Ich müßte es ihr erzählen. So war es ausgemacht. Absolute Ehrlichkeit hatten wir uns versprochen. Nicht geschworen, das nicht. So viel Pathos fanden wir lächerlich. Doch die langen Reden über Vertrauen und Wahrheit klingen mir noch im Ohr. Sie fing immer wieder damit an: Sie könne ohne diese Sicherheit nicht leben. Keine Geheimnisse, absolute Aufrichtigkeit, keine Mogelei! Ich hatte genickt, ja, ja, selbstverständlich, ich ahnte, daß sie schlimme Enttäuschungen hinter sich hatte. Es hat lange gedauert, ehe sie mir vertraute, und noch viel länger, ehe wir zusammenzogen.

Auf Peters Gartenparty waren wir uns zuerst begegnet. Sie lehnte an der Tür zur Terrasse, die Arme verschränkt, als fröstele sie in dieser schwül-warmen Sommernacht oder als wolle sie sich selbst beschützen. Ich brachte ihr ein Glas Erdbeerbowle, aber sie schüttelte nur den Kopf und gab ihre Abwehrhaltung nicht auf. Es blieb mir gar nichts anderes übrig, als mich neben sie zu stellen und wie sie die Paare auf der erleuchteten Tanzfläche zu beobachten.

Peter hat es sich etwas kosten lassen, fing ich an, zum ersten Mal präsentiert er uns Haus und Garten. Nichts fehlt, alles vom Besten. Das Buffet ist fast zu schön, um aufgegessen zu werden. Das passende Wetter hat er wohl auch bestellt.

Intelligent war dieser Anfang nicht gerade. Aber ich wollte mir nicht gleich eine zweite Abfuhr holen, indem ich sie zum Tanzen aufforderte. Außerdem hatte ich ja noch immer die beiden Bowlegläser in der Hand, unschlüssig, ob ich sie rasch nacheinander leeren sollte.

Solche Mond-und-Sterne-Lampions schaukelten in unserem Garten auch an den Zweigen, wenn ich Geburtstag hatte, erzählte ich ein bißchen zu vertraulich, Kindergeburtstag und meist auch Ferienende, fügte ich hinzu, das haben wir immer gefeiert.

Das war sicherlich schon zu viel. Kindheitserinnerungen tauscht man erst viel später aus. Doch sie ging darauf ein.

Sonne, Mond und Sterne. Ich kenne die vom Laternenumzug im Oktober. Und jedesmal gab es Tränen, weil eine der Kerzen umkippte und ein schöner blaugelber Lampion in Flammen aufging.

Laterne, Laterne, Sonne, Mond und Sterne, summte sie mit einer weichen dunklen Stimme.

Sie haben sich in all den Jahren nicht verändert, immer noch lachen die Gestirne aus gefälteltem Papier breit und töricht.

Und übertrieben freundlich, ergänzte ich.

Jetzt lachten wir beide. Wollen wir an die Bar gehen und ein anderes Getränk für Sie aussuchen? schlug ich vor.

Sie nickte.

Erdbeerbowle ist mir wirklich zu süß. Es klang wie eine Entschuldigung.

Mir eigentlich auch, stimmte ich zu, aber sie paßt eben zur Jahreszeit.

Am Rand des kurzgeschorenen Rasens war unter einer mächtigen Kastanie eine Bar aufgebaut. Die bunten Lämpchen, die an der rotweiß gestreiften Markise angebracht waren, warfen unruhige Schatten auf ihr Gesicht.

Ich bin einer von Peters ältesten Freunden, stellte ich mich vor. Wir saßen schon in der Grundschule nebeneinander. Er ließ mich abschreiben; in Mathematik war er mir immer überlegen. Ist er wohl auch heute noch.

Ich gehöre zu seiner Firma, sagte sie. Wir arbeiten zusammen an einem Projekt.

Ich sah sie fragend an.

Betriebsgeheimnis, lächelte sie. Das müßte Peter Ihnen selber verraten.

Das war nun beinahe schon wieder eine Abfuhr. Der richtige Gesprächsstoff fiel mir immer noch nicht ein. Von Peters Projekten wußte ich nichts. Ich hatte immer versäumt, ihn zu fragen, welcher Art seine Unternehmensberatung war. Ich verstand davon nichts und wollte nicht zugeben, wie wenig ich daran interessiert war, diese Wissenslücke zu schließen.

An der Bar bestellte sie Campari-Soda. Sie drückte die Zitronenscheibe aus, bevor sie mit durstigen Zügen am Strohhalm saugte.

Das Richtige für eine warme Sommernacht, lobte ich.

Wir stellten unsere Gläser ab und schlenderten nebeneinander auf den knirschenden Kieswegen, die sich im Dunkel verloren.

So groß hatte ich mir den Garten nicht vorgestellt, sagte ich. Fast schon ein Park. Peter hat oft davon erzählt, wie er ihn neu gestalten wolle: Blühende Büsche, aber keine Blumenrabatten, Seltenes in Terrakottakübeln, die er aus Italien mitgebracht hat. Die Gartenromantik ist ihm gelungen. Zumindest im flackernden Licht der Fackeln sieht es so aus.

Seinen Garten liebt er, stimmte sie zu. Er brauche die Arbeit dort zur Entspannung, zum Auffüllen seiner Kreativitätsreserven, behauptet er. Er versteht viel davon, ist beinahe ein Experte. Im Selbststudium hat er sich angeeignet, was man wissen muß. Sein ganzer Stolz ist ein Regal voller Gartenbücher. Manchmal bekommen wir mehr Pflanzenkataloge ins Büro geschickt als Kundenpost. Haben Sie den Geräteschuppen gesehen? Peter besitzt alles, von der Baumsäge bis zur Heckenschere, ein halbes Dutzend verschiedene Hacken oder Harken und natürlich einen Rasenmäher, der wie ein Miniaturtrecker aussieht.

Sie war also schon einmal hier gewesen. Selbstverständlich, warum sollte es außer der beruflichen Zusammenarbeit nicht auch private Beziehungen zwischen Peter und ihr geben? Sie wandte sich mir zu, als warte sie auf die Fortsetzung unseres stockenden Gesprächs. Ihre kunstvoll aufgesteckten dunklen Haare erinnerten mich an die Frisuren griechischer Göttinnen. Sie gefiel mir, ich fand sie wunderschön. Durfte ich ihr das sagen?

Sind Sie allein hier? fragte ich ziemlich plump nach einer Pause, die bereits in Verlegenheit zu versacken drohte.

Sie ließ mich ohne Antwort. Ihrem Schulterzucken konnte ich zumindest entnehmen, daß sie sich allein fühlte.

Ich kenne kaum jemanden hier, bekannte ich. Peters Geschäftsfreunde, vermute ich, gesellschaftliche Verpflichtungen. Da werden Sie besser Bescheid wissen.

Sie schwieg. Falls sie eingeweiht war, wollte sie es offenbar nicht preisgeben.

Peter und ich treffen uns selten, erklärte ich. Gelegentlich springe ich im Tennisklub ein, wenn einer seiner Partner beim Alte-Herren-Doppel ausgefallen ist. Früher waren wir beide ehrgeiziger – und besser natürlich.

Ihr weißes ärmelloses Kleid schimmerte bläulich. Die doppelte lange Kette war korallenrot, meine Lieblingsfarbe, wie der breite Fransenschal, den sie sich jetzt über die nackten Schultern zog. Ich wollte ihr Komplimente machen, doch ich war unsicher, ob sie meine Bewunderung akzeptieren würde. Hinreißend sah sie aus, sie hatte es an diesem Abend gewiß schon öfter gehört. Hinreißend, mir schien dieses bewundernde Wort zu abgenutzt für sie. Ich hätte gern etwas Neues erfunden.

Eine verzerrte Lautsprecherstimme kündigte den Auftritt eines Zauberers an. Wir machten uns auf den Rückweg, die meisten Fackeln waren inzwischen erloschen und qualmten nur noch. Nachdem sie einmal gestolpert und um ein Haar gestürzt wäre, griff sie nach meiner Hand.

Diese kippligen Sandaletten, lachte sie verlegen.

Männer sind standfester als Frauen, sagte ich, sie haben die breiteren Absätze und die größeren Sohlen.

Als wir endlich im Lichtkegel der Scheinwerfer am Haus standen, hielten wir uns noch immer an den Händen.

Peter grinste mich an. Gratuliere, sagte er.

Der Zauberer hatte gerade eine Taube aus seinem Zylinder geholt. Die altbekannten Kunststücke sind doch immer die schönsten. Peters Gäste klatschten so heftig, daß die Taube erschrocken in den Nachthimmel flatterte. Der Zauberer schien besorgt, wie er sie wieder einfangen sollte. Spätestens morgen früh, murmelte er, wenn sie bis dahin nicht längst von einem Habicht oder Bussard geschlagen und zerrissen worden ist.

Es gelang ihm plötzlich nichts mehr. Die Bälle fielen ihm aus der Hand, und die unendlich langen Seidentücher wollten nicht aus seinem Frackärmel rutschen. Die Zuschauer wandten sich gelangweilt ab. Eine Sensation würde es offensichtlich nicht mehr geben. Außerdem war ein heftiger Wind aufgekommen, in der Ferne grollte Donner. Ein Gewitter kündigte sich an.

Es ist spät, sagte sie plötzlich und zog ihre Hand aus meiner. Ich werde erwartet.

Ich sah sie fragend an. Wer wartete wohl zu so später Stunde noch auf sie?

Sie wandte sich hastig um und eilte, ohne sich von Peter oder mir zu verabschieden, über den Rasen.

Wenigstens Ihren Namen müssen Sie mir noch verraten, rief ich ihr hinterher.

Inez mit Z, lachte sie, das übrige können Sie sich sparen.

So hat es angefangen, und vielleicht ist es ja nicht zufällig, daß wir uns so vorsichtig und in vielen zögernden Etappen einander näherten, ohne jemals diese zuverlässige Vertrautheit zu erreichen, die wir wohl beide ersehnten.

Natürlich habe ich Peter am nächsten Tag ausgefragt.

Du hast ja mächtig Feuer gefangen, sei vorsichtig, warnte er.

Gesprächig war er noch nie. Über Inez war ihm weiter nichts zu entlocken. Er habe es eilig, entschuldigte er sich.

Ich hätte es ihr erzählen sollen, selbst auf die Gefahr hin, daß ich damit eine Katastrophe auslöste. Ich wußte ja genau, es würde sie verletzen, womöglich sogar so ernsthaft erschüttern, daß unsere, wie ich finde, einzigartige Verbindung zerriß. Inez kann schon bei geringfügigen Anlässen erschreckend heftig reagieren. Das, was ich bisher verschwiegen habe, wird sie kaum als geringfügigen Anlaß bewerten. Ich habe aus Leichtsinn zu viel aufs Spiel gesetzt. Ich hätte es mir vorher klar machen sollen. Alkohol, sentimentale Stimmung, die verführerische Ausnahmesituation, ein plötzliches Bedürfnis nach Zärtlichkeit und natürlich auch der Reiz eines Abenteuers – ich weiß, das alles erklärt, doch es entschuldigt nicht.

Wie kann ich jetzt noch meine Beschützerposition aufrechterhalten? Ich habe sie mir von Anfang an zugelegt. Nicht uneigennützig freilich. Auf diese Weise darf ich mich ihr überlegen fühlen. Sie hat zwar immer auf ihrer Unabhängigkeit bestanden und ihre gutdotierte Arbeit bei Peter nicht aufgegeben, aber ich bin es schließlich, der meist bestimmt, nach dem sie sich richtet. Es fällt ihr offensichtlich nicht schwer, auf meine Vorschläge einzugehen, ob es sich um einen Spaziergang am Fluß handelt oder um einen Theaterbesuch.

Ich bin altmodisch, sagte sie einmal, ich habe es gern, wenn du die Entscheidungen triffst.

Seit wir zusammen leben, haben wir uns nie ernsthaft gestritten. Es waren Kleinigkeiten, an die ich mich gewöhnen mußte. Sie hat einen anderen Ordnungssinn als ich. Sie haßt chaotische Zustände, und ich bin nun einmal jemand, der achtlos alles fallen und liegen läßt. Wortlos hat sie zuerst meine Sachen aufgehoben, zurechtgerückt und dorthin gebracht, wo sie hingehören. Als ich immer noch nicht begriff, wie sehr ich mit meiner Schlamperei ihr Bedürfnis nach Übersichtlichkeit verletzte, bat sie mich fast förmlich um eine Aussprache, eine sanfte, wie sie lächelnd hinzufügte. Seitdem habe ich eine Chaosecke in der ehemaligen Besenkammer sowie rund um meinen Schreibtisch. Dafür bemühe ich mich, unser gemeinsames Wohnzimmer nicht zu verunstalten und ihren Schönheitssinn zu respektieren.

Allmählich haben wir einige Rituale entwickelt, wie das Glas Rotwein nach dem Abendessen, wenn wir gemütlich wie ein altes Ehepaar auf dem Sofa sitzen. Das heißt, sie sitzt gar nicht, vielmehr zieht sie die Beine hoch, lehnt sich an mich und kuschelt sich an meine Schulter. Sie hört geduldig zu, wenn ich ihr von meinem Schulleben erzähle. Es tut mir wohl. Die ärgerlichen Ereignisse verlieren an Gewicht, nachdem ich ihr umständlich davon berichtet habe. Sie kommen mir dann selbst belanglos vor.

Es ist mir zur Gewohnheit geworden, daß ich sie teilnehmen lasse an meinem ungeliebten Beruf, meinem täglichen und manchmal auch kläglichen Kampf um Ruhe und Konzentration in einer Klasse von feindseligen Halbwüchsigen, die ihre Kräfte zu beweisen trachten, indem sie mich fertig machen. Sie scheint sich dafür zu interessieren, wie es an meiner Schulfront zugeht. Manchmal überascht sie mich mit Ratschlägen. Es müßte doch gelingen, meint sie optimistisch, die Horde zu friedlicher Mitarbeit zu gewinnen.

Sie dagegen hat noch nie das Bedürfnis gehabt, mich über ihren Achtstundentag auch nur zu informieren, geschweige denn, mich in ihre Pläne einzuweihen. Betriebsgeheimnis. Noch immer kann ich mir die Projekte nicht vorstellen, an denen sie und Peter zusammenarbeiten. Nur wenn sie dienstlich verreisen muß, deutet sie an, worum es geht: Überzeugungsarbeit, persönliche Kontaktpflege.

Entscheidungen müßten vorbereitet werden. Das gehört offenbar zu ihren Aufgaben. Peter kann über eine so ideale Partnerin froh sein.

Sie freut sich auf jede Reise. Spannend sei es, ob sie ihr Ziel erreiche, sagt sie, eine Herausforderung. Jedesmal packt sie ihren Diplomatenkoffer mit farbigen Klarsichtmappen voll, in denen sie Statistiken, Grafiken und seitenlange Texte voneinander getrennt aufbewahrt. Eine mir unbegreifliche Ordnung.

Oft kommt sie mit einem neuen Kleidungsstück zurück, einem Kostüm oder einem Kleid, passend für offizielle Anlässe. Kauflust befällt sie hauptsächlich auf Reisen. Ich hatte Zeit für einen kleinen Beutezug, erklärt sie jedesmal, wenn sie mir ihre Eroberung vorführt. Immer wenn ich das hier anziehe, werde ich jetzt an die Stadt denken, wo ich es gefunden habe.

Nie habe ich sie verdächtigt, daß sie sich womöglich auch an anderes als an den Kauf von Kleidern erinnern möchte. Ich bin nicht eifersüchtig, jedenfalls will ich es nicht sein. Es wäre allerdings leicht für sie, ihre Dienstreisen mit einem Abenteuer zu verbinden. Jetzt male ich es mir zum ersten Mal aus. Warum nicht? überlege ich mir. Wenn es doch nur ein flüchtiges Erlebnis ist, ein Spiel, das folgenlos und unverbindlich bleibt und unsere Beziehung nicht beeinträchtigt? Jedenfalls so lange ich nichts davon weiß.

Plötzlich wünschte ich, sie hätte längst damit angefangen, gegen unsere hochheiligen Versicherungen zu verstoßen. Dann wäre ich ich es nicht allein, der unsere Abmachung gebrochen hätte. Dann könnten wir uns womöglich gegenseitig verzeihen.

Sie liebt fremde Städte, ist begierig, Sehenswürdigkeiten zu besichtigen. Sie kauft sich Stadtführer und sammelt Prospekte. Hätte es mir nicht längst schon verdächtig sein müssen, daß sie manchmal noch einen halben Tag länger bleibt, angeblich um eine Ausstellung oder ein Theaterstück zu sehen?

Ich fülle meine Bildungslücken in Raten auf, erklärt sie. Außerdem brauche ich gelegentlich die Illusion von Freiheit. Halbe Tage, mehr ist es ja nicht, beschwichtigt sie mich, das reicht mir.

Die Illusion von Freiheit, ich höre ihre Worte plötzlich mit anderen Ohren. Hat sie mir nicht damit angedeutet, daß auch sie leichtsinnig experimentiert, wenn sich die Gelegenheit ergibt? Ich stelle mir vor, wie sie wißbegierig die Stadt erobert, an ihrer Seite ein Mann, der sie bewundert und sich als Ortskundiger zur Verfügung stellt. Er lädt sie zum Essen ein und dann ... Aber auch Peter könnte ich verdächtigen. Es liegt nahe, daß ihn mit ihr weit mehr verbindet als diese hochgelobte berufliche Partnerschaft. Bisher habe ich noch nie versucht, ihn an Reisetagen in seinem Büro zu erreichen.

Von mir hat sie niemals erwartet, daß ich ebenso interessiert wie sie Kirchen oder Museen betrachten will. Manchmal nennt sie mich scherzhaft einen Kulturmuffel. Wir sind überaus tolerant miteinander. Sie gönnt mir Fußball, meine stupiden Pokalspiele vor dem Fernsehschirm, wie ich ihr ihre Ausflüge in die Kultur. Sie lächelt nachsichtig, wenn ich alle paar Wochen verschwitzt und heiser vom Schreien zurückkomme. Die barbarischen Ausbrüche, meint sie, habt ihr wenigstens gemeinsam, du und deine Fußballfans in der Klasse. Warum redet ihr nicht über den Aufstieg eures Vereins in die zweite oder dritte Liga?

Beneidenswert, finden unsere Freunde, bei euch gibt es keine Reibereien.

Was sollen wir dazu sagen? Wir sind vorsichtig miteinander. Zumindest waren wir es bis jetzt. Die Basis stimmt, habe ich mir immer versichert: Absolutes Vertrauen, auch wenn ich oft nicht weiß, was jetzt in ihr vorgeht, und vor allem was war, bevor ich in ihr Leben trat. Ich habe es respektiert, daß sie darüber nicht reden will. Alte Wunden brechen auf, wenn man daran rührt, hat sie einmal gesagt. Laß mir Zeit.

Merkwürdig, von Glück haben wir nie gesprochen. Wir wollten es nicht gefährden. Es schien uns wohl beiden zu zerbrechlich, um auch nur berührt zu werden. Unsere anscheinend so harmonische Schweigsamkeit habe wohl nur ich manchmal als eine Mauer empfunden, die wir aus Angst nicht zu durchbrechen wagten. Ein Verhältnis mit Rückversicherung und Vorbehalt, hat Peter mal gesagt. Erstaunlich, daß ihr das so lange schon durchhaltet.

Aus Peter werde ich nicht klug. Immer wenn ich Genaueres wissen möchte, verschließt er sich.

Ein andermal, weicht er aus. Du wirst selbst darauf kommen. Warum fragst du sie nicht? Ja warum eigentlich nicht? Fürchte ich mich vor unerträglichen Wahrheiten? Was weiß Peter, was ich nicht weiß?

Jedesmal rühmt er, wie tüchtig sie sei, unentbehrlich, und so geschickt mit schwierigsten Kunden. Er könne ihr alles anvertrauen, alles. Er kennt sie viel länger als ich. Kaum anzunehmen, daß sie nur über ihre gemeinsamen Projekte sprechen. Aber Peter mit seinen Junggesellen-Allüren und seinen rasch wechselnden Favoritinnen habe ich bisher nicht als ernstzunehmenden Rivalen für mich angesehen. Er paßt wirklich nicht zu ihr. Seine Versicherung, sie seien nie etwas anderes gewesen als gute Freunde, habe ich nie bezweifelt, obwohl ich weiß, solche strikten Trennungen von Beruf und Privatleben sind selten.

Ich müßte es ihr erzählen. Absolute Ehrlichkeit, keine Geheimnisse, keine Mogelei. Haben wir uns da nicht etwas Unmögliches zugemutet? Wie lange kann man etwas verschweigen, was der andere vielleicht längst ahnt? Wieviel Zeit muß vergehen, bis man perfekt verdrängt hat, was man nicht gestehen wollte? Und wenn das Ungesagte weiter wuchert und allmählich unsere Zweisamkeit erstickt?

Schon jetzt spüre ich das Gift, das unaufhaltsam in meine Gedanken dringt.

Laß uns zusammen ausgehen, werde ich Inez vorschlagen. Die Einladung zur nächsten Party bei Peter haben wir längst erhalten. Sie könnte der Prüfstein werden. Wie wird sich Inez unter Bekannten und Unbekannten verhalten? Aber ist nicht schon alles kaputt, wenn ich sie belauere und nach Beweisen für ihre Untreue suchen? Nur wenn in einer Beziehung ein Vakuum entstanden ist, kann sich ein anderer möglicher Partner hineindrängen, habe ich mal gelesen. Sind wir so weit?

Was war, bevor ich in ihr Leben trat, sei unwichtig, hat sie mir versichert. Jetzt beginne ich bereits, auf ihre mir unbekannte Vergangenheit eifersüchtig zu werden. Aber wäre rückhaltlose Aufrichtigkeit, auch was die Vergangenheit betrifft, nicht die selbstverständliche Bedingung gewesen für unser ideales gegenseitiges Vertrauen?

Es bleibt mir nichts anderes übrig: Ich muß es ihr erzählen, selbst auf die Gefahr hin, daß unser zerbrechliches Gleichgewicht Schaden nimmt.

Treffen

Odas VW und der alte Kadett von Billy standen ordentlich rechts hintereinander geparkt auf der steilen Auffahrt. Den Platz unmittelbar vor dem Haus hatten sie mir freigelassen.

Astrid hat immer von »unserer lieben Bude« gesprochen, als schämte sie sich, daß wir hundert Kilometer von der Stadt entfernt ein komplett eingerichtetes zweites Haus am Hang über dem See besaßen. Ich war lange nicht mehr hier gewesen; ich fürchtete, die Erinnerungen würden mich mit voller Wucht überfallen. Allein in der Hütte, die Astrid mit so viel Phantasie eingerichtet hatte? Das konnte ich noch nicht, vielleicht würde ich es nie mehr aushalten.

Oda hatte vorgeschlagen, daß wir uns hier treffen sollten. Sie mußte ihren Bruder gewiß überreden, was sie Überwindung gekostet haben mag, so feindselig, wie die Geschwister meist miteinander umgingen.

Astrid hat bis zuletzt darunter gelitten, daß ihre Kinder sich bekämpften wie unversöhnliche Gegner. Alle ihre Vermittlungsversuche waren gescheitert. Ich machte mir keine Illusionen: Was ihr nicht gelungen war, würde mir heute wohl auch nicht gelingen. Ich weiß nicht, ob es nur Eifersucht war, was die beiden von kleinauf gegeneinander aufbrachte. Vielleicht war der Altersunterschied ungünstig. Die vier Jahre ältere Schwester war dem kleinen Bruder immer überlegen. Nicht einmal »Mensch ärgere dich nicht« konnten die beiden ohne Zank miteinander spielen.

Im Gegensatz zu Billy war Oda ein Musterkind. Sie hat uns keine Probleme gemacht. Stets vernünftig, schien sie immer zu wissen, was sie wollte. Daß sie Schule und Studium erfolgreich abschließen würde, hatten wir erwartet. Sie ist schon seit Jahren Studienrätin und hat immer noch Freude an ihrem Beruf. Aber warum heiratet sie nicht, warum hat sie uns nie ihre Freunde vorgestellt? Astrid hätte so gern Enkel gehabt.

Billy weiß bis heute noch nicht, was er will. Was hat er nicht alles angefangen und nach kurzer Zeit wieder aufgegeben! Dolmetscher wollte er werden, Reiseführer, dann Trainer für Segeln und Surfen. Auch heute weiß ich nicht genau, was er eigentlich macht. Einen Büroberuf habe er jetzt, hat er mir erzählt, als er um eine finanzielle Überbrückung zwischen zwei Jobs bat. Das wolltest du doch immer, sagte er, eine solide Verwaltungstätigkeit.

Die Haustür war unverschlossen, im Kamin glühten dicke Holzkloben und verbreiteten schon in der Diele angenehme Wärme. Aus der Küche duftete es nach einem Käseauflauf, wie ihn Astrid oft zubereitet hat. Oda mußte bereits seit Stunden gewirkt haben. Sie hatte jedenfalls die feuchtmuffige Luft eines lange nicht genutzten Hauses restlos vertrieben.

Als sie mir in einem langen braunen Rock entgegenkam, breitete ich unwillkürlich die Arme aus, genauso wie ich Astrid immer begrüßt habe und früher, als sie klein waren, auch unsere Kinder. Mit einem Schwung, der mir mit den Jahren zunehmend größere Anstrengung abverlangte, hob ich dann die Kleinen auf meine Schultern, trabte mit ihnen ein paar Schritte durch das Wohnzimmer und setzte sie schnaufend wieder auf dem Fußboden ab.

Oda zögerte und sah an mir vorbei. Ich ließ verlegen, wohl auch enttäuscht meine Arme sinken.

Das Essen ist gleich fertig, kündigte sie an, sagst du bitte Billy Bescheid? Von mir läßt er sich nicht ansprechen. Du hörst es ja, er hat in seinem Zimmer alte Platten aufgelegt.

Wenigstens hat sie seinen Kindernamen benutzt. Billy, Willy, Tausendmilly. Sie hatte dazu eine Melodie erfunden, vielmehr einen Spottgesang, mit dem sie ihn oft bis zu Wutausbrüchen reizte.

Als er endlich die Treppe herunterkam, dachte ich, William paßt jetzt eigentlich besser zu ihm. Er hat sich die Locken scheren lassen, weil seine Haare dünn geworden sind und sich über der Stirn lichten. Er müßte Sport treiben oder weniger essen, die hängenden Schultern ziehen seinen Rücken krumm, und über dem Hosenbund wölbt sich die Folge von stundenlanger Schreibtischarbeit und reichlichem Biergenuß. Als ich in seinem Alter war, hat Astrid mich bis zum Überdruß ermahnt, gesünder zu leben, weniger zu essen, schwimmen zu gehen und endlich das Rauchen aufzugeben.

Billy schüttelte mir die Hand wie einem alten Kumpel.

Ich war vorhin im Bootsschuppen, sagte er scheinbar unbefangen. Aber da wird nichts mehr zu machen sein. Dein Kahn taugt höchstens noch als Museumsstück. Die Risse sind daumenbreit.

An das Ruderboot hatte ich nicht mehr gedacht.

Wenn wir hier sind, sagte ich vage, könnten wir uns ein taugliches Boot zum Vorzugspreis leihen, schließlich sind wir beinahe Einheimische.

Einheimisch? Billy sah mich fragend an. Fühlst Du dich so?

Eigentlich nicht, gab ich zu.

Wir haben hier ja nie länger als ein paar Ferienwochen verbracht. Kann man überhaupt einheimisch werden, ohne hier geboren und aufgewachsen zu sein? Aber vertraut ist mir vieles, vertrauter als das Haus in der Mengstraße.

In der Mengstraße hatten wir unsere Freunde, sagte Billy mit deutlich vorwurfsvollem Unterton, und der Sportplatz, wo wir uns trafen, war nicht weit.

Das Haus in der Mengstraße habe ich vor einem halben

Jahr verkauft, nachdem ich kurz zuvor den Kindern meinen Entschluß mitgeteilt hatte. Weder Billy noch Oda haben dagegen protestiert. Offenbar verstehen sie, daß ich allein, ohne Astrid nicht dort leben will. Doch in meiner neuen Wohnung im achten Stockwerk, mit Blick über die Stadt bis zu den Bergen, hat mich bisher keiner von beiden besucht. Oda schickte zum Einzug einen Blumenstrauß. Billy hat nicht einmal reagiert, als ich ihm die Adresse des Lagerhauses nannte, wo die Möbel stehen, die in meinen drei Zimmern nicht unterzubringen sind. Es würde mich freuen, wenn du etwas davon brauchen könntest, hatte ich ihm geschrieben.

Ich bin sentimental. Schon der Käseauflauf rührte mich zu Tränen. Wie immer hatte ich kein Taschentuch und mußte verstohlen die Serviette benutzen.

Oda stellte die braune Keramikform auf den geflochtenen Untersetzer.

Heiß, heiß, heiß, warnte sie – genau wie Astrid.

Sie wird ihr immer ähnlicher. Ich hatte ihr vor dem Umzug eine Auswahl aus der Garderobe ihrer Mutter geschickt. Der braune lange Wollrock gehörte dazu und überhaupt vieles, was sie gewiß brauchen kann. Doch daß ich die Einbauschränke ohne sie leergeräumt habe, war ein unverzeihlicher Fehler.

Du hast dir die Sachen einfach vom Hals geschafft. Immer denkst du nur an dich.

Ich stotterte herum, versuchte vergeblich zu erklären. Aber es stimmte ja, ich wollte nichts mehr von Astrids Garderobe sehen; ich fürchtete mich vor den Erinnerungen, die mit vielen Kleidungsstücken verbunden waren.

Die meisten Kleider und Kostüme hatten wir zusammen gekauft. Astrid hielt mich für einen kompetenten Modeberater. Wenn sie sich in den Geschäften vor dem Spiegel drehte, wartete sie immer auf mein Urteil und probierte so lange weiter, bis ich endlich mit ihrer Wahl zufrieden war.

Ich hätte es nicht ertragen, wenn Oda vor meinen Augen die Sachen begutachtet und, je nachdem, verworfen oder genommen hätte. Komisch siehst du aus! Damit hatte Oda ihre Mutter oft genug gequält, und jedesmal fühlte ich mich mitschuldig, weil ich Astrid möglicherweise das Falsche empfohlen hatte, etwas, das nicht der Mode entsprach, das sie vielleicht sogar lächerlich machte, weil es zu gewagt war. Modische Experimente waren nichts für Oda. Ihr konnte es nicht streng und schlicht genug sein.

Wem willst du gefallen, habe ich Astrid gefragt, Oda oder mir?

Sie war mir um den Hals gefallen. Das weißt du doch! lachte sie.

Nein, über Mode haben wir nie gestritten, über wichtigere Dinge schon. Astrid war hartnäckig, wenn es um ihre Position ging. Sie wollte mich stets überzeugen. Sie hat mich gewiß für stur gehalten.

Zwei Widder, sagte sie – Sternzeichen bedeuteten ihr etwas –, bilde dir nur nicht ein, daß deine Hörner stärker sind!

Der Rotwein ist von Billy, sagte Oda. Er hat auch den Kamin zum Glühen gebracht. Sie wollte ihren Bruder, so klang es, ausdrücklich loben. Sie hatten sich wohl abgesprochen, wer an diesem Abend die verschiedenen Aufgaben übernehmen würde. Die honigduftenden Wachskerzen für den fünfarmigen Bronzeleuchter – eine Trouvaille aus Florenz – hatte bestimmt Oda besorgt. Sie verbreiteten ihr weiches Licht über den gedeckten Tisch und ließen unsere Gesichter im Halbschatten. So fiel es überhaupt nicht auf, ob wir uns in die Augen sahen oder nicht .

Du wolltest uns etwas sagen, erinnerte Billy, während er vorsichtig die Kruste des Käseauflaufs durchschnitt. Offenbar versucht er möglichst schnell hinter sich zu bringen, was unvermeidlich war.

Du machst es spannend, pflichtete Oda ihm bei. Grundsätzliche Regelung, was bedeutet das denn?

Zwischen euch beiden und mir liegt so viel Unausgesprochenes, fing ich unsicher an, ich dachte, wir könnten das ausräumen und einen neuen Anfang machen.

Die beiden sahen sich an. Zu spät und reichlich unbestimmt, sagte Billy nach einer verlegenen Pause, findest du nicht? Ein neuer Anfang nach allem, was vorgefallen ist, macht das noch Sinn?

Wenn ich ehrlich sein soll, ergänzte Oda, nicht das Unausgesprochene trennt uns, vielmehr das, was du gesagt und getan hast. Es hat uns verletzt.

Ich hatte nicht erwartet, daß sich die Geschwister so einig sein würden. Sie drängten mich in die Rolle des Bittstellers oder des Sündenbocks. Leiden sie überhaupt wie ich unter unserer Entfremdung?

Hilflos und auch um Zeit zu gewinnen, hob ich mein Glas: Wir wollen auf diesen Abend trinken, auf hoffentlich gute Gespräche!

Oda kam mir zur Hilfe: Das letzte Mal war ich vor zwei Jahren hier. Ohne dich, fügte sie hinzu. Ich fand die Gewürze heute noch im Küchenschrank, die wir damals benutzt haben. Mama war erst wenige Tage vorher aus der Klinik entlassen worden, sie wußte, daß sie bald wieder dorthin zurückkehren mußte. Sie saß blaß und in sich zusammengesunken auf der Bank in der Küche und sagte mir genau, wie ich unser Essen zubereiten sollte. Die ganze Zeit hat sie geredet. Von eurer Bootsfahrt, kurz nachdem ihr das Haus gekauft hattet, hat sie erzählt, und wie der Kahn beinahe unterging, obwohl sie mit einer Konservenbüchse pausenlos Wasser geschöpft hat.

Und nachdem der Tisch abgeräumt war, haben wir Scrabble gespielt und sie immer gewinnen lassen, erinnerte sich Billy.

Wo ist eigentlich das Spiel? fragte ich.

Ich habe es mitgenommen, als ich im Frühjahr mit Moni hier war, sagte Billy. Damals, als ich, wie du wolltest, die Dachrinnen gesäubert habe.

Moni? fragte ich. Kenne ich sie?

Billy schüttelte den Kopf.

Du kennst kaum einen unserer Freunde, stellte Oda fest.

Ihr habt mir keine Gelegenheit gegeben, sie kennenzulernen, entschuldigte ich mich.

Wir haben deine Freundin auch nur durch einen peinlichen Zufall kennengelernt, konterte Billy.

Wir haben uns getrennt, sagte ich schroff, aber darüber wollte ich nicht mit euch reden. Ich kann verstehen, daß ihr mir diese Beziehung nicht verzeiht.

Peinlich war diese Begegnung zwischen Rita und meinen Kindern tatsächlich. Und ich war außerstande, das Selbstverständliche zu tun, nämlich die Befangenheit aufzuheben. Oda und Billy kamen uns zufällig entgegen. Wir waren im Schloßpark spazierengegangen, Rita und ich. Ich hatte meinen Arm um sie gelegt, vielleicht hatte ich sie auch an mich gezogen. Ob sie fröstelte, oder ob ich sie zärtlich vor etwas schützen wollte, ich weiß es nicht mehr. Jedenfalls sahen meine Kinder in dieser Geste eine Kränkung ihrer Mutter, die seit Wochen im Krankenhaus lag.

Billy schenkte Odas Glas voll.

Was wolltest du mit uns regeln? drängte er. Deshalb sind wir doch hier.

Er stand auf, um ein paar Scheite im Kamin nachzulegen. Noch immer gebückt vor dem Feuer, sagte er leise: Was du ihr angetan hast, kann man nicht ungeschehen machen, das weißt du wohl.

Es klang so endgültig, daß es mir erst einmal die Sprache verschlug.

Ich hatte gehofft, ihr würdet mir Zeit lassen, sagte ich nach einer Weile.

Das Holz knisterte, und die Wärme war angenehm. Ich wollte es nicht auf einen Streit ankommen lassen.

Was ich mit euch besprechen will, sagte ich so sachlich

wie möglich, hängt mit diesem Haus zusammen. Bedeutet es euch so viel, daß es die Kosten und den Aufwand lohnt, um es zu erhalten?

Billy zuckte zusammen. Ich hatte geahnt, daß ihn diese Frage treffen würde.

Willst du uns das auch noch nehmen? fragte er erschrocken.

Oda schob den Auflauf zu mir herüber. Sie wartete ab.

Ich will es euch nicht nehmen, ich will es euch schenken, sagte ich.

Wie Mutters Kleider, fügte Oda bitter hinzu. Gib es zu, du willst es loswerden wie alles, was dich an sie erinnert.

Was sollte ich dazu sagen? Es stimmte ja.

Ein Ferienhaus, eine Luxushütte kann ich mir nicht leisten, sagte Billy. Dachrinnen säubern und hin und wieder nach dem Rechten sehen, mehr ist bei mir nicht drin.

Wie hast du dir das gedacht? fragte Oda. Keiner von uns kann hier, so weit entfernt von der Stadt, auf die Dauer wohnen.

Ich möchte, daß Ihr die Verantwortung dafür übernehmt, einfach dafür sorgt, daß alles in Ordnung ist. Die Kosten würde ich weiterhin tragen.

Sie müßten sich von Fall zu Fall einig werden, hatte ich gehofft, vielleicht sogar wie heute etwas gemeinsam unternehmen. Daß sich die Geschwister besser vertragen, war Astrids sehnlichster Wunsch gewesen.

Oda schwieg abwartend. Hausmitbesitzer wollte ich eigentlich nie werden, sagte sie schließlich. Und schon gar nicht Sauberfrau, die jedesmal gründlichen Hausputz machen muß, bevor das Schmuckstück im alten Glanz strahlt und benutzbar ist.

Gib es zu, sagte Billy, du bist den alten Kasten leid, weil er dich nicht nur an Mutter erinnert. Warum nur hast du deinen jetzt schon wieder abgelegten Witwertrost hierher geschleppt? Und jetzt sollen wir hier etwas Neues anfangen? Damit du ruhiger schlafen kannst? Glaubst du, wir könnten Geister vertreiben?

Er stocherte so wütend in dem Käseauflauf auf seinem Teller herum, daß ich befürchtete, er würde gleich aufstehen und zur Haustür stürzen.

Geschenk ist Geschenk, lenkte Oda ein. Laß uns doch überlegen, ob es andere Lösungen gibt. Ich könnte mir zum Beispiel vorstellen, daß man das Haus auch für ein paar Wochen an Freunde vermietet.

Und es dann ruiniert zurückbekommt und den typischen Hausbesitzerärger inklusive Rechtsanwalt am Hals hat. Nein danke! wehrte Billy ab.

An Freunde habe ich gedacht, nicht an rücksichtslose Leute, rechtfertigte sich Oda.

Und wie sollen wir uns einigen, ohne aneinanderzugeraten? fragte Billy. Schon jetzt haben wir ja verschiedene Vorstellungen über Sinn und Nutzen dieses sogenannten Geschenks.

Gerade das hatte ich vermeiden wollen, diesen ewigen Geschwisterzank, sagte ich leise. Ich hatte sogar gehofft, das gemeinsame Ferienhaus würde euch näher bringen. Wie wärs, wenn ihr euch mein Angebot in Ruhe überlegt, schlug ich vor. Wir könnten uns in einer Woche wieder hier oder in meiner neuen Wohnung treffen.

Billy schien nicht gerade erfreut über diesen Aufschub. Aber Oda ging sofort darauf ein.

Einverstanden, sagte sie. Inzwischen kann ich mich bei meinen Freunden umhören, ob jemand als Mieter in Frage käme.

Meine Kinder hatten offensichtlich keine Lust, das Gespräch mit mir fortzusetzen. Hatte es überhaupt angefangen? Ich wollte nicht wieder in das alte Abfrageschema – wie geht es, und was machst du? – fallen, mit dem ich ihnen zu oft auf die Nerven gegangen war. Aber die beiden machten auch keinerlei Anstalten, einen anderen Gesprächsstoff anzubieten, geschweige denn, sich nach meinem Befinden zu erkundigen. Sie ließen mich deutlich merken, wie gleichgültig ich ihnen war.

Wir schwiegen und hörten dem lauten Knacken der Holzscheite im Kamin zu.

Als ich das letzte Mal mit Mutter hier war, fing ich wieder an, fanden wir vor der Haustür einen Korb mit Kürbissen, Pflaumen, Birnen und Goldparmänen. Ein dicker Strauß mit Sonnenblumen und blauen Herbstastern stand in einem Weckglas daneben. Es war Erntedankfest, und unsere Nachbarn ließen uns an dem Erntesegen teilnehmen. So fremd waren wir ihnen wohl doch nicht mehr.

Ein schönes Bild, sagte Billy, ich kann mir vorstellen, wie Mutter sich gefreut hat. Sie war die einzige von uns, die hier gern heimisch geworden wäre.

Am nächsten Tag hat sie sich sicherlich mit einer Flasche Doppelkorn bedankt und die Neuigkeiten aus dem Dorf erfahren, lächelte Oda. Sie wollte immer wissen, was los war. Im Gegensatz zu uns kannte sie nicht nur den Ochsenwirt und die Kassiererin im Supermarkt.

Und trotzdem, sagte Billy, war sie hier draußen oft sehr einsam. Du bist ja nur selten mitgekommen, wenn sie Lust auf frische Luft und Rudern oder Wandern hatte.

Oda stellte Teller und Besteck zusammen, bevor sie in die Küche ging.

Es war ihr Haus, sagte sie. Hier fühlte sie sich wohl. Sie hat es ganz und gar nach ihren Vorstellungen eingerichtet. Manchmal hat sie mich mitgenommen, wenn sie auf Flohmärkten nach altem Hausrat herumstöberte.

Es stimmt, gemeinsam haben wir selten etwas für dieses Haus ausgesucht. Es war ihr Refugium und ihr Werk, sagte ich.

Refugium? fragte Billy. Vor wem zog sie sich denn hier zurück? Ist sie hierher geflohen, wenn euer Zusammenleben unerträglich wurde?

Billys aggressiver Tonfall verwies mich auf die Anklagebank. So hatte er noch nie gewagt, mit mir zu sprechen.

Oda kam mit einem Tablett zurück, auf das sie die Schälchen mit Sauerkirschen und Schlagsahne gestellt hatte. Sie tat so, als habe sie nichts gehört.

Ich würde gern die blauen Gläser aus der Vitrine mitnehmen, sagte sie. Seid ihr einverstanden? Mutter und ich haben sie im Schaufenster eines Antiquitätenhändlers in Salzburg entdeckt und zu einem Spottpreis gekauft. Wußtet ihr überhaupt, daß Mutter feilschen konnte wie ein persischer Teppichhändler? Sie hatte eine ungefähre Preisvorstellung und war jedesmal sehr stolz, wenn sie am Ende nicht mehr bezahlen mußte, als sie anfangs auszugeben bereit war.

Nein, als Händlerin habe ich eure Mutter nie erlebt, gab ich zu.

Und höchstwahrscheinlich auch nicht als die ehrgeizige Sportlerin, die mit mir um die Wette tauchte, sagte Billy, du bist ja nie mit ihr geschwommen.

Es sollte ein Vorwurf sein. Aber dafür hatte ich eine plausible Ausrede: In tiefem Wasser geriet ich in Panik.

Sie hätte dich auf jeden Fall gerettet, lachte Billy, aber das hast du ihr wohl nicht zugetraut.

Espresso wäre jetzt gut, schlug ich vor, soll ich ihn machen?

Doch Billy stand schon auf, räumte die leeren Dessertschälchen zusammen und ging in die Küche.

Ihn trifft das alles tiefer als mich, sagte Oda leise. Er hat sich immer mit Mutter identifiziert. Er wollte sie vor dir beschützen und wußte doch, daß das unmöglich war. Zwischen dir und ihm ist ein breiter Graben.

Gräben kann man zuschütten, sagte ich. Laßt es mich doch wenigstens versuchen.

Zu spät, sagte Billy, der den letzten Satz wohl mitgehört hatte.

Meine Kinder als Richter über meine Ehe – so hatte ich mir diesen Abend nicht vorgestellt. Aber schließlich ist diese Abrechnung vielleicht eine Grundlage für unser zukünftiges Verhältnis, sagte ich.

Manchmal ist Schweigen das einzige, was bleibt, sagte Billy. Und was heißt schon Richter! Wir reden von Versäumnissen, Verletzungen, nicht von Schuld. Wir könnten auch alte Fotos betrachten. Vielleicht liegt das Kinderalbum noch in der Kommode. Mutter hat es geklebt. Ich habe es beim letzten Mal zusammen mit Moni angesehen. Auf fast allen Fotos stehst du am Rande, als gehörtest du nicht dazu. Das kann kein Zufall sein.

Ja, es stimmt, mußte ich zugeben, ich habe wohl meist am Rande gestanden. Der Mittelpunkt war immer Astrid.

Bei uns wird das anders sein, versicherte Billy.

Oda und ich horchten auf.

Ja, stotterte Billy verlegen, Moni und ich werden zusammenbleiben.

Wir hoben unsere Gläser, lachten, sahen plötzlich alles anders.

Das Gewitter hat sich verzogen

Ich hatte ihn zu spät bemerkt, um noch ausweichen zu können. Er steuerte auf der Friedrichstraße geradewegs auf mich zu, als hätten wir uns verabredet.

Was machst du hier? stotterte ich verwirrt.

Ich sammele Einzelheiten, antwortete er und setzte sein geheimnisvolles Lächeln auf.

Immer noch diese Albernheiten, sagte ich verärgert und weigerte mich, darauf einzugehen, was ihn zu kränken schien.

Wir hatten uns aus den Augen verloren, vielmehr ich war ihm bewußt ausgewichen. Ich hatte alle Gelegenheiten gemieden, wo ich ihn hätte treffen können. Ich fürchtete mich vor einem Wiedersehen. Meine ausgerissenen Wurzeln hingen noch immer kaum vertrocknet in der Luft und schmerzten.

Er sieht unverändert gut aus, stellte ich fest, und er genießt es sichtlich. Eitlen Männern war ich stets möglichst aus dem Weg gegangen, bis ich Viktor begegnete.

Keine Spur davon, daß ihn die Trennung von mir mitgenommen hat. Was hatte ich eigentlich erwartet? Ich war nie das Wichtigste in seinem Leben gewesen, ich hatte es mir nur eingebildet. Das Gel in seinen dunklen Haaren mochte ich nicht. Es störte mich. Lächerlich, daß ich mir vorstellte, meine Finger würden klebrig, wenn sie wie früher seinen Schopf gegen den Strich durchwühlten. Die Friseure schwatzen ihren Kunden das Zeug auf. Es bringt angeblich den fachmännischen Messerschnitt zu voller Geltung.

Den kastanienbraunen Leinenblazer hatten wir zusammen in München gekauft; das tintenblaue Hemd trug er offen, dazu sandfarbene Jeans und Tods-Slipper. Er hätte auf dem Laufsteg als Dressman Karriere machen können. Perfekt gestylt und immer ein wenig zu übertrieben, um wirklich elegant zu sein. An seiner Seite war ich mir oft wie Aschenputtel im Küchenkittel vorgekommen.

Es war einer dieser regenschweren Sommertage. Ich litt schon seit dem frühen Morgen unter Kopfschmerzen. Jetzt fühlte ich mich dazu noch unbehaglich, weil meine Achselhöhlen schweißnaß waren. Jeder Atemzug quälte sich durch feuchte Watteluft. Das Donnergrollen rückte näher und näher, jeden Augenblick konnte sich die Spannung in einem Wolkenbruch entladen. Ich hatte schon nach einem Unterstand Ausschau gehalten, aber die großbürgerlichen Villen in dieser stillen Straße boten keinen Schutz. Vor ihren schmalen Vorgärtenwiesen hielten eiserne Lanzengitter jeden unwillkommenen Besucher ab.

Viktor schien unbehelligt von den atmosphärischen Turbulenzen. Gewitter hatten ihm noch nie etwas ausgemacht.

Laß uns umkehren und unsere Wiederbegegnung im »Parnaß« feiern, schlug er vor. Wenn wir uns beeilen, schaffen wir es noch vor dem ersten Guß bis dahin.

Zum Feiern war mir zwar nicht zumute, aber er schob mich, bevor ich überhaupt protestieren konnte, am Ellenbogen in Richtung Stadtmitte. Während ich mich seinen langen Schritten anpaßte, spürte ich, wie er mich von der Seite betrachtete. Gleich kommen die Komplimente: Wie schön deine Haare sind, dieser Kupferton steht dir gut! Gleichgültig, was er sagen würde, es war Routine, hatte kein Gewicht.

Ich hatte immer gehofft, dich irgendwann einmal zu treffen, unverhofft wie heute, fing er an, das Natürlichste der Welt. Schließlich sind wir miteinander noch lange nicht fertig.

Ich sah ihn fragend an. Noch nicht fertig? Ich dachte, wenigstens das hätten wir geschafft. Unsere, nein, meine Adresse hatte er bestimmt nicht vergessen. Warum auf den Zufall setzen? Ich war meist erreichbar. Ich ärgerte mich über seine Ausreden.

Du nimmst es wie immer leicht, stellte ich fest und biß mir auf die Lippen, weil es so verbittert klang.

Die ersten Monate hatte ich vergeblich auf einen Anruf gewartet, hatte kaum gewagt, aus dem Haus zu gehen. Bei jedem Klingeln zuckte ich zusammen. Mein Herz klopfte bis zum Hals, und ich mußte tief Luft holen, bevor ich den Hörer abnehmen und meinen Namen nennen konnte.

Haben wir dich aus dem Schlaf aufgestört? fragten meine Freunde, sie fanden mich merkwürdig verklemmt.

Ich war in unserer gemeinsamen Wohnung geblieben. Die Lücken, die das, was er mitgenommen hatte, hinterließ, waren für mich lange Zeit unerträglich. Erst als ich alle Zimmer neu gestrichen hatte in starken Farben, wie ich sie liebe – er hat mein Orange und das heftige Gelbgrün, dazu ein ins Violette hinüberspielende Blau nie ausgehalten – fühlte ich mich besser. Ich lebte jetzt in meiner eigenen Theaterkulisse, in einer ewige Sonne vorgaukelnden Heiterkeit. Meine meist düstere Stimmung ließ sich allerdings durch diese Farborgie nur allmählich aufhellen. Die wenigen verbliebenen Möbel waren Versatzstücke; ich schob sie hin und her. Doch wo immer sie auch standen, es fehlte ihnen ein Zusammenhang, sie wirkten verloren.

Das Wohnzimmer mit der großen Fensterfront blieb weiß. Es war jetzt mein Atelier. Ich bemühte mich tagtäglich, mit neuen kleinteiligen Farbflächen die sterile Leere zu überwinden. Drei Staffeleien mit unvollendeten Bildern hatte ich aufgestellt, und auf dem langen Arbeitstisch lagen die Entwürfe, mit denen ich nie zufrieden war.

Endlich habe ich Platz, machte ich mir Mut und wartete auf neue Einfälle. Sie mußten sich jetzt doch einstellen, wo niemand sie behinderte. Ich kaufte Regale und ordnete das Chaos meiner Bücher. In den halbleeren Schränken verteilte ich meine Kleidungsstücke. Jedesmal mußte ich mehrere Türen öffnen, ehe ich fand, was ich gesucht hatte. Am meisten vermißte ich die Teppiche. Ich konnte jetzt nicht mehr barfuß gehen, ohne zu frieren.

Bis spät in die Nacht legte ich eine CD nach der anderen auf, um die Stille zu übertönen. Ich hörte die Callas so laut, daß sich der Nachbar gegenüber beschwerte. Viktor hatte sie immer übertrieben dramatisch gefunden.

La Divina! Jetzt beteiligst du dich auch noch an der kritiklosen Bewunderung! warf er mir vor. Er dagegen summte stets die neuesten Hits vor sich hin und entschuldigte sich erst, wenn er mein gequältes Gesicht nicht mehr ignorieren konnte.

Klar, daß dich solche Ohrwürmer für Klassisches unempfänglich machen, sagte ich vorwurfsvoll.

Ich hatte den breiten Sessel aus meiner Studentenzeit vom Boden geholt und an die Heizung gerückt. Mein ausrangierter Fuchspelz verdeckte den zerschlissenen Bezug. Stundenlang kuschelte ich mich in mein haariges warmes Nest, hörte »La Sonnambula« und hoffte weiter vergeblich auf einen Anruf.

Auf unserem Balkon wucherten die Pflanzen unbeirrt in ihren Kübeln. Selten vergaß ich, sie zu gießen. Wenigstens hier hatte sich nichts geändert. Trotzdem rückte ich mir den Liegestuhl nicht in die Sonne. Die neugierigen Augen der Nachbarn waren mir stets gleichgültig gewesen, jetzt war es mir peinlich, daß sie Einblick in meine Lebensverhältnisse nehmen konnten. Früher lagen wir nebeneinander auf den gelb weiß gestreiften Matten oder saßen uns abends an dem kleinen runden Tisch im warmen Flackerlicht eines Windlichts gegenüber.

Viktor hielt mir die Schwingtür zum »Parnaß« auf. In der Garderobe warf ich einen Blick in den Spiegel. Blaß und aufgeweicht sah ich aus; die bläulichen Schatten unter meinen Augen zeugten von meiner Erschöpfung.

Das Wetter macht mir zu schaffen, stammelte ich. Ich wischte mir die feuchte Stirn ab und kämmte die Haare hinter die Ohren. Wegen der Hitze trug ich mein dünnstes Kleid, grün weiß karierter Batist. Ich weiß, es steht mir nicht, es täuscht eine Naivität vor, die nur in ländlicher Umgebung zu ertragen ist. Kittelschürzen-Charme, hatte Viktor einmal gespottet, seit wann trägst du so etwas? Jetzt blieb er so dicht neben mir stehen, daß ich einen Augenblick dachte, er würde wie früher meinen Nacken küssen oder zumindest mein Parfum schnuppern, Davidoff, ein wenig zu stark für mich.

Spätestens jetzt hätte ich ihm sagen müssen, daß ich keine Zeit und auch keine Lust für Gespräche hätte, wie wir sie am Schluß unseres gemeinsamen Lebens geführt hatten – sie endeten jedesmal ungefähr dort, wo sie begonnen hatten. Statt dessen trottete ich willenlos hinter ihm her in die Gaststube. Ich bezweifle, daß ich mich ihm gegenüber jemals anders verhalten würde.

Ich schaute mich um: Drei Männer beim Skat, ein junges Pärchen, eine grauhaarige Dame in einem ärmellosen, peinlich tief ausgeschnittenen Kleid, die ständig zur Tür schaute. Sie erwartete offenbar jemanden. Niemand, den ich kannte. In der Glasvitrine neben der Kasse schrumpelten wie immer Apfelschnitten und Kirschtörtchen vor sich hin; aus den Käse- und Schinkenbaguettes hingen schlappe Salatblätter heraus. Die Auswahl war nie groß gewesen. Nur auf die Gulaschsuppe des Hauses war Verlaß. Die Batterien der Flaschen hinter dem Tresen waren hier die Hauptsache, das stets gleichbleibende verführerisch funkelnde Angebot.

Dicke Regentropfen klatschten jetzt an die beschlagenen Scheiben. Die kleinen Stehlampen auf den Tischen tauchten das Lokal in grünliches Licht. Waren die mit

Bildern von Malern und Fotografen bedeckten Wände auch früher schon mit dieser schimmligen Patina überzogen gewesen? Von den Stammgästen, die sich dort mit ihrer Unterschrift verewigt hatten, kannte ich kaum jemanden. Verglichen mit der schwülen Hitze draußen, war es hier fast kühl. Verbrauchte Luft, ein Gemisch von Zigarren, Bier und Suppengewürz.

Wie lebt es sich – allein? fragte Viktor lächelnd, nachdem wir unsere gewohnten Plätze am Fenster eingenommen hatten.

Er tat so überlegen, weil er genau wußte, daß er mich damit hilflos machte. Der plumpe Angriff verschlug mir die Sprache, und ich war froh, daß ich nicht sogleich antworten mußte, weil die Kellnerin kam. Die Karte brauchte ich nicht zu studieren. Ich bestellte Irish Coffee.

Viktor sah mich erstaunt an: Nachmittags Whisky? Das ist neu.

Warum nicht! sagte ich patzig, schließlich war ich zu keiner Erklärung verpflichtet, Irish Coffee belebt zu jeder Jahres-, Nacht- und Tageszeit.

Er wußte also, daß ich allein geblieben war. Aber ich hatte ja schließlich auch von seinen Versuchen mit neuen Partnerinnen erfahren. Unser Freundeskreis hatte sich zwar nach unserer Trennung geteilt, doch zuweilen überschnitt er sich, und in diesem Zwischenreich blühten Klatsch und Gerüchte.

Warum fremdelst du so? fragte Viktor. Wir können uns doch auf die Basis gemeinsam verbrachter Zeit verlassen.

Glaubst du? fragte ich matt.

Ich wollte auf keinen Fall die alte Vertrautheit wieder aufkommen lassen, die ich gerade unter Schmerzen abgelegt hatte. Mein Zeigefinger folgte den Schrammen auf der braungebeizten Tischplatte.

Ziemlich heruntergekommen, seit ich das letzte Mal hier war, stellte ich fest.

Hier hatten wir unseren vorletzten Streit, stimmts? fragte Viktor. Er lachte, als seien es Kindereien gewesen, die uns auseinandergebracht hatten.

Ich denke heute ganz anders darüber, fügte er hinzu und senkte seine Stimme wie ein reuiger Sünder.

Worum ging es da? wollte ich wissen. Ich kann mich nicht erinnern.

Er wußte es auch nicht mehr. Das übliche, sagte er. Ich war wie immer überzeugt, recht zu haben, und ließ dir keinen Ausweg.

Späte Einsicht, spottete ich und versteckte meine kalten Hände in meinem Schoß, weil ich spürte, er würde sie gleich nehmen und versuchen, sie in seinen Pranken zu wärmen. Seine besitzergreifende Zärtlichkeit – ich würde mich dagegen auch heute nicht wehren können. Sein Machtspiel, harmlos vielleicht, aber es bedeutete jedesmal: sein Spiel, nicht meins.

Den Auftrag habe ich bekommen, teilte ich ihm so sachlich wie möglich mit. Du hast ja sicherlich von Barbara gehört, daß ich im engsten Kreis der Bewerber stand.

Meine Freundin war eine zuverlässige Nachrichtenübermittlerin. Sie hielt sich klug heraus, ergriff nie Partei. Ich mag ihn doch auch, euch beide, daran ändert sich nichts, wenn ihr euch trennt, hatte sie gesagt. Sie arbeitet in derselben Agentur wie Viktor und ist überzeugt, ihre Loyalität durchhalten zu können.

Freut mich für dich, antwortete er höflich.

Ich hatte mich bei Barbara erkundigt, wann Viktor verreist sein würde, bevor ich den Termin in seiner Firma verabredete. Auf keinen Fall wollte ich ihm dort mit meiner Entwurfsmappe unter dem Arm begegnen. Schon im marmornen Treppenhaus kamen mir einige der schönen Mädchen entgegen, die sich Art-Byer oder Promotion-Assistent nannten. Ihre Chefs haben, nur durch Glaswände getrennt, einen Überblick über alles, was sich in den ineinander übergehenden weitläufigen Räumen tut. Wie kann man es in dieser ständigen Öffentlichkeit aushalten, ohne Schaden zu nehmen? War Viktors unverbindliches Lächeln hier aus Abwehr entstanden? Ich sah den langbeinigen Geschöpfen mit ihren silberblonden oder schwarzen Köpfen auf dünnen Hälsen nach, während ich dem Art-Director meine Entwürfe vorlegte. War es eines dieser ephebenhaften Geschöpfe, mit dem Viktor jetzt zusammenlebte?

Für meine beruflichen Erfolge oder Niederlagen hatte er sich nie besonders interessiert. Ich gab es bald auf, ihm davon zu erzählen.

Unser gemeinsames Leben ist mir wichtiger als das, was du sonst tust, pflegte er zu sagen.

Ich hatte aus dieser Ausrede nur Kränkung oder Gleichgültigkeit herausgehört. Zuletzt schwieg ich, zu müde, um mich zu wehren. Wir hatten immer weniger Anlaß zum Streit. Unser »gemeinsames Leben« verengte sich zusehends.

Anfangs planten wir jede gemeinsame Minute. Wir berieten beim Frühstück, was wir abends kochen wollten, was wir am Wochenende oder im Urlaub unternehmen würden, welche Freunde wir einladen oder wen wir besuchen müßten. Wir tauschten die Bücher, die wir gelesen hatten, und empfahlen uns Zeitungsartikel. Viktor erzählte gern von seinen Präsentationen. Seine Werbekampagnen waren offenbar immer erfolgreich, seine Einfälle zahlten sich aus.

Für ihn waren unsere Mahlzeiten so etwas wie eine heilige Handlung. Er war für Salate zuständig. Er kaufte in der Mittagspause frische Zutaten auf dem Markt, baute zu Hause die Essig- und Ölflaschen auf dem Küchentisch auf, bevor er umständlich die Soße mit Kräutern und Gewürzen zubereitete und dabei ununterbrochen redete.

Ich reagiere meinen Agenturfrust ab, erklärte er, merkst du das nicht?

Nie habe ich herausbekommen, was seinen Salatspezialitäten diesen besonderen Geschmack verlieh.

Geniale Mischung, lachte Viktor, ich werde sie später in einem Kochbuch verraten.

Als er immer öfter erst am späten Abend zurückkam, begnügten wir uns mit Gemüse aus der Tiefkühltruhe, wenn er nicht längst irgendwo köstlich gespeist hatte. Wir schwiegen uns verdrossen an. Viktor lutschte ein Hustenbonbon nach dem anderen. Doch der abgestandene Geruch von Zigarren, Cocktails und anderem Fremdem hatte sich in seinem Anzug festgesetzt.

Ich mag Küsse nicht, die nach Salmiak und Eukalyptus schmecken, sagte ich und wich seiner Annäherung aus.

Eines Abends hatte ich genug von unserer angeblich schonenden Heuchelei.

Geh doch mit deinen Geschäftsfreunden, oder wer es auch immer sei, essen! schrie ich und zeigte auf den leeren Eisschrank, die Regale in der Vorratskammer, auf denen nicht einmal eine Dose mit Linsensuppe stand. Ich hatte das abendliche Warten satt, die Stunden, in denen Mißtrauen mich überschwemmte und die Zweifel an »unserem gemeinsamen Leben« überhand nahmen.

Meine aufgestaute Wut schrie ich so laut und scharf heraus, daß wir beide erst einmal wie versteinert stehen blieben. Als er die Haustür zuknallte, stürzte ich ins Schlafzimmer und warf mich aufs Bett. Ich weinte mich in den Schlaf.

Ich lag noch immer auf dem Bauch, beide Hände im Kopfkissen vergraben, als ich von seinem Streicheln erwachte. Er versuchte gar nicht, sich herauszureden.

Das geht vorüber, versprach er, laß mir ein bißchen Zeit. Ich kann es dir erklären.

Doch ich wollte weder eine Erklärung noch eine Beichte.

Ich zog zu Barbara. Aus ein paar Tagen wurden drei Wochen. Dann trafen wir uns wieder. Freundschaftliche

Regelung, schlug Viktor vor. Er hatte sich bereits nach einem Zweizimmer-Apartment in bester Lage am Stadtpark umgesehen. Er überließ mir unsere große Wohnung wie ein unverdientes Geschenk, für das ich ihm ewig dankbar sein sollte. Über Einzelheiten müßten wir noch verhandeln. Ich nickte zu allen seinen Vorschlägen, während es in meinem Kopf unaufhörlich hämmerte: Er verläßt mich, er verläßt mich!

Barbara behandelte mich wie eine Schwerkranke. Sie brühte Kamillentee auf und brachte mir Toasthäppchen mit Rührei ans Bett, weil ich unfähig war, mich an ihren Eßtisch zu setzen. Als ich endlich in meine inzwischen halbleere Wohnung zurückging, war sie sichtlich erleichtert. Besuch deine Mutter, riet sie mir. Aber gerade dazu war ich außerstande. Ich fuhr an meiner Heimatstadt vorbei an die Nordsee, mietete mir ein kaum geheiztes klammes Zimmer in einer Pension am verlassenen Strand und lief mich stundenlang am Meeressaum müde. Der wolkenverhangene Himmel, die bleigrauen monoton heranrollenden Wellen wurden Teil meiner Verzweiflung.

Auf dem Rückweg wollte ich meiner Mutter sagen, daß genau das eingetreten sei, wovor sie mich gewarnt hatte. Viktor, hatte sie prophezeit, nachdem wir ihren selbstgebackenen Apfelkuchen im Erker ihres Wohnzimmers verspeist hatten, würde ich nie halten können. Ich hatte sie ausgelacht und es bei diesem einzigen gemeinsamen Besuch belassen.

Ich habe viel nachgedacht, begann Viktor jetzt. Warum haben wir uns so rasch getrennt? Warum haben wir es zugelassen?

Das fragst du mich? Die Antwort müßtest du doch wissen.

Die Kellnerin wischte den Tisch ab, bevor sie die Getränke abstellte. Ich löffelte die Schlagsahne weg und rührte in meinem Glas.

Auf dein Wohl, sagte Viktor und nippte an seinem Campari-Soda.

Ich nickte nur. Ihm fiel offenbar nichts anderes ein, als dort anzuknüpfen, wo wir aufgehört hatten. War damals nicht die Rede von Freundschaft, in die unsere Beziehung fast schmerzlos übergehen würde? Das Trostpflaster hatte sich nicht auf meiner Haut befestigen lassen. Ich reagiere zu heftig auf alle Argumente der Vernunft.

Wir schwiegen, und ich überlegte, ob Viktor unsere Wortlosigkeit als ebenso beklemmend empfand wie ich. Was ging in ihm vor? War er unsicher, wie er meine Abwehr überwinden sollte?

Ich begann wieder von meinem Auftrag zu reden, ein Katalog, der mir viel Spielraum ließ und dazu gut bezahlt wurde. Das neutrale Thema war ein Köder, den ich ihm hinwarf. Er schnappte sofort zu.

An Phantasie hat es dir nie gefehlt, lobte er, es klang geradezu bewundernd.

Ich vermisse unsere Gespräche, fügte er hinzu. Wie oft kamen mir dabei erst die richtigen Ideen. Wir waren ein gutes Team. Warum haben wir uns damals eigentlich nicht selbständig gemacht?

Um nicht auch als Geschäftspartner zu scheitern, sagte ich nüchtern. Eine Katastrophe war doch genug.

Katastrophe? Jetzt übertreibst du aber. Eine Trennung muß doch keine Katastrophe sein, schon gar nicht, wenn man sie revidieren könnte. Es gibt schließlich unvorhersehbare Entwicklungen, die man nicht aufhalten kann.

Aber man kann sie auch nicht ungeschehen machen, fügte ich schnell hinzu. Das Spiel mit den Möglichkeiten wollte ich ihm nicht allein überlassen.

Stell dir vor, wir säßen heute zum ersten Mal im »Parnaß«, schlug er vor, und lernten uns gerade erst kennen.

Und wie gehabt würdest du versuchen, mich nach bewährter Methode zu erobern, lächelte ich. Geht nicht mehr, funktioniert leider nicht mehr.

Leider, hast du gesagt, du bedauerst es also. Gib doch zu, daß es schön war, daß du wünschtest, wir könnten es wiederholen.

Ich schüttelte den Kopf und war wütend auf mich, daß ich meine Tränen nicht unterdrücken konnte.

Viktor winkte der Kellnerin.

Wir borgen uns jetzt einen Schirm und laufen im Regen wie früher, wenn wir Einzelheiten klären wollten, schlug er so bestimmt vor, daß ich gar nicht nein sagen konnte.

Das Gewitter hatte sich verzogen, nur in der Ferne grollte es leise. Die Luft war frisch. Im sanften Nieselregen atmeten wir auf.

Olga

Das letzte Mal, ein paar Tage bevor der Krankenwagen sie wegbrachte, rief sie mich um zehn Uhr abends an. Es war dunkel, November, und der Regen schlug mir kalt ins Gesicht, als ich die kurze Strecke bis zu ihrem Haus rannte. Vor ihrem Gartentor mußte ich lange warten. Wahrscheinlich fand sie mal wieder ihren Schlüssel nicht. Ihre Stimme am Telefon war zittrig und verzagt gewesen. Kannst du mir helfen? hatte sie geflüstert, als dürfe niemand mithören. Ich warf mir rasch das Regencape über und beeilte mich.

Endlich surrte der Toröffner. Olga stand mit wirren grauen Haaren im Morgenmantel in der Tür. Sie ließ sich fast in meine Arme sinken.

Sie sind wieder da, sagte sie, überall sitzen sie herum, auf allen Sesseln und Sofas. Ich kann nicht einmal ins Bett gehen, da liegen auch welche.

Deine Gespenster! scherzte ich. Aber sie sah mich so verzweifelt an, daß ich mich schämte, diesen leichtfertig-überlegenen Ton angeschlagen zu haben.

Hier ist nichts, versuchte ich sie zu beruhigen und setzte mich nacheinander auf Sofas und Sessel. Dein Hund schläft friedlich in seinem Körbchen; er hat nicht mal gebellt, er hätte dich doch verteidigt.

Olga hockte mit hochgezogenen Knien auf der Klavierbank. Sie waren da, beharrte sie. Ich habe sie gesehen. Sie haben mich bedroht, sie wollten essen und trinken, und Geld wollten sie auch. Der Rolladen war verklemmt, da sind sie hereingekommen, einer nach dem anderen.

Wie sahen sie aus? fragte ich, während ich den Rolladen herunterließ.

Sie antwortete nicht.

Ich mache Dir jetzt einen Tee und helfe dir ins Bett, schlug ich vor.

Sie nickte nur, die Augen immer noch voller Furcht geweitet.

Die Angstzustände waren in den letzten Monaten wiederholt aufgetreten, manchmal fast jeden Abend, dann wieder mit großen Pausen. Sie lehnte jede ärztliche Hilfe ab.

Die wollen mich nur einweisen, sagte sie.

Tagsüber bedrohten sie offenbar keine Gespenster, aber sie verfiel immer mehr, vergaß zu essen und vor allem zu trinken. Ich bekam erst allmählich heraus, daß der Delikatessenladen, der sie immer beliefert hatte, sich weigerte, ihr weiterhin Gerichte zu bringen, die sie nur noch aufzuwärmen brauchte. Sie hatte die Rechnungen schon lange nicht mehr bezahlt. Mein Angebot, für sie zu kochen, wies sie empört zurück: Ich bin doch kein Pflegefall!

Gegen Mittag stand sie gewöhnlich auf, zog sich mühsam ihren weinroten bodenlangen Hausmantel aus Samt an und wartete an der Haustür auf das junge Mädchen, das ihren Hund, einen gefleckten langhaarigen Mischling, ausführte.

Wie Maria Stuart siehst du aus, hatte ich einmal bemerkt. Ich wußte, es würde sie freuen, wenn ich sie an eine ihrer Glanzrollen erinnerte. Jahrzehnte war das her. Nichts mehr hatte die gebrechliche alte Frau mit der tragischen schönen Königin gemein.

Ich habe den Text vergessen, seufzte sie, nicht einmal den Monolog kann ich noch auswendig. Ziehende Wolken, Segler der Lüfte…, fängt er so an?

Aber als sie sich auf ihrem Sessel niederließ, breitete sie ihren Morgenrock aus wie eine Robe. Damals ließ sie sich ohne ihre schwarze Perücke nicht sehen, ein harter

Kontrast zu ihrem bleichen, faltigen Gesicht. Die große Pose – gelegentlich gefiel sie sich noch immer darin. Er war traurig, peinlich oder komisch und auf jeden Fall anrührend, dieser Versuch, wenigstens einen matten Abglanz aus ihrem früheren Leben zu retten. Sie schlug dann ihre langen Beine elegant übereinander und lehnte sich so lässig zurück, als knieten ihre einstigen Bewunderer vor ihr.

In der letzten Zeit vor ihrem Zusammenbruch hatte sie es aufgegeben, ihre grauen schütteren Haare zu verstecken. Sie kam mir nun auch meist auf ein vierrädriges Wägelchen gestützt entgegen, das ihr mehr Sicherheit gab als der zierliche schwarze Stock mit dem silbernen Knauf. Praktisch sei der Drahtkorb am Lenker, lobte sie, so könne sie bequem Geschirr von der Küche ins Wohnzimmer transportieren

Sie war immer eine gute Gastgeberin gewesen. Ihre Freunde genossen ihre fast überschwengliche Fürsorge. Sie kaufte Delikatessen im besten Geschäft der Stadt ein. Maxim, ihr Mann, ließ sich von ihr wie ein Pascha verwöhnen.

Ich habe auf dich gewartet, sagte sie vorwurfsvoll bei meinem letzten Besuch in ihrem Haus.

Wir bereiteten den Tee jetzt immer zusammen. Sie wollte sich nicht anmerken lassen, daß sie dazu allein nicht mehr in der Lage war. Ihre Kräfte reichten nicht einmal, um den Wasserkocher zu heben. Aber sie gab mir genaue Anweisungen, wo ich die Limoges-Teetassen, den Kandiszucker und die Teedose finden würde. Als sie eine Kerze anzünden wollte, zitterten ihre Hände so stark, daß das Streichholz auf den Glastisch fiel.

Wir saßen im Halbdunkel. Der Hund nahm neben ihr auf dem Sofa Platz. Wenn ich eine Katze wäre, würde ich jetzt schnurren, sagte sie und lehnte sich zufrieden zurück. Ihre steifen, verkrüppelten Hände glitten über das warme Fell des Hundes.

Nachdem wir Nachbarn geworden waren, hatten wir erst zögernd, dann allmählich vertrauten Kontakt aufgenommen. Unsere Hunde hatten zuerst Freundschaft geschlossen und auf diese Weise die Distanz, auf die wir beide Wert legten, ein wenig verringert. Doch näher kamen wir uns erst viel später, nachdem ihr Mann, ein vielbeschäftigter Regisseur, gestorben war. Plötzlich war es still um sie geworden. Sie suchte das Gespräch mit mir, anfangs sehr vorsichtig über den Gartenzaun hinweg, dann lud sie als erste ein. Wir fanden ein paar gemeinsame Bekannte, und sie redete wie jemand, der sein langes Schweigen endlich brechen darf. Ein kaum aufzuhaltender Strom.

Sie litt darunter, daß die Theaterwelt keine Notiz mehr von ihr nahm. Sie hatte sich zwar aus Angst vor Zurückweisung schon lange nicht mehr um eine Rolle beworben, aber sie war doch immer noch dabei gewesen. Einen halben Schritt hinter ihrem Mann, hatte sie an seinen Erfolgen teilgehabt, die Spannung vor den Aufführungen genossen, die Kameraderie in der Kantine, den Klatsch. Sie war seine beste Gesprächspartnerin gewesen, von ihr soll er sogar Kritik angenommen haben. Allein mochte sie nun nicht mehr zu den Premieren fahren. Sie kam sich nutzlos vor. Sie fand keinen Anschluß mehr.

Sie wußte, ihre Stimme war von zu viel Zigarettenrauch rauh geworden. Auf der Bühne hatte sie den selten gelingenden Sprung von der attraktiven Frau in der Mitte des Lebens zur alten Dame nie gewagt.

Die Hauptrolle in Dürrenmatts »Besuch der alten Dame«, das wäre etwas für mich gewesen, bedauerte sie, doch niemand hat mir die Rolle angeboten.

Ihr Mann hatte ihr hin und wieder literarische Lesungen verschafft und sie außerdem an den Vorbereitungen für seine Inszenierungen beteiligt. Vielleicht hatte er sie auch ausgenutzt. Wenn sie sich an seine kränkenden erotischen Abenteuer erinnerte, behauptete sie bitter, sie habe ihm ihre Karriere geopfert. Manchmal zählte sie die Namen seiner Geliebten auf, fast stolz, daß so viele Berühmtheiten darunter waren und gleichzeitig boshaft, weil seine amourösen Episoden austauschbar waren und eine die andere in kurzer Folge abgelöst hatte. Sie war sich immer sicher gewesen, daß er zu ihr zurückkehren würde. Als ob nichts geschehen wäre, hatten sie stets ihre besondere Zweisamkeit fortsetzen können, ein zuverlässiges Einverständnis, das auch die schwersten Krisen ihrer Partnerschaft überstand.

Das Telefon war ihre Rettung vor der totalen Einsamkeit. Doch sie hatte nur noch wenige Freunde, die sie mit einem Tastendruck erreichen konnte. Einige legten auf, sobald sie ihre zittrige Stimme hörten. Du kannst nicht mehr allein leben, das sagten alle. Doch niemand hatte Lust, mehr für sie zu tun, geschweige denn sie zu besuchen. Daß sie ihre Selbstständigkeit würde aufgeben müssen, wollte ihr keiner ins Gesicht sagen. Sie wußte es und verdrängte es täglich.

Sie hatte sich schon immer etwas vorgemacht. Wenn sie von früher erzählte, war es meist eine Kette von Erfolgen und vielgepriesenen Auftritten. Über die Katastrophen ihres Lebens sprach sie selten, die beiden Scheidungen, die Jahre, in denen sie nur noch für drittklassige Stücke engagiert wurde, das qualvolle Zerwürfnis mit ihrer einzigen Tochter. Und schließlich die erstickende Stille, gegen die sie sich vergeblich zu wehren versuchte.

Verheerend sei es jetzt, murmelte sie manchmal, verheerend. Das Wort war ihr Ausdruck für ihre Verzweiflung, für ihre Hilflosigkeit. Sie wollte nicht mit mir darüber sprechen. Sie raffte sich jedesmal wieder auf, kämpfte gegen Verzagtheit und Trauer. Erzähl von dir, forderte sie oft.

Im Gespräch lebte sie auf. Sie liebte es zu spotten. Über die meisten ihrer einstigen Schauspieler-Kollegen zog sie mit beißendem Spott her. Verglichen mit den glanzvollen Bühnenereignissen der Vergangenheit, gab es kaum noch etwas, was ihrer Kritik standhielt.

Wenn ich sie besuchte, spielte ich ihr Spiel mit, übersah die Spuren der Verwahrlosung, die Flecke auf ihrer Tunika, den vertrockneten Farn, den Teppich, den der Hund verunreinigt hatte. Ich tat so, als sei sie noch immer die bekannte Schauspielerin, deren gebrochene dunkle Stimme zumindest für Hörspielproduktionen gefragt war, die kluge Beraterin eines gefragten Regisseurs, ein Profi in ihrem Metier. Ich ignorierte die Zeichen des Verfalls in Haus und Garten, diesen Rahmen, den sie immer als *Grande dame* ausgefüllt hatte.

Immer häufiger empfing sie mich ungeschminkt im Bett liegend, ihren struppigen Hund zu Füßen. Nein, sie sei nicht krank, nur ein wenig erschöpft und niedergeschlagen vom ewig grauen Himmel. Sie habe alles hervorragend organisiert, die Friseuse müßte jeden Augenblick kommen, der Gärtner sei bestellt, und den jungen Mann von nebenan habe sie gebeten, für sie einzukaufen. Sie brauche meine Hilfe nicht, versicherte sie.

Sie konnte sich immer noch über eine einzige Rose freuen, über Pralinen aus der besten Konditorei der Stadt, über einen Bericht vom Theaterfestival in Berlin oder Wien, den ich ihr vorlas. Sie hatte die Zeitungen abbestellt. Sie konnte sie nicht mehr lesen. Nur mit der Lupe vermochte sie wenigstens die Überschriften zu entziffern.

Wir taten meist so, als sei alles wie immer. Wir sprachen nicht über ihren gebeugten Rücken, ihre unsicheren Schritte, ihre Angst vor der Dunkelheit. Einmal fragte sie mich nach einem guten Masseur, der ins Haus kommen würde. Sie hatte sich im Supermarkt Vitamine, Kalzium und andere Präparate besorgen lassen. Sie wollte an eine wunderbare Heilung ihrer Schmerzen glauben. Sie klagte selten. Im Frühjahr, hoffte sie, wird doch immer alles besser.

Was zu befürchten war, trat ein: Eines Nachts stürzte sie. Sie lag stundenlang, kaum bekleidet, vor dem Badezimmer, bis am nächsten Morgen ihre Zugehfrau sie dort fand und den Notarzt alarmierte.

Ich sah sie im Krankenhaus wieder. Der grüne Patientenkittel war hoch gerutscht, so daß ihre mageren Beine, die Windel und ihr nackter aufgeblähter Bauch zu sehen waren. Der zahnlose Mund stand offen, die Haut war gerötet, verschwitzt und fleckig. Mit der rechten Hand tastete sie an den Gitterstäben ihres Bettes entlang.

Raus, flüsterte sie. Immer wieder: Raus, raus! Sie zog an den Schläuchen, durch die Infusionen in ihre Venen tropften.

Sie erkannte mich nicht.

Am nächsten Vormittag würden sie den gebrochenen Oberschenkelhals operieren, versicherte die Schwester, die ich zu Hilfe geholt hatte, die Beruhigungsmittel würden bald wirken. Sie zupfte den Krankenhaus-Kittel zurecht, überprüfte den Tropf. Für sie gab es jetzt nichts weiter zu tun. Die Patientin war nicht ansprechbar, aber vorschriftsmäßig versorgt. Sie eilte zu anderen Kranken, die sie dringender brauchten.

Die Operation habe sie gut überstanden, sagte der junge Stationsarzt bei meinem nächsten Besuch. Alles weitere sei bereits veranlaßt. So bald wie möglich würde sie auf die geriatrische Station verlegt. Und dann? Er zuckte die Achseln.

Sie saß offenbar schmerzfrei in ihrem Bett.

Der Hund, was macht der Hund? fragte sie als erstes.

Ich konnte sie beruhigen, er sei in besten Händen.

Bringst du mich nach Hause, so schnell wie möglich? fragte sie. Die wollen mich einweisen.

Du brauchst Pflege, sagte ich, du mußt dich erholen. Hier bist du gut aufgehoben. Du kannst jederzeit klingeln. Du kannst jetzt nicht allein leben.

Sie wandte sich enttäuscht ab, sie traute mir nicht mehr.

Aber du bist doch mit dem Auto hier, versuchte sie es noch einmal, und zu Hause warten sie auf mich.

Niemand wartet, sagte ich leise.

Doch, beharrte sie, Maxim hat den Tee aufgebrüht, und dann ist noch dieser Intendant gekommen. Wir haben viel zu besprechen.

Wenigstens sind die Gespenster, die sie jetzt sieht, vertraute Gestalten und nicht bedrohliche Eindringlinge, tröstete ich mich. Vielleicht tut es ihr gut, in die Vergangenheit zu flüchten, Gespräche noch einmal zu führen, die Jahrzehnte zurückliegen. Vielleicht kann sie die Wirklichkeit nur ertragen, indem sie Bruchstücke ihres früheren Lebens hervorholt und in neue Zusammenhänge bringt.

Was habt ihr zu besprechen? fragte ich, ich wollte, daß sie sich weiter in ihre Wachträume vertiefte, ich wollte sie nicht stören.

Ach, weißt du, der Spielplan – das Geld ist so knapp, sagte sie. Und Maxim hat anderswo verlockende Angebote.

Plötzlich sah sie mich erschrocken an.

Ich muß trinken, sehr viel trinken, das verlangt der Arzt.

Ich goß ihr Mineralwasser in die Schnabeltasse.

Soll ich dir etwas vorlesen? fragte ich, um sie abzulenken. Ich zog die Theaterkritiken heraus, die ich für sie ausgeschnitten hatte, doch sie hörte mir nicht zu, als ich begann.

Was wird aus mir? flüsterte sie. Sie umklammerte meine Hand. Was soll werden?

Die Schwester kam herein, eine resolute Person, die ihre geschulten Handgriffe ohne Zeitverschwendung tat. Sie hat jetzt einen Betreuer, sagte sie über Olgas Kopf hinweg, während sie die Kissen aufschüttelte. Er regelt alles und kümmert sich auch um einen Heimplatz. Hier kann sie nicht bleiben. Wir sind ein Krankenhaus, kein Altersheim.

Das Heim lag am Rande des Kurparks. Rüstige Bewohner können zu Fuß das nächste Café erreichen, sogar die Einkaufsmeile der Stadt. Aber Olga kann weder stehen noch gehen. Und die Augen machen schon lange nicht mehr mit. Zusammengesunken sitzt sie auf einem Stuhl mit hölzernen Armlehnen und starrt vor sich hin. Ihre geschwollenen Füße stecken in grobgestrickten roten Socken. Kein Schuh paßt, sie hat Wasser in den Beinen. Die Pflegerin hat ihr die Lippen geschminkt und reichlich Rouge auf die bleichen Wangen getupft. Ein trauriger Clown. Sie hat sich wohl diese Bemalung erbeten.

Diesmal muß ich meinen Namen zweimal nennen, bis sie aufschaut und sich zu orientieren versucht.

Dein Sohn kommt doch bald zurück, sagt sie. Ich hatte ihr beim letzten Mal davon erzählt. Sie kennt meine Familie besser als ihre eigene. Ich frage nach ihrem Befinden.

Die Ödeme an den Beinen heilen nicht, klagt sie.

Ob sie mit der Pflege zufrieden sei, will ich wissen.

Bis auf die eine Schwester, die sie zu Bett bringt, seien alle freundlich, aber niemand habe Zeit.

Und dann bettelt sie wieder: Hilf mir raus! Ich will nach Hause.

Ich bringe es nicht übers Herz ihr zu sagen, daß ihr Haus bereits versteigert worden ist. Der Schuldenberg war zu hoch.

Hier hast du es doch gut, sage ich beschwichtigend. Du brauchst dich um nichts zu sorgen, und nachts ist immer jemand da.

Sie schüttelt den Kopf, ich soll sie wenigstens im Rollstuhl spazierenfahren. Aber so dünn und zusammengefallen sie ist – allein schaffe ich es nicht einmal, sie in den Rollstuhl zu heben, und die Schwester meint rigoros, für heute sei es zu spät. Sie teile bereits das Abendbrot aus.

Siebzehn Uhr ist es erst, Tea-time. Den Apfelkuchen, den ich mitgebracht habe, hat Olga noch gar nicht gegessen, die Schlagsahne ist an den Rändern angetrocknet. Doch in zwei Stunden ist Bettruhe, das Pflegepersonal will schließlich seinen Feierabend haben.

In einem winzigen Plastikbecher liegen fünf verschiedene Tabletten. Sie haben sie ja immer noch nicht eingenommen, sagt die Pflegerin vorwurfsvoll und stopft ihr alle auf einmal in den Mund. Und trinken, trinken! Sie setzt die Schnabeltasse an den Mund und hört erst auf, ihr die Flüssigkeit einzuflößen, als Olga einen Hustenanfall bekommt. Ein scheußliches Geräusch, halb Bellen, halb Würgen, der ganze gekrümmte Körper bäumt sich auf, das Gesicht läuft blaurot an.

Die Schwester ist erschrocken. Sie hat einen Fehler gemacht.

Das habe ich nicht gewollt, murmelt sie. Sie klopft Olga auf den Rücken und tätschelt ihr die Wange. Ruhe, Ruhe, das wird schon wieder.

Möchten Sie heute Ihr Abendbrot im Bett essen? fragt sie, als das Bellen endlich aufgehört hat. Sie sieht, wie erschöpft Olga ist. Ihr Nicken ist kaum merkbar.

Und soll ich Ihnen den Player einstellen? Sie will etwas gut machen.

Olga schüttelt den Kopf, sie möchte jetzt ihre Ruhe haben. Ich stehe auf, küsse sie auf die Stirn und ziehe leise die Tür hinter mir zu.

Liebe, lebenslänglich

Ich bring dich nach Haus, sagtest du, komm, sitz auf!

Die Maschine stand vor der Tür des Gasthauses, schwarzsilbern glänzend, wo das Licht aus dem geöffneten Fenster auf sie fiel. Ich mußte meinen engen Rock bis zum Bauch hochziehen, um mich auf den breiten Sattel zu schwingen.

Unter den schaukelnden Lampions im Wirtsgarten tanzten immer weniger Paare weiter. Einige hatten sich ans Seeufer oder in den dunklen Schatten der Kastanien zurückgezogen. Im Gras preßten sie sich zu einem einzigen doppelköpfigen Körper zusammen. Gittas Geburtstag – wir hatten Glück mit dem Wetter. Laue Sommernächte sind im Voralpenland rar. Das Fest hatte längst seinen Höhepunkt überschritten.

Du tratest ungeduldig den Starthebel runter, zwei-, dreimal, endlich heulte die Maschine auf und riß uns vorwärts. Hätte ich dich nicht vor Schreck mit beiden Armen umklammert, ich wäre runtergeschleudert worden.

Nicht so schnell, schrie ich und legte dabei meine Wange an deine.

Doch du rastest weiter, legtest dich schräg in die Kurve, steigertest noch die Geschwindigkeit. Ich duckte mich hinter deinen Rücken, hielt den Atem an. Mit den Füßen suchte ich besseren Halt auf den Metallstützen und verbrannte mir dabei die nackten Waden am chromblitzenden Auspuffrohr.

Meine erste Höllenfahrt. Du hattest mich nicht gewarnt. Als die Straße steil bergab stürzte, nahmst du das Gas weg. Der Motor tuckerte jetzt ruhig. Du richtetest dich auf, und meine Hände fanden endlich den Griff, der für den Beifahrer vorgesehen ist.

Angst gehabt? lachtest du und wandtest dich kurz zu mir um. Du hast mir fast den Brustkorb zerquetscht.

Ich war wie benommen. Motorradfahren ist nichts für mich, stammelte ich.

Du wirst dich daran gewöhnen, sagtest du. Achtung, los geht's!

Die Straße stieg wieder an, der Motor heulte auf, und die Maschine schoß davon.

Vor unserem Haus hast du mich einfach abgesetzt.

Adieu, und bis morgen! riefst du über die Schulter, als hättest du es eilig.

Wir haben gar nichts verabredet, dachte ich. War ich enttäuscht, oder war ich dankbar, daß du nicht versucht hattest, mich zu küssen? Morgen würde ich an den Waden Brandblasen haben.

Ein seltsamer Anfang. Warst du das wirklich, dieser Lederjacken-Boy auf seinem heißen Ofen? habe ich viel später, als ich mich an unsere erste Begegnung erinnerte, gedacht. Solche Helden sind noch immer in Serienfilmen im frühen Abendprogramm für Jugendliche beliebt. Als Macho habe ich dich nie erlebt, aber das Bild ist als Wirklichkeit haften geblieben. Auch das: Wie ich mir hastig den Rock herunterzog, als mich der Scheinwerfer deines wendenden Motorrads streifte. Ich hatte noch nicht einmal die Haustür aufgeschlossen.

Wie es weiterging? Ich weiß es nicht mehr. Da sind nur Bruchstücke, die ich nicht mehr zusammenfügen kann. Haben wir uns schon am nächsten Tag wiedergesehen oder am übernächsten? Worüber haben wir überhaupt geredet? Vermutlich ließ ich mich treiben, wartete auf etwas, das mich vorwärts zog, ließ mich von Gefühlen überschwemmen, die ich noch nicht kannte.

In meiner Erinnerung waren damals alle Nächte hell, ein

milchiges Blau, in dem sich bleiches Mondlicht aufgelöst hatte. Sie endeten erst, wenn der rote Feuerball der Sonne am Horizont auftauchte. Wir trennten uns zögernd wie unter Schmerzen. Wir waren im blauen Licht zusammengewachsen. Romantisch, nicht wahr? Eine kitschige Love-Story. Wer uns sah, hielt uns für ein bißchen verrückt.

Warst du dir so sicher? Oder wiederholtest du nur, was du schon hundertmal gespielt hattest? Insgeheim habe ich mich das oft gefragt. Doch ich schob meine Zweifel weg, die immer aufs neue genährt wurden durch Gerüchte und Andeutungen. Ich wollte dir vertrauen, bedingungslos.

Gitta schüttelte den Kopf. Paß auf dich auf! warnte sie, ausgerechnet der! Wir saßen wie immer im Seminar nebeneinander. Sie merkte sofort, daß ich kein Wort verstand, gar nicht wahrnahm, was um mich herum vor sich ging. Auch Fieber hört einmal auf, sagte sie trocken. Sie traute uns keine Beständigkeit zu.

Feuchtwarme Sommernächte. Wir flohen in den Englischen Garten. Langsam wie Schlafwandler liefen wir barfuß über betaute Wiesen. Auf den Straßen kühlten die Steine nachts nicht mehr ab. Erst gegen Morgen zitterten die Blätter der Linden und Eschen in einer zaghaften Brise.

In Paris spülen sie jetzt die Rinnsteine sauber, sagtest du, und vom Atlantik weht der Seewind bis zum Seine-Quai. Laß uns nach Paris fahren und Austern essen!

Austern – ich hatte noch nie welche gegessen. Ich wäre wahrscheinlich sofort mit dir nach Paris gefahren, wenn es mehr gewesen wäre als einer deiner luftigen Vorschläge, eine Seifenblase, mit der du einen plötzlichen Wunsch in den Wind pustetest.

Auf deine Einfälle warst du immer stolz. Ein bißchen eitel, gib es zu! Originell sollten sie sein und manchmal absurd. Auf jeden Fall waren sie Ausbrüche aus dem Normalen, das du damals haßtest. Ahntest du, wie schnell es dich einholen und verschlingen würde? Du demonstriertest

Freiheit, weil du wußtest, daß ihr Ende sich bereits abzeichnete. Du schriebst ja schon die ersten Bewerbungen. Aber noch war alles offen, und du warst entschlossen, den schwerelosen Zustand bis zur letzten Sekunde auszukosten.

Du warst unwiderstehlich, wenn du mich aus der muffigen grauen Mensa herausholtest. Inzwischen kanntest du meinen Stundenplan, wußtest, wo du mich finden würdest, wenn dir danach zumute war. Meinen Einwand, daß ich eigentlich noch zwei Vorlesungen besuchen wollte, fegtest du weg:

Komm, wir fahren.

Die Maschine wartete vollgetankt auf uns, das Ziel stand nicht fest. Ich hatte die Angst längst überwunden, füllte meine Lungen mit Fahrtwind, spürte in meinen Armen deinen Körper unter der Lederhaut.

Wir rasteten meist am Waldrand, blickten in die Gipfel, und du begannst zu reden, als hätten sich die Worte während der atemlosen Fahrt gestaut. Manchmal konnte ich dir nicht folgen, was dir den Spaß verdarb. Doch das war später, viel später. Anfangs hast du dir nie anmerken lassen, wenn ich auf der Strecke blieb. Du wartetest, betrachtetest mich nachsichtig, erklärtest geduldig. Damals warst du mir meilenweit voraus.

Nach Paris sind wir übrigens erst viele Jahre später gefahren. Und Austern haben wir dort auch nie gegessen. Ich wußte inzwischen, daß mir davon schlecht wurde. Für die Genüsse des Lebens sei ich nicht gerade geschaffen, bemerktest du einmal ironisch. Du machtest mir deutlich, daß ich dich auf diesem Gebiet nie einholen würde.

Du hattest zu tun; ich mußte mir die Sehenswürdigkeiten allein ansehen. Ich kam mir verloren vor zwischen den Touristengruppen und verliebten Paaren vor Notre Dame. Eine Weile folgte ich dem orangeroten Wimpel, den eine japanische Reiseleiterin hochhielt. Im Louvre fiel ich nicht auf. Wie die anderen drängte ich mich in die Menschentrauben um die Venus von Milo oder die Mona Lisa, bis ich Vermeers blaue Frau am Fenster entdeckte und lange stehen blieb.

Auf der Straße registrierte ich fast dankbar die abgegriffenen Komplimente, mit denen sich ein paar auf einsame Frauen spezialisierte Männer heranmachten. Meinen Espresso trank ich in einer Ecke des Deux Magot; halb versteckt konnte ich von dort die Passanten beobachten. Ein Alter mit einer Ratte auf der Schulter kam dreimal vorbei und erschreckte jedesmal die Gäste an den runden Tischen, bis sie ihm ein paar Münzen in den speckigen, fordernd hingestreckten Hut warfen und der *Garçon* ihn fortscheuchte. Hochbeinige Mädchen in Minis waren sich zum Verwechseln ähnlich. Das Sehen und Gesehenwerden hatten sie zum alltäglichen Ritual entwickelt.

Alles bekannt aus Dutzenden von Filmen. Vielleicht lauerte jetzt gerade wieder eine versteckte Kamera. Allein in Paris. Ich wartete wie ein Statist auf den Einsatz. Eigene Wege zu gehen hatte ich noch nicht gelernt. Erst viel später gelang mir das im Beruf. Selbstverwirklichung, du hast dich darüber immer nur lustig gemacht. Ich war ehrgeizig, hatte Erfolg, den ich dir verschwieg, weil ich fürchtete, du könntest ihn nicht ertragen.

Du kamst erst nach Mitternacht zurück in das feine Hotel, in dem uns die französische Firma einquartiert hatte. Du bliebst am Rand des *Grand lit* liegen, so erschöpft, daß du nicht einmal merktest, wie du mir das Laken und die dünne Wolldecke wegzogst und dich einwickeltest. Frierend holte ich mir meinen Morgenmantel.

Was ich den ganzen Tag getrieben hatte interessierte dich auch beim Frühstück nicht. *Café au lait* und ein *Croissant* – du hattest dich sofort umgestellt. Zu mehr blieb auch keine Zeit: Konferenzen, Arbeitsessen. Du hattest den Kopf voll. Ich war dir lästig, sobald ich den Mund aufmachte.

Es war ein Fehler, daß ich mitgefahren war. Mitgenommen, dachte ich, wie ein Koffer voller unnützer Sachen, den man bis zur Abreise hinter den Schrank stellt, wo er nicht stört.

Ein Opfer meiner Karriere, sagtest du spöttisch, als ich auf dem Rückflug plötzlich zu weinen begann. Du bliebst herablassend, machtest dir gar nicht die Mühe, mich zu trösten.

Es gab viele andere Reisen. Du wolltest mir die Welt zeigen und erwartetest, daß ich dein Wiedersehen mit New York oder Kopenhagen zumindest neugierig mitfeiern würde. Episoden deines Lebens, jetzt wolltest du mich am Abglanz teilnehmen lassen. Wir suchten die Häuser auf, in denen du gewohnt hattest, nicht die Menschen von einst, deren Namen dir meistens entfallen waren. Wir fanden immerhin deine Schauplätze. Ich hörte zu, lernte dich besser kennen, indem ich mir den jungen Mann vorstellte, der einmal hier und dort gewesen war und dies und das getan hatte.

Trugst du einen dunklen Hut und damals schon den zerknitterten Regenmantel? Ich wollte es genau wissen, auch die Geschichte von dem bereitwilligen Mädchen aus angeblich bestem Hause. Schön war sie, stets elegant gekleidet und so bequem im Bett. Warum bloß hast du diese Beziehung abgebrochen, wenn doch alles nahezu ideal war? Warum bist du zu mir zurückgekehrt? Ich schlug mich immer auf die Seite der Verlassenen, Verletzten. Es brachte mich auf, daß du nicht eine Spur von Mitleid zeigtest.

Werden wir auch einmal so auf uns zurückblicken? fragte ich.

Du zogst fröstelnd die Schultern hoch. Ich hatte dich aus deiner verklärten Vergangenheit aufgeschreckt, hatte Schatten heraufbeschworen, denen wir nun nicht würden ausweichen können.

Ahnungslos war ich, wollte es eigentlich auch bleiben. Es war Lausanne, nicht wahr, wo du Zeit hattest, bevor der Kongreß begann. Es hätte auch London, Rom oder Den Haag sein können.

Als wir weitergingen, legtest du deinen Arm um meine Schultern, zogst mich an dich. Arizona, Palermo, Istanbul, Land's End – all die anderen Orte und Landschaften, wo wir beide zusammen waren, lachtest du, ist das nichts?

Es stimmt, wir haben alles mögliche gemeinsam gesammelt, Eindrücke bis zur Erschöpfung, sieben mal sieben und noch mehr Weltwunder, touristische Highlights und stille Abenteuer, die wir abseits entdeckten; sie blitzen in der Erinnerung auf, und verlöschen im gleichmäßigen, zuverlässigen Licht des Alltags.

Längst habe ich dich eingeholt. Ich hinke nicht mehr hinterher. Du kannst ja allein gehen, hast du eines Tages verwundert festgestellt. Ob du dich freutest, oder ob du mich gern weiterhin abhängig von dir gesehen hättest? Ich weiß es nicht. Veränderungen in größter Nähe sind manchmal kaum zu merken. Das Wort Karriere haben wir beide vergessen.

Manchmal pustest du noch Seifenblasen in die Luft: Aussteigen müßte man, Schafe züchten oder das Perpetuum mobile erfinden …

Ich habe mir ein nachsichtiges Lächeln angewöhnt. Neulich fiel mir dein altes Motorrad ein. Es wurde am hellichten Tag in der Leopoldstraße gestohlen.

Sie umarmten sich und küßten sich geradezu heftig auf beide Wangen.

Meine Brille, lachte die Ältere und rückte ihre Gläser zurecht.

Mußt du sie jetzt ständig tragen? fragte die Jüngere besorgt.

Leider, sagte die andere. Also Vorsicht, Umarmungen müssen wir wohl neu üben.

Sie nahm der Jüngeren den leichten Koffer ab und schob sie zur Haustür. Sie hatte sie längst erwartet. Sie freute sich. Als sie endlich die Hupe hörte – zweimal kurz, einmal lang, ihr altes Signal – war sie von ihrem Sessel aufgesprungen und auf die Straße gelaufen. Den Sportwagen, der die Schwester mitsamt ihrem Weekend-Gepäck hier abgesetzt hatte, sah sie nur noch von hinten, als er mit aufheulendem Motor um die Kurve bog.

Flotter Schlitten, sagte sie und kam sich sofort albern vor, weil sie diesen Teenager-Ausdruck benutzt hatte. Das Signalrot war aufreizend.

Jack hat mich hergebracht, er hatte es eilig, erklärte die Jüngere.

Jack? Die Schwester sah sie fragend an. Bisher war immer von einem Ben oder Sven die Rede gewesen. Sie war wohl einfach nicht mehr auf dem laufenden.

Jack ist ein guter Freund. Es klang so, als wollte sie noch hinzufügen: nicht mehr.

Um die guten Freunde hatte die Ältere die Schwester immer beneidet. Sportwagen hatten für die Jüngere schon immer eine unwiderstehliche Anziehungskraft besessen, ganz gleich ob sie nun Liebhabern oder guten Freunden gehörten.

Laß dich anschauen, sagte die Ältere, während sie der Schwester in der Garderobe den Mantel abnahm.

Gemeinsam lächelten sie in den Spiegel. Die Ähnlichkeit war unverkennbar: das gleiche schmale Gesicht mit der hohen Stirn und der etwas zu langen Nase.

Alt ist sie geworden, dachte die Jüngere, so grau und mit diesen scharfen Falten um den Mund. Jetzt sieht sie wirklich wie eine strenge Lehrerin aus. Sie sollte sich besser pflegen und ein gutes Make-up benutzen.

Die Ältere war froh, daß sie hinter der jüngeren Schwester stand. Der schicke mintgrüne Hosenanzug im Vordergrund verbarg ihren eigenen schwarzen Rock, der über dem Bauch spannte und trotz des seitlichen Schlitzes plump wirkte.

Gut siehst du aus, unverändert. Wo hast du so viel Sonne getankt? fragte sie, bevor sie sich rasch umwandte. Vergleichen vor dem Spiegel sollte sie sich nicht aussetzen, das wußte sie eigentlich. Ohne eine Antwort abzuwarten, ging sie in die Küche, um Teewasser aufzusetzen.

Die Jüngere folgte ihr, nachdem sie mit dem silbernen Kamm, der auf der kleinen Kommode lag, ungeduldig ihre langen braunen Haare durchgeharkt und die Ponyfransen über der Stirn zurechtgezupft hatte.

Das Tablett mit den grünen Drachentassen stand schon bereit. Der Sandkuchen war in dicke Scheiben geschnitten und in einem filigranen Meißner Schälchen angeordnet. Kandiszucker und Sahnekännchen – nichts fehlte.

Wie bei Großmutter, sagte die Jüngere.

Der Kuchen ist allerdings aus dem Supermarkt, zum Backen fehlt mir die Zeit, entschuldigte sich die Schwester.

Bei dir sind die grünen Drachen wohl doch besser aufgehoben als bei mir, lächelte die Jüngere und fuhr mit dem

Finger über den Rand der Teetasse, nichts ist angeschlagen. Um das Service hatten sie sich nach dem Tod der Großmutter gestritten.

Zu mir passen Drachen besser als zu dir, hatte die Jüngere behauptet.

Aber ich weiß, was sie wert sind, und werde sie sorgsamer behandeln als du, hatte die ältere Schwester erwidert.

Machs dir bequem, forderte sie sie jetzt auf.

Auf dem hellen Sofa lagen naiv bemalte Seidenkissen in verschiedenen Farben.

Sind das deine Originale? fragte die Jüngere und stopfte sich ein paar Kissen in den Rücken.

Kunstwerke meiner Schüler, lächelte die ältere Schwester. Sie haben sie im Werkunterricht gemacht. Du siehst ja, wie verschieden sie mit Material und Farben umgehen.

Die Jüngere klopfte auf eins der Kissen, das mit bunten Schriftzeichen bemalt war.

Das hier gefällt mir am besten, sagte sie. Sie schlüpfte aus ihren Schuhen, zog die Beine hoch und legte das Kissen auf ihre Füße.

Darf ich rauchen? fragte sie und holte schon die Zigarettenpackung aus ihrer Handtasche.

Du hattest es dir schon einmal abgewöhnt, sagte die Schwester vorwurfsvoll.

Hundertmal, lachte die Jüngere, Sünder werden immer wieder rückfällig.

Die Schwester blinzelte, der Zigarettenrauch reizte ihre empfindlichen Augen, doch sie wollte sich nicht gleich beschweren.

Tea-time, sagte sie, das haben wir immer genossen.

Sie erinnerte sich an ihre Studentenzeit, als die kleine Schwester mit wehender Mähne auf dem Rad angefahren kam, um sie vom Seminar abzuholen und bei ihr erst Tee zu trinken und dann ihre Schularbeiten zu machen. Sie konnte ihr helfen. Sie war immer die Überlegene gewesen.

Wann hatte sich das eigentlich geändert? Kaum merklich waren sie auseinander gerückt. Jahre später, als sie bereits ihr Studium abgeschlossen und einige gescheiterte Beziehungen hinter sich hatte, traf sie die Kleine zufällig als umschwärmten Mittelpunkt einer Freundesschar im Foyer des Theaters. Sie ließ sich mit den jungen Männern und Frauen bekannt machen und empfand sofort, daß sie nicht dazu gehörte, daß sie fremd blieb, auch wenn einige höflich versuchten, ein Gespräch anzuknüpfen. Sie verstand ihre Anspielungen nicht, auch nicht worüber sie lachten.

Während sie wie immer zu solchen Anlässen ihr kleines Schwarzes trug und die Goldketten-Tasche über der Schulter baumeln ließ, waren ihre Schwester und ihre Freunde in Jeans erschienen. In blauer Allzweck-Uniform, hatte sie gespottet und böse Blicke geerntet. Daß auch diese Kluft teuer sein konnte, wenn sie mit einem Designer-Label gekennzeichnet war, hatte sie erst kürzlich von einem ihrer Schüler gelernt. Snobs, hatte sie gedacht, mehr fiel ihr dazu nicht ein.

Sechs Jahre Altersunterschied, bedeutet das schon ein neues Lebensgefühl, neue, andere Erfahrungen? Oder sind wir uns einfach wesensfremd? So viel und so leicht wie die kleine Schwester hatte sie nie gelacht, und so viele Freunde, nacheinander oder gleichzeitig, hatte sie auch nie besessen.

Sie hatte sich lange für die Jüngere verantwortlich gefühlt, stellvertretend für die früh verstorbenen Eltern. Und entsprechend hoch waren ihre Erwartungen, die die Schwester als lästige Verpflichtung empfand und bald abzuschütteln verstand. Sie hatte andere Vorstellungen vom Sinn des Lebens und entzog sich mit List und Lügen jedem Druck. Sie hatte ein erstaunliches Talent, alles so leicht wie möglich zu nehmen und die unvermeidlichen Rückschläge oder Pannen so schnell wie möglich zu vergessen. Daß ihre schlechten Schulzeugnisse ein Studium ausschlossen, hatte sie ebensowenig bedrückt wie der häufige Wechsel von einem Beruf zum anderen. Der Tee ist stark, gerade richtig für mich, lobte sie jetzt und streckte zufrieden die Beine aus.

Schön daß du dich wohlfühlst, sagte die Schwester. Wie lange kannst du bleiben? Hast du heute noch etwas vor?

Jack kommt nachher vorbei, er will uns beide zum Essen einladen. Du kommst doch mit?

Die Ältere räusperte sich. Mit dieser Einladung hatte sie nicht gerechnet. Wollte der Freund ihrer Schwester anschließend bei ihr übernachten? Es hätte sie in Verlegenheit gebracht.

Ich habe noch Hefte zu korrigieren, entschuldigte sie sich. Ihr habt sicherlich Geschäftliches zu besprechen.

Schade, bedauerte die Jüngere. Jack hätte dich gern kennengelernt, vielmehr wiedergesehen. Er ist dir schon einmal begegnet.

Die Schwester sah sie erstaunt an.

Vor vielen Jahren, erinnerst du dich an das Fextal? Damals hast du begeisterte Postkarten verschickt, vom Berghotel, von der Stille, von den Spaziergängen in dünner Luft und von den Gemsen, die du von deinem Fenster aus beobachten konntest, wenn sie von ihren Felsen zur Futterstelle herabkletterten. Du hattest mich nicht mitgenommen, ich mußte die Weihnachtsferien bei Großmutter verbringen, ich langweilte mich. Noch nie war ich im Hochgebirge gewesen. Ich war neidisch.

Die Ältere sah jetzt das mit hellem Zirbelholz getäfelte Zimmer vor sich, das breite Bett mit der weißen Decke. Überhaupt Weiß, Weiß, Weiß: ihre Augen waren geblendet und tränten ständig. Daß Schnee so intensiv sein konnte, hatte sie nicht gewußt. Es war das erste Mal, daß sie sich allein hinausgetraut hatte aus ihrer Studentenbude, aus den Seminaren und dem nächtelangen Lernen bis zur Erschöpfung. Das Fextal war das höchste, was ihr das Reisebüro als Ziel anbieten konnte, absolut ruhig, etwas Besonderes. Es war eine überstürzte Flucht. Sie hatte nicht einmal genügend Lektüre mitgenommen, und im Hotel fand sie nur Prospekte und Führer durch die Bergwelt.

Plötzlich fühlte sie sich ganz auf sich selbst gestellt. Sie konnte die Stille kaum ertragen, den knirschenden Schnee als einziges Geräusch, wenn sie ihre langen einsamen Spaziergänge im bläulichen Schatten der Felswände unternahm. Das Hotel war halbleer. Ein paar Stammgäste, ältere Paare, die sich aneinander klammerten, wenn sie über die nachlässig geräumten Wanderwege stapften.

Der junge Mann, der zwei Tage nach ihr eintraf, paßte hier genau so wenig her wie sie. Er sah in seinem modischen violetten Anorak aus, als gehöre er zu den Abfahrtsläufern von St. Moritz, zu den Pistenfanatikern, die sich eigentlich nie hierher verirrten, wo es nicht einmal einen Lift gab.

Sie konnten sich gar nicht aus dem Weg gehen, beim Frühstück nicht und erst recht nicht auf den wenigen gebahnten Wanderwegen, die entweder zu einem Kruzifix führten oder hinunter ins Tal, wo es zumindest Zeitungen zu kaufen gab.

Schon beim ersten Abendessen hatte er gefragt, ob er sie zu einem Roten Tiroler einladen dürfe. Er zog ohne Umstände den Stuhl ihr gegenüber heran und prostete ihr zu. Sie stellten sofort Gemeinsamkeiten fest: Beide schliefen schlecht, und statt sich wie erhofft zu entspannen, waren sie in der Höhenluft in einen seltsam gereizten überwachen Zustand geraten.

Nietzsche hat hier in der Nähe seinen Zarathustra geschrieben, scherzte der junge Mann, vielleicht werden wir auch genial?

Oder verrückt, hatte sie gelacht.

Das gibt sich, tröstete die Wirtin, die eine weitere Karaffe Roten Tiroler auf den Tisch stellte. Nach ein paar Tagen haben Sie sich an die dünne Luft gewöhnt.

Sie empfahl ein heißes Bad vor dem Schlafengehen und tagsüber so lange wie möglich spazierenzugehen.

Am Vormittag war es so kalt, daß sie warten mußten, bis die Sonne über den Bergkamm geklettert war. Erst dann machten sie sich dick vermummt auf den Weg. Beide hatten ihre Schals wegen der Kälte bis über die Nase hochgezogen. Die Wirtin hatte sie vor Erfrierungen gewarnt.

Wenn der Pfad schmal oder unwegsam wurde, ging er voran. Ein paar Mal war sie gestolpert, und er hatte sie hochgezogen und ihr den Schnee vom Rücken geklopft. Manchmal mußten sie einem klingelnden Pferdeschlitten ausweichen, in dem sich die Fahrgäste unter Schafpelze kuschelten. Die hellmähnigen Haflinger trabten so eifrig, als hätten sie Spaß daran, ihre Fuhre durch den tiefen Schnee zu ziehen.

Regelmäßig machten sie zur Mittagszeit in einem Café halt. Hieß es »Zur Sonne«? Die war hier oben gefährlicher als im Tal; auch vor Sonnenbrand hatte die Wirtin gewarnt. Die plötzliche Wärme machte schläfrig. Sie bestellten heiße Schokolade und Croissants.

Kindheitserinnerungen, lächelte er, während er den Milchschaum löffelte, und sie pflichtete ihm bei: Für mich auch.

Sie fühlte sich wohl in seiner Gesellschaft, und als er in der nächsten Nacht ohne anzuklopfen in ihr unverschlossenes Zimmer trat, war sie keineswegs empört.

Er legte seine Hand auf ihren Mund. Ausnahmezustand, sagte er, wir sollten ihn genießen.

Es waren schwerelose Tage und Nächte, wie sie sie später nie wieder erlebte. Gegenwart, nichts als Gegenwart. Aus der Vergangenheit holten sie nur hervor, was konfliktfrei war. Sie ließen den anderen an ihrem Leben durch einen Filter der Harmonie teilhaben. Zukunft gab es nicht. Sie wagten beide nicht, daran zu denken. Der Ausnahmezustand war zerbrechlich; sie wollten ihn nicht gefährden.

Vier Tage noch, dachte sie, und dann zwei ... Danach zählte sie die Stunden.

Sie hatte ihm nicht gesagt, daß sie den ersten Bus ins Tal nehmen würde. Die Rechnung war bezahlt. Den Schlitten, der ihr Gepäck bis zur Station bringen sollte, hatte sie rechtzeitig bestellt. Ohne zu frühstücken, schlich sie sich unbemerkt aus dem Hotel. Sie haßte Abschiede, hatte sie immer gehaßt. Nicht einmal ihre Adresse hatte sie hinterlassen. Die Wirtin hatte versprochen, sie keinesfalls preiszugeben. Sie war seltsame Wünsche gewöhnt.

Jack, hieß er wirklich Jack? Es war so unendlich lange her. Sie konnte sich kaum vorstellen daß es ihn gab, daß er der Fahrer in dem knallroten Sportwagen war.

Sie sah die Schwester unsicher an: Weshalb war sie gekommen? Wollte sie ihr Jack als ihren neuen Partner präsentieren? Hatte sie Sorgen, war ihr wie schon so oft das Geld ausgegangen? Mußte sie wieder mal mit peinlichen Geständnissen und verschämten Bitten rechnen? Doch nichts dergleichen schien der Anlaß für diesen Besuch zu sein. Auch dieser Jack aus fernen Zeiten war es wohl nicht. Die Schwester hatte längst das Thema gewechselt. Sie erzählte jetzt von ihrem letzten Urlaub auf Fuerteventura, wo schon Frühling, fast Sommer sei, während hier das übliche Matschwetter auf die Stimmung drückte.

Dieser lange Winter ist unerträglich, sagte sie, du solltest ihn dir auch verkürzen. Vielleicht können wir einmal zusammen in den Süden fahren.

Die Schule, erinnerte die Ältere, ich kann doch gar nicht fort.

Sie hatte ihr Verzichtslächeln aufgesetzt, das die jüngere Schwester nur zu gut kannte. Es setzte sie jedesmal ins Unrecht: Während sie sich amüsierte, erfüllte die Ältere ihre Pflicht.

Aber in den Ferien, erinnerte die Jüngere, ihr habt doch

viele Wochen Ferien, da könnten wir zusammen in die Wärme fahren. Sizilien im Herbst oder Djerba im Winter zum Beispiel.

Meinst du? sagte die Ältere unbestimmt.

Ob das gut ginge? überlegte sie. Sie waren seit ihrer Kindheit nicht mehr zusammen verreist. Verwandte auf dem Land hatten sie damals eingeladen, um die Großmutter, bei der sie nach dem Tod der Eltern lebten, zu entlasten.

Weißt du noch, wie uns Onkel Otto mit seinem Lieferwagen abholte? kicherte sie. Wir saßen zu dritt vorn, während hinten die braunen dicken Wyandottes, die er auf dem Geflügelmarkt gekauft hatte, zeterten. Sie sollten das Geburtstagsgeschenk für Tante Emmy sein und wurden bis dahin bei den Nachbarn untergebracht.

Aber die Jüngere konnte sich an diese Fahrt nicht erinnern. Wyandottes? Nie gehört.

Doch, doch, bestand die ältere Schwester. Wir mußten täglich heimlich zu Krauses gehen, die Hühner füttern und die Eier einsammeln. Sie sollten zum Geburtstag in einem Extrakorb überreicht werden. Als es endlich so weit war, sahen die anfangs stattlichen gescheckten Hühner ziemlich kläglich aus: Sie hatten sich in den ungewohnt engen Käfigen gegenseitig die Federn ausgerissen, und das Eierlegen hatten sie auch aufgegeben. Seltsam, daß du dich daran nicht erinnerst. Es passierte nämlich sonst sehr wenig bei Onkel Otto und Tante Emmy.

Was hat das mit Djerba oder Sizilien zu tun? fragte die Jüngere ziemlich unwirsch. Sie kannte die abschweifenden Erinnerungen ihrer Schwester, sie würde nicht aufhören, von den Verwandten zu erzählen, bei denen sie selbst sich nie wohlgefühlt hatte.

Du bist nicht einmal zu ihrer Beerdigung gekommen, sagte die Schwester jetzt vorwurfsvoll.

Also immer noch Onkel und Tante, lachte die Jüngere gequält, merkst du nicht, daß ich nicht gern an sie denke?

Du machst es dir einfach, sagte die ältere Schwester gereizt, aber lassen wir das. Sie fühlte sich zurückgewiesen aus der Gemeinsamkeit ihrer Kindheit. Erzähl mal von Dir, ich bin gar nicht mehr auf dem laufenden.

Ich habe den Laden vergrößert, weißt du das eigentlich schon? Mehr Arbeit also, aber auch mehr in der Kasse. Jack ist mein Partner, er hat die besten Beziehungen für den Einkauf.

Eine lukrative Geschäftsbeziehung also, sagte die Schwester.

Könnte man so sagen, stimmte die Jüngere zu. Sie hatte offensichtlich keine Lust, länger bei diesem Thema zu bleiben.

Was macht die Schule? fragte sie statt dessen, obwohl sie nichts Neues erwartete. Sie wußte ja, das Leben der Schwester verlief in festgelegten Bahnen, die keine Abweichungen zuließen. Die Eigentumswohnung, das zeitlose Mobiliar würden sich bis zur Pensionierung nicht ändern. Neue Lehrpläne oder unangenehme Spannungen innerhalb des Lehrkörpers taugten nicht als Gesprächsstoff beim Tee.

Doch wider Erwarten wurde die Schwester lebhaft: Die Kinder sind so begabt, schwärmte sie. Sie greifen Anregungen auf, entwickeln sie weiter. Wir werden demnächst eine Ausstellung in der Aula und im Treppenhaus machen. Zumindest in meinem Fach sind sie mit Lust dabei. Die Sofakissen sind nur ein kleines Beispiel.

Sie unterbrach sich. Interessierte sich die Jüngere überhaupt dafür, was sie in der Schule machte? Sie hatte dort schon lange keine Schwierigkeiten mehr gehabt. Mit den Schülern schon gar nicht. Zu den Kollegen war sie nach einigen Enttäuschungen auf Distanz gegangen. Man respektierte sich. Zwei Mal im Jahr gingen sie gemeinsam im zweitbesten Lokal der Stadt essen. Geduldig hörte sie sich die Geschichten vom letzten Urlaub, vom Eigenheim, von Hund oder Katze an. Ehefrau und Kinder wurden meistens ausgespart. Daß sie selbst nichts ähnlich Mitteilenswertes anzubieten hatte, fiel den wenigsten auf. Sie sei ein Rätsel, hatte einer ihrer Kollegen festgestellt. Ob er ihr damit ein Kompliment machen oder einen Mangel feststellen wollte, wußte sie nicht.

Du bleibst doch über Nacht? fragte sie.

Mal sehen, wich die Jüngere aus, wann Jack fertig ist. Ich bin ja jetzt auf ihn angewiesen, seufzte sie mit gespieltem Bedauern.

Also doch etwas Ernstes? fragte die Schwester.

Wir werden heiraten, platzte die Jüngere heraus und stellte fast triumphierend fest, wie der Schwester der Mund offen stehen blieb. In einem Monat etwa, fügte sie hinzu. Wir fahren gleich nach der Trauung nach Frankreich.

Gratuliere, stammelte die Ältere. Ihre Hände zitterten, als sie den restlichen Tee einschenkte.

Nach Frankreich, wiederholte sie. In den Süden sicherlich. Es klang ungewollt sehnsüchtig.

Ja, Provence. Jack kennt da Freunde, die uns ihr Haus überlassen. Hast du mal etwas von einer Thalasso-Kur gehört? Die wollen wir beide dort machen. Verjüngende, anregende Meeresalgen, lachte sie, haben wir beide nötig nach der Schufterei im neuen Geschäft.

Es war also nicht die himmelhochjauchzende große Liebe, dachte die Ältere fast erleichtert. Verjüngung mit Algenschlamm – wer nimmt sich denn auf einer Hochzeitsreise so etwas vor! Jetzt lachte auch sie und konnte gar nicht aufhören.

Du nimmst mich nicht ernst, beschwerte sich die kleine Schwester. Was ist daran lächerlich?

Ausgerechnet mit Jack, prustete die Ältere immer noch.

Warum ausgerechnet, wollte die Schwester wissen, kennst du ihn so gut?

Wir kannten uns flüchtig, gab die Ältere zu, lassen wir es dabei. Er hat sich gewiß verändert, wie ich auch.

Sie stand auf: Du trinkst sicherlich noch eine Tasse, ich mach uns neuen Tee.

In der Küche ließ sie rasch kaltes Wasser laufen und schüttete es mit beiden Händen in ihr Gesicht. Ihr war heiß geworden. Sie wußte, daß sie einen roten Kopf bekommen hatte. So wollte sie ihrer Schwester nicht gegenübertreten.

Die Jüngere kam mit dem Geschirr in die Küche. Ich habe genug, erklärte sie. Dein Tee war stark. Sie wollte die Drachentassen in die Spülmaschine räumen.

Bloß nicht! schrie die Schwester auf. Handgemalte Tassen! Hast du noch nie gehört, daß Reinigungsmittel edles Porzellan ruinieren?

Sie hatte sich im Ton vergriffen. Die kleine Schwester zuckte so heftig zusammen, daß sich ein Rest vom Tee über ihren mintfarbenen Anzug ergoß.

Ich wollte ihn auf der Hochzeitsreise anziehen, sagte die Schwester vorwurfsvoll und versuchte den braunen Fleck mit einer Papierserviette zu trocknen.

Fischmann

Du hast dich gar nicht verändert, sagte sie und sah ihn erwartungsvoll an: Würde er sich revanchieren und ebenso über ihre Falten und grauen Strähnen hinwegsehen?

Aber er lächelte nur sein verlegenes Lächeln, das sie manchmal aufgebracht, viel öfter aber auch geliebt hatte: sein schüchternes und ein wenig hilfloses Lächeln, das alles offen ließ. So war er nun einmal, immer wich er aus, wenn man von ihm ein klares Nein oder Ja hören wollte.

Sie hatte dieses Treffen arrangiert, nachdem sie sich nach Jahren bei gemeinsamen Freunden wiederbegegnet waren. Bei den W.s saß er, als sie hereinkam, auf dem schwarzledernen Schreibtischstuhl des Hausherrn, etwas erhöht und wie herausgeschleudert aus dem Kreis der angeheiterten Gäste, die es sich auf den niedrigen cremefarbenen Sofas und Sesseln bequem gemacht hatten.

Er hörte zu. So kannte sie ihn: den Kopf dem jeweils Sprechenden zugewandt, aufmerksam, aber ohne merkliche Beteiligung. Gelegentlich fiel ihm Ergänzendes ein, aber noch ehe er gezwungen war, einen eigenen Standpunkt einzunehmen, zog er sich wieder an den Rand zurück.

Damals, als sie zusammenlebten, hatte sie oft versucht, ihm solche Rückzüge abzuschneiden. Er hatte ja etwas zu sagen, davon war sie überzeugt. Was er brauchte, war Anerkennung, Unterstützung, Mut und Kraft zum Durchstehen. Sie würde ihn zu dem machen, was sie in ihm sah: ein Genie – oder doch beinahe ein Genie. Sie bewunderte ihn. Er war ihr, was sein Wissen anbetraf, haushoch überlegen. Sie war stolz auf ihn, weil er sich mühelos in Gedankenräumen bewegte, die ihr verschlossen waren.

Es waren diese seltenen gelösten Stunden, an die sie am liebsten zurückdachte; sie waren ihre kostbarste Erinnerung. Als ob es erst gestern gewesen wäre, stand ein Abend vor ihren Augen: Er war von einer seiner kurzen Reisen zurückgekehrt, und sie wollte seine Heimkehr wie ein Ereignis feiern. Eine Quiche verbreitete ihren Duft nach überbackenen Zwiebeln und Käse. Eine Flasche Chablis hatte sie rechtzeitig in den Kühlschrank gestellt.

Er rieb sich vergnügt die klammen Hände und begann sofort, nachdem er seinen Mantel auf einen Bügel gehängt hatte, von der Konferenz zu erzählen. Er vertraute ihr. Er genoß es, zu Hause zu sein. Die Schuhe hatte er gleich ausgezogen, als er die Tür schloß. Sie ließ im Bad das Wasser für ihn ein. Während sie in der Küche hantierte, den Tisch deckte und die Kerzen anzündete, verständigten sie sich mit kurzen Sätzen, die mit Mühe über den Fur hinweg zu verstehen waren. Sie wollte die Verbindung keinen Augenblick lang unterbrechen.

Erzähl von Anfang an, bat sie.

Doch er war bereits viel weiter und wollte nicht mehr zurück. Als er im roten Bademantel, nach Limette duftend, an den Tisch trat, umarmte sie ihn. Sie löschten die Kerzen und ließen die Quiche kalt werden. Trotzdem war es ihr auch diesmal nicht gelungen, ihm dorthin zu folgen, wo seine Welt begann.

Als wir uns bei den W.s trafen, fing sie an, sahst du verloren aus, abgehoben von den anderen. Nicht nur, weil du auf dem Chefsessel des Hausherrn throntest.

Meine Lieblingsposition, scherzte er, und auf Rollen – ich hätte jederzeit vor- und zurückrollen können. Ich hätte mit einem Griff auch die Sitzhöhe verstellen können. Ich hätte die ganze Runde irritieren können mit meinen Annäherungen und Entfernungen, meinen Hochs und Tiefs.

Fabelhaft, so ein Chefsessel. Vielleicht kaufe ich mir mal so ein Designerstück zur Stärkung meines Selbstbewußtseins. Aber nicht in schwarzem Leder. So sehen sie doch alle aus: Bedeutungsschwarz. Für mich müßte es schon etwas Besonderes sein.

Pfirsichfarbener Samt vielleicht, schlug sie vor, oder venezianischer Goldbrokat.

Und wie sollte ich dann auf solcher Pracht sitzen? fragte er.

Thronen, verbesserte sie ihn. Auf Samt und Goldbrokat thront man. Ich würde dich gern so sehen. Hast du noch den roten Bademantel?

Sie biß sich auf die Lippen. Das ging entschieden zu weit. Den Mantel hatte sie ihm geschenkt.

Mangel an Takt hatte er ihr öfter vorgeworfen. Sie respektiere Grenzen nicht. Sie rücke Freunden wie Unbekannten ohne Warnung zu nahe.

Und wie hätte ich dich jemals erreichen können? hatte sie gekontert. Ich mußte doch auf dich zuspringen.

Er tat, als hätte er ihre Frage nach dem Bademantel nicht gehört.

Wie geht es dir? hätte sie jetzt gern gefragt und ihn dabei mit den Augen so festgehalten, daß er nicht ausweichen konnte. Aber dafür war es jetzt zu spät. Die plumpe Anspielung auf vergangene Intimität, der rote Bademantel eben, hatte die Chance vorerst verdorben.

Ich habe die W.s im Urlaub auf Gran Canaria kennengelernt, sagte sie. Zufallsfreunde, wollte sie andeuten, nichts Ernsthaftes.

Nette Leute, räumte er ein, du brauchst dich ihretwegen nicht zu schämen. Ich spiele mit W. einmal in der Woche Tennis.

Er hatte also offenbar nicht viel mit ihnen zu tun. Über Menschen, mit denen ihn kaum etwas verband, hatte er noch nie gern gesprochen.

Warst du in diesem Jahr wieder in Salzburg? fragte sie. Sie wollte das stockende Gespräch um jeden Preis in Gang halten. Seine Gewohnheiten, seine Vorlieben – sie glaubte, sie noch gut zu kennen.

Er blickte auf, überrascht, daß sie ausgerechnet Salzburg erwähnte. Er war immer allein dorthin gefahren, weil er angeblich Musik nur ohne sie genießen konnte. Wir hören doch völlig verschiedene Töne, hatte er einmal gesagt, es stört mich, wenn du neben mir sitzt.

Es war eine seiner schneidend kalten Feststellungen, um ihrer Bettelei ein Ende zu machen.

Lebst du allein? fragte sie, und sah ihn herausfordernd an. Er würde sie wieder zudringlich finden. Sie ließ es darauf ankommen.

Meistens, wich er zögernd aus.

Also ideal für dich, stellte sie fest. Er hätte jetzt ruhig nach ihren Lebensumständen fragen können. Doch er blieb stumm, abweisend oder abwartend.

Warum bist du auf meinen Vorschlag eingegangen? fragte sie. Gibt es auch für dich noch etwas zu klären?

Er schüttelte den Kopf: Ich wollte mich nur vergewissern. Er betrachtete sie aufmerksam. Du bist sicherer geworden. Du kannst jetzt gut allein sein, scheint mir.

Sollte ich das von dir gelernt haben? Alleinsein habe ich mir allerdings nie gewünscht. Sie konnte nicht verhindern, daß es bitter klang.

Erzähl doch, forderte er sie auf, deshalb wolltest du vermutlich dieses Wiedersehen. Du hattest immer einen Hang zum Mitteilen im Wortsinn.

Und du? fragte sie, weshalb bist du gekommen? Hast du noch alte Rechnungen parat, die wir nicht beglichen haben? Was bedeutet für dich »vergewissern«? Daß es mich noch gibt, anders oder genauso wie das vergilbte Bild von mir, das du aufbewahrt hast?

Er lehnte sich auf dem harten Stuhl ihr gegenüber zurück. Die Speisekarte mit den Pasta-Gerichten hatte er zur Seite geschoben. Er hatte gewählt. Sie wollte nur eine Muschelsuppe essen.

Es soll manchmal, nein, selten gelingen, in Freundschaft zu verwandeln, was einmal mehr war, stellte er zögernd fest. Wolltest du das? Es kann wohltuend sein, beruhigend, vielleicht auch tröstlich. Also, erzähl schon!

Alle drei Versuche? fragte sie, das dauert zu lange. Geduld war nie deine Stärke. Und willst du das überhaupt hören? Banale Geschichten, nicht tragisch, auch nicht zerstörerisch. Selbsterfahrung mit, aber nicht auf Kosten von anderen.

Wie schön, spottete er, so richtig gelungen: Reifer geworden und dabei keinen anderen geschädigt. Und jetzt? Brauchst du nach so viel zarter Rücksicht ein Opfer? Mich zum Beispiel, wie gehabt?

Sie war verärgert. Laß das doch, sagte sie. Ich hoffte, wir könnten miteinander reden ohne diese Sticheleien. Und überhaupt: Opfer – wie kommst du denn darauf? Wer hat denn wen geopfert, damals?

Wie mans nimmt, sagte er sachlich und fügte versöhnlich hinzu: Du siehst gut aus.

Bist du noch im Institut? fragte sie hastig.

Wofür hältst du mich, für einen Nesthocker? fragte er zurück. Ich hatte gekündigt, gleich nachdem du ausgezogen warst. Seit drei Monaten erst bin ich wieder im Land.

Und jetzt? fragte sie.

Mach ich weiter, sagte er kurz, so daß sie nicht tiefer bohren konnte.

Neulich bin ich in dem Wald gewesen, setzte sie neu an, du weißt schon, wo der Seerosenteich liegt. Die meisten Wege sind jetzt asphaltiert. Erinnerst du dich, wie wir uns stritten und immer schneller gingen, immer schneller? Du hattest den Kopf gesenkt, und deine Schritte wurden länger und länger. Ich mußte rennen, um mit dir mitzuhalten.

Ein Fischmann seist du, habe ich dich beschimpft, kalt und nicht zu fassen. Ich habe geschrien, bis mir die Puste ausging.

An den Wald kann ich mich erinnern, sagte er, waren wir nicht öfter dort? Du wolltest im Herbst Pilze suchen, obwohl du kaum Steinpilze von Pfifferlingen unterscheiden konntest, sie wachsen dort übrigens gar nicht. Mit einem riesigen Spankorb zogen wir los. Es lohnte nicht, den einzigen Butterpilz, den wir schließlich fanden, haben wir fortgeworfen.

Sie malte mit dem Messerrücken Kringel auf das Tischtuch.

Fischmann – würde es dich heute noch kränken, was dich damals wütend gemacht hat?

Sie sah gar nicht auf, als er lächelnd den Kopf schüttelte. Wie schwer es war, an ihn heranzukommen! Hatte sie etwa gehofft, es würde nach so langer Zeit leichter sein?

Der Kellner stellte den großen tiefen Teller mit Pasta vor ihn hin und füllte die Gläser nach. Das Lokal war neu und bereits gut besucht.

Sie sah ihm zu, wie er geschickt die Spaghetti um die Gabel wickelte und, ohne daß ihm etwas entglitt, in den Mund schob. So hatten sie sich oft gegenüber gesessen, stumm, weil er sich ganz und gar auf die Mahlzeit konzentrierte. Nie hatten sie sich beim Essen gestritten. Die Mahlzeiten waren ein Fest, das sie für ihn vorbereitete und das er ungestört genießen wollte.

Warum hast du mir nie geschrieben? fragte sie, nachdem er seinen Teller geleert hatte.

Es war einfacher so, gab er zu. Man sollte Wunden nicht immer wieder aufreißen. Sie brauchen Zeit zum Verheilen. Ich wollte vergessen, neu anfangen, ich hatte auch Angst vor meinen Zweifeln. Zwischen uns war etwas zerbrochen, und ich wollte dir keine Gelegenheit geben, zu kitten und zu kleben. Du hattest immer einen ganzen Verbandskasten parat. Es wäre damals bequem gewesen, deine Erste Hilfe in Anspruch zu nehmen.

Und heute? fragte sie. Ist alles vernarbt, kaum noch wahr?

Ein seltsamer Zustand: Du sitzt mir gegenüber, ich kannte dich und kenne dich nicht mehr. Wir haben verschiedene Erinnerungsbilder aufbewahrt.

Sie wollte protestieren. Doch er winkte dem Kellner. Er hob sein Glas: Auf dein Wohl! sagte er. Du wolltest mir deine Telefonnummer geben.

Eigentlich möchte sie Dornröschen sein

Feierabend. Sie drückt die Schwingtür mit aller Kraft gegen den mechanischen Widerstand auf. Leicht will dieses Haus sie nicht freigeben. Feierabend, ein schönes Wort, aber was soll sie eigentlich feiern? Ausgelaugt fühlt sie sich, erschöpft von der Routine ihres Büroalltags. So, mit diesen schleppenden Schritten und dem gesenkten Kopf, möchte sie nicht in ihre stille Wohnung schleichen. Das arme Tier, wie ihre Mutter diesen Zustand bezeichnet, würde sie überfallen, wie so oft, wenn sie müde und schlapp ist.

Du kultivierst dein Selbstmitleid, das behauptet nicht nur ihre Mutter, sondern auch Aline, mit der sie sich öfter am Abend trifft. Heute nicht, heute tanzt die Freundin mit einer Gruppe von Gleichaltrigen in engen Trikots nach einer fetzigen Musik vom Tonband. Soft Rock nennen sie das Gehopse. Sie hatte einmal in der Turnhalle zugeschaut und Lust bekommen mitzumachen. Die Bewegungen, die alle wie Automaten gleich vollführten, versuchte sie später vor dem Spiegel in ihrer Garderobe nachzumachen. Doch was bei den anderen leicht und spielerisch aussah, gelang ihr nur mühsam und plump. Aber nicht nur das. Bevor sie sich dieser gedrillten Elfentruppe würde anschließen können, müßte sie mindestens zwanzig Pfund abnehmen. Von vornherein hoffnungslos. Mit einer strengen Hungerkur würde sie nicht einmal die Hälfte schaffen.

Sie biegt um die Ecke auf den Marienplatz ein. »La Terrazza« ist ihr Stammlokal, wenn sie wie heute in ein Stimmungstief gerutscht ist. Nicht wegen der Pasta, die hier mit viel Knoblauch zubereitet wird, kommt sie, sondern wegen Gino, der sie jedes Mal begeistert begrüßt, als mache sie ihm mit ihrem Kommen eine besondere Freude. Mit einer übertriebenen Verneigung geleitet er sie zu ihrem Lieblingsplatz am Fenster. Als er die Speisekarte aufschlägt, beugt er sich ein wenig über sie, nachdem er sich vergewissert hat, daß sein Chef, der hinter der Bartheke steht, nicht herschaut. Sie riecht seinen Deostift und bemerkt, als sein Hemd verrutscht, die schwarzen Haare auf seinem Unterarm. An anderen Tagen hätte sie seine deutliche Annäherung als aufdringlich empfunden, heute lacht sie herausfordernd. Warum sollte sie so tun, als verstünde sie ihn nicht?

Sicherlich hat er eine Mamma und mindestens vier Kinder zu Hause. So ist es ja meistens, wenn sie anfängt zu flirten. Es führt zu nichts als zu einem billigen Zeitvertreib. Aber mit dem glatzköpfigen Gino? Sie macht sich nicht gern lächerlich. Außerdem hat sie vom letzten Versuch vorige Woche in der Bar des Parkhotels noch einen üblen Geschmack im Mund.

Weiß der Teufel, was sie da zu suchen hatte. Im kleinen Schwarzen mit dem tiefen, spitzen Ausschnitt hatte sie sich dort am späten Abend hineingewagt. Mit Lidschatten, Rouge und reichlich Fleurs de irgendwas präpariert für ein Kontakttraining im Halbdunkel. Peinlich, auf wen sie da hereingefallen war. Nicht einmal Aline hat sie es erzählt. Sie wird noch immer rot, wenn sie daran denkt, wie sie auf dem Barhocker die Beine übereinanderschlug, so daß der enge Rock hochrutschte. Sie ließ sich vom Barkeeper Feuer geben und betrachtete herausfordernd die Männer, die wie sie im Halbrund um den Tresen vor ihren Gläsern hockten und rauchten. Sie hat viele Filme mit ähnlichen Szenen gesehen, sie kennt das gängige Muster. Daß es ganz und gar nicht zu ihr paßt, wurde ihr erst bewußt, als es zu spät war. Vielleicht hatte der Silberblonde, von dem sie sich einladen ließ, etwas in ihr Glas geschüttet. Das jedenfalls legt sie sich jetzt als entlastende Erklärung zurecht.

Sie fährt mit dem Finger die preiswerten Gerichte entlang. Es ist ihr gleichgültig, was sie essen wird, Lasagne oder mit Käse überbackene Canneloni. Sie verläßt sich auf Ginos Rat. Sie bestellt einen offenen Chianti, streckt die Beine aus und lehnt sich zurück. Gleich würde die Spannung nachlassen, die sie den ganzen Nachmittag gequält hatte.

Draußen taucht die Dämmerung die Passanten in ein mildes, leicht verschwommenes Licht. Wenn sie nicht so müde gewesen wäre, hätte sie sich wie all die anderen in dem trägen Strom von Schaufenster zu Schaufenster treiben lassen können. Sie hatte den Trick schon oft ausprobiert: vor einer hellerleuchteten Auslage so lange stehen bleiben, bis einer der ebenso wie sie ziellos herumstreifenden Männer sie ansprach. Sie konnte sich dann überrascht umdrehen und entscheiden, ob sie die Annäherung akzeptierte oder nicht. Nach einer Tasse Kaffee beendete sie meistens die Zufallsbegegnung. Nur keine Begleitung bis zur Haustür, das kann gefährlich werden. Reinfälle hatte sie bereits dutzendfach erlebt.

Schaufenster mit TV-Geräten oder Fotozubehör sind besonders gut geeignet für den Blickkontakt. Frauen wirken davor hilflos und für Männer ist es einfach, mit ihren Kenntnissen zu prahlen. Sie weiß natürlich, es sind lächerliche Versuche, für Augenblicke der Einsamkeit zu entgehen, um sie danach um so deutlicher zu spüren. Sie ist fürs Alleinleben nicht geschaffen. Aber sie ist auch nicht zu den Kompromissen bereit, die ihre bisherigen Partner auf Zeit ihr abverlangten.

Aline hat es da leichter, sie nimmt, was kommt; das behauptet sie jedenfalls. Hauptsache, es macht Spaß. Auf Dauer legt sie ihre Versuche nicht an.

Warum lernst du das Spiel nicht? fragt sie, es ist doch so einfach.

Wenn sie mit Aline und anderen zusammen ist, hört das Lachen gar nicht auf. Die Freundin beherrscht die Runde, sie ist der Mittelpunkt. Sie kann sich lustig machen, ohne zu verletzen, ihr fällt immer etwas ein. Sie dagegen verstummt, fühlt sich wie ein Mehlkloß, der in einem Champagnerglas schwimmen soll: deplaziert eben.

Eigentlich möchte sie entdeckt werden von einem, der ihre Werte auf Anhieb erkennt und hochschätzt. Was heißt hochschätzt – sie glaubt an die große Liebe. Aline hatte hell aufgelacht, als sie ihr das einmal gestand. Gibt's doch gar nicht, hatte sie gesagt, da kannst du warten, bis du grau bist und nur noch versorgt werden willst.

Manchmal studiert sie die Kontaktanzeigen in der Zeitung, aber wer sich da anbietet, ist ihr suspekt. Und über die Tanzveranstaltungen für einsame Herzen und ähnliche Bedürftige lacht sie vorerst. Noch ist kein Notstand bei mir, versicherte sie Aline nach ihrer letzten Bekanntschaft. Sie pries das befreiende Gefühl, das sie angeblich genoß, seitdem die Tür endgültig hinter Sven zugefallen war. Daß sie sich danach auf ihr Bett geworfen und so lange geheult hatte, bis sie vor Erschöpfung auf dem naßgeweinten Kissen einschlief, verschwieg sie natürlich.

Aline hatte ungläubig den Kopf geschüttelt. Sie vermeidet solche Endgültigkeitsszenen. Sie sammelt lieber ihre Freunde und Liebhaber und trennt sich schonend von ihnen, damit sie nach Bedarf wieder auf sie zurückgreifen kann. Warum soll ich sie denn verstoßen? fragt sie; wenn sie mich noch mögen.

Aline, immer Aline. Sie ist nun einmal ganz anders als ihre Freundin. So sicher wie Aline wird sie nie werden. Ein Wunder eigentlich, daß ihre Freundschaft seit der Schulzeit hält. Über viele Dinge, die sie beschäftigen, kann sie mit Aline nicht sprechen. Zum Beispiel über ihre Träume, in denen sie so lebendig und selbstsicher ist, wie niemals bei vollem Bewußtsein. Wie geht's deinen Traummännern?

erkundigt sich Aline manchmal, Männer ohne Kopf, aber sonst sehr vollkommen und befriedigend, nicht wahr? lachte sie. Der spöttische Ton war unüberhörbar, und deshalb erzählt sie ihr auch nichts mehr.

Nimm dir, was du brauchst, hatte die Freundin ihr oft geraten; du hast doch auch schon mal was von Emanzipation gehört. Gleiches Recht für beide, Mann und Frau. Du hast zu oft Dornröschen gelesen. Das Märchen müßte als Volksverdummung verboten werden. Prinzen, die sich durch dorniges Gestrüpp kämpfen, gibt es ebensowenig wie Mädchen, die darauf warten, wachgeküßt zu werden. Sie hat Dornröschen immer geliebt; aber sie schwieg, weil sie wieder einmal Angst hatte, ausgelacht zu werden.

Bei Sven war anfangs alles anders. Er war mindestens so vorsichtig wie sie. Nie hatte er sie überfordert und mehr von ihr verlangt, als sie zu geben bereit war. Sie hatten sich beim Skifahren kennengelernt. Sie wundert sich noch immer, daß sie sich mit ihren wackligen Beinen überhaupt auf die Piste getraut hatte. Schon der Schlepplift machte ihr Angst: Wie sollte sie sich an diesem Bügel festhalten, ohne mit den Brettern wegzurutschen?

Beim Anfängerkurs hatte sie sich ungeschickt angestellt. Als die anderen bereits den richtigen Schwung heraus hatten, fuhr sie immer noch breitbeinig ihre Bögen. Dein Gleichgewichtssinn ist unterentwickelt, stellte der Skilehrer fest. Fängst halt noch mal an, riet er. Aber ihr Urlaub war bald zu Ende. Zumindest den sanften Idiotenhügel konnte sie jetzt langsam und mit vielen Pausen allein hinabgleiten.

Skifahren, das paßt wirklich nicht zu dir, hatte Aline gewarnt, als sie ihr die Prospekte zeigte. Doch sie hatte sich nicht abhalten lassen. Sie kaufte sich sogar einen Videofilm, der eine Skigymnastik zeigte, die den sonst fälligen Muskelkater garantiert zu verhindern versprach. Drei Wochen hopste sie jeden Abend nach Vorschrift auf ihrem blauen

Teppich herum, ging in die Hocke und schwang rhythmisch ihre Arme, bis sie atemlos in ihren Sessel sank.

Muskelkater war tatsächlich nicht das Problem, dachte sie, als sie nach dem ersten Tag die geborgten unförmigen Schnallenstiefel auszog und die Leihskier in den Holzschuppen brachte. Der Schnee hatte ihre Augen trotz der Sonnenbrille geblendet; der leicht geneigte Hang vor dem Gasthaus, wo die Anfänger übten, schien ein Abgrund, vor dem sie nichts bewahren konnte. Ihr war schwindlig geworden. Sie hatte sich einfach in den weichen Neuschnee sinken lassen. Natürlich hatten die anderen Kursteilnehmer, die brav aufgereiht dastanden und auf weitere Kommandos warteten, gelacht. Der Skilehrer war sofort mit einem eleganten Schwung bei ihr und half ihr hoch. Wird schon noch, tröstete er und klopfte ihr den Schnee vom Anorak.

Beim Abendbrot war sie zu müde, um sich an den lauten Gesprächen zu beteiligen. Sie konnte ohnehin nicht wie die anderen mit früheren Skierlebnissen aufwarten; es war ihr erster Winterurlaub. Sie hatte Glück, auf der Eckbank am Ofen war noch Platz, und die grünen Kacheln wärmten ihren Rücken angenehm. Sie sah die geröteten, aufgeräumten Gesichter, die leuchtenden Augen. Die Gläser mit dem Roten Tiroler wurden schnell nachgefüllt. Hier duzte man sich ohne Zögern. Pärchen, Einzelgänger wie sie – alle waren zufrieden: Die Qualität des Schnees wog die Mängel des schlichten Gasthauses mit seinen durchgelegenen Matratzen auf; die wunderbare Bergwelt und der günstige Preis für dieses Pauschalangebot inklusive Halbpension in der Vorsaison stimmte ja auch.

Nach der Suppe machte der Skilehrer in einem knallgelben Pullover seine Runde, klopfte auf jeden Tisch und ließ sich zu einem Glas einladen, ehe er wieder verschwand. Ein netter Kerl, darüber war man sich einig, genau so, wie ein Skilehrer sein muß: braungebrannt, wettergegerbt, ein wenig eitel und sich seiner Wirkung auf Frauen bewußt, vor allem aber ein kerniger Naturbursche, mit einem Vorrat an schlichten Scherzen in einheimischer Mundart ausgerüstet.

Sven war ihr nicht aufgefallen. Er gehörte zu einer fortgeschrittenen Gruppe. Doch am vorletzten Tag, als sie sich endlich auch wie die anderen am Lift anstellte, rettete er sie vor einem unangenehmen Sturz. Er hob sie einfach in den Haltebügel und hielt sie solange fest, bis sie sich sicher fühlte.

Danke, konnte sie nur verlegen stammeln.

Er machte sich nicht über ihre Ungeschicklichkeit lustig. In der oberen Liftstation angelangt, lud sie ihn zu einem Grog ein.

Von da an ging alles ganz einfach. Sie trafen sich nach dem Essen zum Tanzen, und da sie sich beide auf der glatten Fläche nicht wohl fühlten, zogen sie sich bald in eine ruhige Ecke zurück. Es war der einzige Abend ihres Urlaubs, an dem sie erst nach Mitternacht ins Bett ging.

Mit Sven riß auch später, als sie kurzerhand zusammengezogen waren, das Gespräch nicht ab – zumindest solange nicht, bis sich das Ende ankündigte. Sie hatten sich viel zu sagen über Gott und die Welt, die sie beide viel zu wenig kannten. Manchmal hatten sich ihre Gedanken während des Tages in ihren Büros so aufgestaut, daß sie sich abends gegenseitig ins Wort fielen. Meist bemühte sie sich aber geduldig zuzuhören, bis er das, was er angesammelt hatte, um es ihr mitzuteilen, als erster hervorgesprudelt hatte.

Im Gegensatz zu ihr klagte er nie, er erwartete keinen Trost von ihr, wenn etwas in seinem Zeichenatelier schief gelaufen war und die Chancen, endlich zum Architekturstudium zugelassen zu werden, sich verschlechtert hatten. Sie wollte Bescheid wissen, er wollte sie teilhaben lassen an allem, was ihn beschäftigte – fast an allem. Er war ehrgeizig. Sie dagegen hatte keine hochgesteckten Ziele, die scheitern konnten. Vielleicht würde sie es mit der Zeit bis zur Sachbearbeiterin in dieser Behörde schaffen, wo nichts anderes verlangt wurde, als daß der gemächliche Trott ohne Reibung verlief. Daß ihre Müdigkeit auch daher rührte, weil sie sich zu früh auf das Gleichmaß im Büro eingelassen hatte, wußte sie damals nicht. Wenigstens den EDV-Kurs für Fortgeschrittene könntest du machen, schlug Sven vor, du hättest dann andere Aussichten. Doch sie legte auf Aussichten keinen Wert, es sollte so bleiben, wie es war, wünschte sie sich. Sie war zufrieden.

Als Sven immer später nach Hause kam und immer öfter Müdigkeit vortäuschte, um ihren Fragen auszuweichen, ahnte sie, daß es zu Ende ging mit ihrer Zweisamkeit. Ich werde nicht kämpfen, sagte sie zu ihm, laß uns so nicht weitermachen. Sie wollte seine Erklärung gar nicht hören. Sie nahm sich drei Tage Urlaub und fuhr zu ihrer Mutter. Doch als sie zurückkam, war er immer noch mit Packen beschäftigt. Es fiel ihm sichtlich schwer. Hätte sie ihn aufhalten können? Wie oft hatte sie das schon gedacht! Aufgeben nach der ersten Krise – es paßte eigentlich nicht zu ihr. Sie kramte in ihrer Handtasche nach dem Zettel, den er damals mitten auf den Küchentisch gelegt hatte.

Aber jetzt serviert Gino die Lasagne. Eine viel zu große Portion, sie hat plötzlich keinen Appetit mehr und stochert nur in dem Rucolasalat herum. Warum eigentlich überwindet sie sich nicht endlich und ruft unter der Nummer an, die er ihr damals aufgeschrieben hat? Was riskiert sie denn? Ihre Angst vor einer unbekannten Frauenstimme kommt ihr heute lächerlich vor. Sie steht auf und geht zum Telefon. Warum befindet sich das in solchen kleinen Lokalen immer gegenüber den Toiletten?

Sie wartet und legt sich zurecht, was sie sagen will. Schließlich teilt sie dem Anrufbeantworter mit, daß sie noch eine halbe Stunde im »La Terrazza« sein und dann nach Hause gehen würde.

Seltsam, sie ist erleichtert. Warum soll sie nicht an Wunder, Zufälle, weiß der Teufel an was glauben.

Die Lasagne ist noch immer heiß. Sie wird sie langsam verzehren und vermeiden, daß ihre Augen sich immer wieder auf die Tür richten.

Einmal um den Block

Nach dem Abendessen gingen sie regelmäßig, auch bei Wind und Wetter, noch einmal hinunter auf die Straße. Sie mußte ihn jedesmal dazu überreden.

Einmal um den Block, sagte sie, und reichte ihm sein Jackett oder seinen Regenmantel, das ist doch wirklich nicht zu viel verlangt.

Er wäre lieber in seinen alten Ledersessel vor dem Fernseher gesunken und hätte sich die Bierreklame mit dem üppigen Grün fast unberührter Natur angeschaut, bevor die Nachrichten kamen. Er liebte die Vogelstimmen, die dazu sangen und versuchte jedesmal, sie auseinanderzuhalten. Die Amsel hörte er aus dem vielstimmigen Chor deutlich heraus. Waren die anderen Sänger Stare oder Finken?

Einmal um den Block, ihren Prinzipien und der Gesundheit zuliebe. Sie war hartnäckig. An die gesundheitsfördernde Wirkung dieses erzwungenen Spaziergangs glaubte er allerdings nicht.

Nur wenn sie gelegentlich in der Küche zu viel Zeit vertrödelt und das Essen später als sonst auf den Tisch gebracht hatte, gestattete sie ihm, sich sofort ins Wohnzimmer zurückzuziehen; Nachrichten waren schließlich wichtig. Sie selbst ersparte sich zwar die täglichen Berichte über Unfälle, Attentate oder Massaker an Kriegsschauplätzen, die Kurzfassung der Tagesschau, die ihr Mann ihr stets lieferte, hielt sie auf dem laufenden; das genügte ihr.

Das Leben besteht aus festen Gewohnheiten, behauptete sie. Sie aufzugeben würde bedeuten, jeden Halt zu verlieren – davon war sie überzeugt.

Es waren ihre Gewohnheiten, ihre genaue Einteilung des Tages in unverrückbare Abschnitte, die sie mit den immer gleichen Tätigkeiten füllte. Sie hatte sie vor Jahren eingeführt und ergänzte oder variierte sie nur, wenn es nicht anders ging. Er hatte nichts dagegenzusetzen, jeder ernsthafte Widerstand war zwecklos. Insgeheim aber grollte er und ließ sie seinen Verdruß auch deutlich spüren.

Manchmal fühlte er sich als ungebetener Eindringling in ihrer gut eingerichteten Normalität. Da waren ihre festen Termine beim Friseur oder bei der Fußpflegerin, ihre Treffen im Frauenkreis der Gemeinde, bei denen es um die Organisation von Besuchen in Altenheimen und Krankenhäusern ging, oder der wöchentliche Gymnastikkurs. Mindestens einmal in der Woche war sie zum Geburtstagskaffee eingeladen. Man muß Kontakte pflegen – das war einer ihrer Standardsprüche, aus denen er immer einen vorwurfsvollen Unterton heraushörte. Er ging nicht einmal zum Stammtisch der Ehemaligen: So nannten sich die Rentner aus seinem Amt.

Nach seiner Pensionierung hatte sich ihr Verhältnis geändert. Jetzt bestimmte sie und verlangte von ihm Rücksicht auf ihre verschiedenen Beschäftigungen. Du hast doch Zeit! Das mußte er zugeben. Es bedeutete, daß er sich anzupassen hatte oder Dinge erledigen sollte, die ihn, wie er fand, degradierten. Vielleicht war es lächerlich, aber den Mülleimer hinunterzutragen oder Schuhe zu putzen fiel ihm schwer. Konnte sie ihm nicht wenigstens das ersparen? Er hatte eine etwas alberne Verweigerungsstrategie entwickelt. So räumte er das Geschirr aus der Spülmaschine jedesmal in falsche Fächer, bis sie ihn mit diesem Auftrag verschonte.

Manchmal schickte sie ihn zum Einkaufen. Im Supermarkt fand er sich noch immer nicht zurecht. Er fühlte sich unsicher zwischen den vollgestopften Regalen, auf die die Hausfrauen zielsicher zustrebten. Die wenigen älteren

Männer, die wie er, einen Zettel in der Hand, suchend ihren Einkaufswagen schoben, schienen sich ebenfalls deplaziert zu fühlen. Aber nie sprach ihn einer an. Daß sie einmal mit Schlips und Kragen in sogenannten Cityanzügen ihren Bürodienst verrichtet hatten, sah man ihnen nicht an. Jetzt trugen sie ihre alten Hosen auf oder versuchten in Jeans jugendlich zu wirken.

Am Freitag und Samstag erledigten junge Familienväter den Großeinkauf. Sie wußten Bescheid und hatten es eilig. Im Handumdrehen hatten sie die Vorräte für eine ganze Woche in ihren Drahtkarren geschichtet. Sie bezahlten mit Scheckkarte und studierten gleichzeitig an der Kasse im bunten Katalog die Sonderangebote der nächsten Woche.

Früher hatte sie ihn verwöhnt. Schließlich verdiente er das Geld, das sie gern, doch nicht ohne Umsicht ausgab. Auch jetzt lebten sie selbstverständlich von seinem Geld. Das Wort Rente vermied er möglichst. Für ihn bedeutete es so etwas wie Gnadenbrot. Er fühlte sich ausrangiert und abgeschoben. Von der sogenannten Freiheit des dritten Lebensabschnitts hatte er bisher nichts gespürt.

Nur auf Reisen lebte er auf. Dann durfte er die Führung übernehmen, und sein alter Unternehmungsgeist erwachte wieder. Jedesmal bereitete er sich sorgfältig auf die Sehenswürdigkeiten vor, ob es die Souks in Marrakesch waren oder die zerbrochenen Säulen in Delphi. Er erklärte und entwarf das Programm. Obwohl sie manchmal erschöpft stöhnte, bestand er unerbittlich darauf, daß das geplante Pensum eingehalten wurde.

Du kannst nie genug kriegen, seufzte sie.

Stimmt, sagte er, aber es lohnt sich.

Seit er nicht mehr täglich in sein Amt ging, besaß er scheinbar unerschöpfliche Kraftreserven, die sich unterwegs entfalteten.

Du hättest Reiseführer werden sollen, sagte sie.

Daran hatte er auch schon einmal gedacht. In jungen

Jahren wären Abenteuerreisen sein Spezialgebiet gewesen. Tibet, Patagonien – bis dorthin war er nie gekommen. Aber nun war es zu spät. Er würde die dünne Höhenluft nicht mehr vertragen. Oft träumte er davon, wie er allein, einen leichten Rucksack auf dem Rücken, den Ziegenpfaden im Altai oder in den Anden folgte, um endlich, auf dem Bergkamm angelangt, diese Seligkeit zu fühlen: dem Himmel nahe, den Menschen und ihren Problemen entrückt.

Noch nie hatte er seiner Frau von diesen Träumen erzählt. Sie würde sich über ihn lustig machen. Ihren Spott fürchtete er, sie verletzte ihn, auch wenn sie beide allein waren, damit noch immer. Sie nutzte jede Gelegenheit, ihn als Trottel darzustellen und sich entsprechend überlegen zu fühlen. Ihre Entschuldigung, sie habe es nicht böse gemeint, hielt er für eine nicht glaubwürdige Ausrede.

So begnügte er sich mit Reisezielen, die sie als Zeichen kunsthistorischen Interesses anerkannte. Von diesen Bildungsreisen konnte sie ihren Freundinnen erzählen. Sie prahlte mit den einschlägigen Ristorantes dort, als hätte sie sie selbst entdeckt. Ihr Mann hatte extra einen Führer durch die gastronomischen Oasen Italiens gekauft. Er kannte sogar abgelegene romanische Dorfkirchen in der Toskana, die in den wenigsten Kunstführern verzeichnet waren.

Oft reisten sie in kleinen Gruppen. Es war billiger und bequemer, aber ohne jede Überraschung: Alles war geplant und hundertmal erprobt, von der Busfahrt bis zum zweit- oder drittklassigen Hotel und den Exkursionen. Dafür durfte er seine Kenntnisse vor einem mehrköpfigen Publikum ausbreiten, und sie war stolz auf ihn, was er sichtlich genoß.

Die meisten Reiseleiter überließen ihm gern die Erklärungen während der Busfahrt, nachdem sie sich überzeugt hatten, daß er mehr wußte als sie selbst. Sie dösten auf dem Einzelsitz vorn beim Fahrer und hörten nur mit halbem Ohr den Worten zu, die sie ähnlich schon dutzende Male erzählt hatten. Nur gelegentlich unterbrachen sie ihn mit einem Witz, der Kennerschaft und Einverständnis verriet und die allzu akademische Belehrung des Amateurhistorikers auflockerte.

Zum Abendessen suchte er sich den größten Tisch im Lokal aus. Es fanden sich immer Frauen reiferen Alters aus ihrer Reisegruppe, die mehr wissen wollten und ihn mit Herr Doktor anredeten. Und während er über den Totenkult der Etrusker dozierte und die Fahrt am nächsten Morgen zu den Grabmalen im Museum von Volterra vorbereitete, informierte sie ihre Tischnachbarinnen über die namhaften Modefirmen in Florenz oder Siena. Gucci, Pucci oder Ferragamo, sie ließ die Namen auf der Zunge zergehen.

Sie kehrten jedesmal zufrieden und einig von ihren Bildungsreisen zurück. So viele nette Menschen, so viele Gespräche, so viele neue Eindrücke. Danach war die Stille ihrer Wohnung bedrückend. Und wem sollten sie eigentlich die Fotos zeigen, die sie von den Kathedralen, Palazzi und Viadukten gemacht hatten? Ihre erwachsenen Kinder wohnten weit weg und interessierten sich nicht für die Schnappschüsse ihrer Eltern.

Überhaupt die Kinder ... Seit sie ausgezogen waren, war die Bindung zu ihnen immer loser geworden. Sie sahen sich zu Weihnachten oder auf der Durchreise in den Süden. Für lange Gespräche blieb keine Zeit. Was wußte er eigentlich von ihnen? Zu ihm waren sie immer nur gekommen, wenn sie etwas wollten. Zu oft hatte er im Auftrag seiner Frau ein Machtwort sprechen müssen. Keine gute Basis für ein vertrauensvolles Verhältnis. Seine Frau war die Vermittlerin geblieben, durch sie hatte er so etwas wie eine indirekte Beziehung aufgebaut. Sie war nicht tragfähig, das spürte er nun.

Manchmal fuhr er unter einem Vorwand in die Stadt und besuchte das einzige Geschäft, das sich auf Ausrüstungen für Extremsportarten spezialisiert hatte, Tauchen in der

Tiefsee beispielsweise oder Trecking im Himalaja. Er wolle seinem Sohn eine Ausrüstung schenken, behauptete er und ließ sich ausführlich über Taucheranzüge, Harpunen und Scheinwerfer beraten, die man für die Erforschung der Meerestiefen brauchte. Fast zärtlich strich er über Sauerstoffflaschen und breite elastische Gurte.

Noch mehr zog ihn die Ausstattung für Bergsteiger an. Er staunte über die durchdachten Geräte und Kleidungsstücke, den wasserlöslichen, steril verpackten Proviant und die Auswahl von Medikamenten für den Notfall, die in einem verhältnismäßig kleinen Rucksack Platz fand. Vor allem die federleichten Anoraks, die gegen Kälte wie Hitze schützten, atmungsaktiv waren und selbstverständlich winddicht und wasserabweisend, hatten es ihm angetan. Er probierte ein halbes Dutzend an, bevor er sich für ein pechschwarzes Modell mit orangeroten Signalstreifen entschied, das weit und lang genug war, um seinen Bauch zu verbergen. Man sah ihm nicht an, daß er fast so viel wie ein Maßanzug gekostet hatte. Nun besaß er etwas, was auch Abenteurer und Himmelsstürmer trugen. Beim nächsten Regen würde er den neuen Anorak überziehen und damit an der Seite seiner Frau um den Block laufen.

Du solltest dir etwas suchen, was dich ausfüllt, sagte seine Frau eines Tages beim Abendbrot, das aus Magerquark, Pumpernickel und Selleriesalat bestand – sie achteten beide auf ihr Gewicht.

Er sah sie fragend an. Ertrug sie es nicht, daß er seine Zeit über Büchern und Landkarten verbrachte? Daß er meist zu Hause war, wenn sie von ihren Einkäufen oder Besuchen zurückkehrte? Fühlte sie sich bedrängt oder beobachtet? Früher hatte sie sich beklagt, daß er so spät aus dem Büro kam und Akten in seiner Tasche mitschleppte, die in den Nachtstunden noch durchgearbeitet werden mußten. Jetzt schien es sie zu stören, daß Freizeit für ihn ein Dauerzustand geworden war.

Du müßtest mehr unter Menschen gehen. Wir können nicht ständig reisen, sagte sie.

Es stimmte. Er hatte sich seit seiner Pensionierung verkrochen. Die ehemaligen Kollegen waren ihm gleichgültig geworden wie er vermutlich ihnen. Er wußte nicht mehr, was im Amt vor sich ging, und scheute sich, danach zu fragen. Für unentbehrlich hatte er sich nie gehalten, doch jetzt erst merkte er, daß seine Arbeit in zweifacher Hinsicht Lebensunterhalt gewesen war. Es tröstete ihn nicht, daß es vermutlich vielen anderen ähnlich ging wie ihm.

Er spielte weder Skat noch Schach. Doch manchmal beneidete er die Männer, die in verräucherten Lokalen um die Spieltische saßen. Fast stumm unterwarfen sie sich einer Ordnung, die nur von heftigen Wortgefechten unterbrochen wurde, wenn einer von ihnen gegen die Regeln verstieß. Es waren Zweckbündnisse wie die Kegelclubs, in die bedauerlicherweise neuerdings auch Frauen aufgenommen wurden. Vielleicht hätte er mitgemacht, wenn es bei reinen Männergesellschaften geblieben wäre. Die sprichwörtliche Kumpanei der Kegelbrüder hätte ihn weniger gestört als der Bierkonsum, von dem er sich nicht ganz und gar hätte ausschließen können.

Außer auf Bildungsreisen war er Frauen gegenüber unsicher. Der berufliche Hintergrund fehlte ihm. Wie sollte er sich überhaupt mit jemandem bekanntmachen? Und was hatte er zu bieten außer seinen Reiseerlebnissen? Im Alter, das stellte er nun fest, teilte sich die Gesellschaft in Frauen- und Männergruppen, Einzelgänger wie er fanden nur schwer Anschluß. Auf die dritte Lebensphase müsse man sich vorbereiten, hatte er gelesen. Er hatte es versäumt. Nicht einmal um ein Ehrenamt hatte er sich bemüht. Und das Angebot der Stadt, das ihm eine grauhaarige Dame im Rathaus unterbreitet hatte, lockte ihn nicht: Wahlhelfer wurden gesucht, Leute, die gewissenhaft Stimmzettel auswerteten.

Bei schönem Wetter im Frühjahr ging er manchmal zu den Schrebergärten. Die akkuraten nutzbringenden Beete faszinierten ihn ebenso wie die rührenden Versuche, aus hundertfünfzig Quadratmetern einen Minipark zu gestalten. Mit den alten Leuten, die dort am Vormittag werkelten, kam er leicht ins Gespräch. Gern ließ er sich belehren über Bodenbearbeitung, Düngung und Saatauswahl. Er wolle auch eine Parzelle pachten, gab er vor und bekam prompt die Auskunft, wo eine wegen Krankheit oder Tod aufgegeben worden und möglicherweise zu haben sei.

Er konnte sich zwar schwer vorstellen, daß er angesichts der engen Drahtzäune zufrieden in der Abendsonne auf der Bank vor der Holzhütte sitzen würde, aber er spielte gern mit dem Gedanken, wie die anderen zur rechten Zeit zu graben, zu hacken, zu säen und zu ernten. Vielleicht würde er eines Tages im Herbst den größten Kürbis der Kolonie präsentieren können. Er lachte bei diesem Gedanken. Nein, auch für einen Schrebergarten war es wohl für ihn zu spät. Die glücklichen Gärtner gruben und pflanzten seit Jahrzehnten. Als Rentner konnte man nicht damit anfangen.

Nie zuvor hatte er sich mit Krankheit und Alter beschäftigt. Zwei, drei Erkältungen im Frühjahr und Herbst hatten andere auch. Der Gesundheitscheck, den das Amt seinen Mitarbeitern anbot, war stets zufriedenstellend gewesen. Er war sicher, eine Bärennatur zu besitzen. Nichts konnte ihn umwerfen. Doch jetzt nahm er Symptome wahr, die ihn ängstigten. Aus dunklen Pigmentflecken auf der Haut konnte Krebs entstehen, hatte er einmal gelesen. Und was bedeutete seine Kurzatmigkeit bei schwülem Wetter? Er interessierte sich plötzlich für die Medizinsendungen im Fernsehen, die eine attraktive Ärztin im Minirock moderierte. Die Experten, die sie liebenswürdig, aber betont sachlich befragte, gaben brav Antwort, wobei sie fasziniert auf die kupferrote Haarpracht und auf die bemerkenswert hübschen Beine ihrer Kollegin starrten.

Als seine Frau vorschlug, er solle eine Kur machen und sich rundherum gründlich untersuchen lassen, lehnte er nicht ab. Allein? hatte er vorsichtig gefragt und erleichtert aufgeatmet, als sie nickte. Es würde ihm nicht schwerfallen, in einer anderen Umgebung Hausordnung und Therapieplan zu akzeptieren. Er stellte Anträge und ließ sich Prospekte schicken. Für eine Kur, die psychosomatische Beschwerden heilen sollte, kam er sich zwar nicht krank genug vor, doch mit der richtigen Einstellung würde sie ihm guttun.

Als er seinen Koffer gepackt hatte, den neuen Anorak obenauf, begleitete ihn seine Frau zum Bahnhof.

Sieh es als Expedition zu dir selbst, sagte sie erstaunlicherweise zum Abschied, und vergiß den Kurs für autogenes Training nicht.

Er lehnte sich lächelnd und entspannt in seinen Sitz zurück. Sie hatte ihn also doch verstanden. Statt in die Anden oder in den Altai aufzubrechen, würde er sich nun mit ihrem Einverständnis selbst erkunden. Expedition zu sich selbst – wo hatte sie das nur her?

Vor der letzten Station

Das Schlimmste haben wir hinter uns: das Aussortieren und Packen. Die Kartons mit den ausrangierten Anzügen und Schuhen stehen auf dem Flur. Die jungen Männer von der Arbeiterwohlfahrt werden sie gleich abholen. Vielleicht nehmen sie auch das Geschirr und die Kochtöpfe mit, die weder mein Bruder noch meine Schwester noch ich haben wollen. Wir haben alles aus den Einbauschränken geräumt und auf dem Küchentisch gestapelt. Und die abgewetzten Teppiche, die wir im Wohnzimmer zusammengerollt haben? Auch für die haben sie vielleicht Abnehmer.

Vater ist heute fast allein in Ekas Wohnung. Sein Platz im Pflegeheim ist noch nicht frei. Die Gemeindeschwester will nach ihm sehen, und mittags kommen die Kinder von der Schule zurück.

Einer muß immer erst sterben, bevor das Bett neu bezogen wird für den nächsten Anwärter auf die Endstation. Bruno, unser Bruder, kann so etwas nüchtern, ja geradezu kalt sagen. Ich hasse sein spöttisches Grinsen, weil Eka und ich bei solchen Bemerkungen jedesmal zusammenzucken.

Ob er wirklich so teilnahmslos ist, wie er tut, ob er sich nicht auch wie wir Vorwürfe macht? Er hat uns bei dieser Auflösung nicht geholfen. Das heißt doch, ein wenig schon. Er hat die großen Eierkartons geholt. Er mußte dafür nur ein paarmal mit seinem Kombi zum Supermarkt fahren.

Auflösen ist tatsächlich das richtige Wort. Eka und ich haben das gewohnte Leben unseres Vaters aufgelöst, mehr als dreißig Jahre lang hat sich in dieser Wohnung alles angesammelt, was ihm lieb und wichtig war. Zögernd haben wir aussortiert, was uns unbrauchbar schien. Konnten wir das überhaupt entscheiden? Auflösen, wie sollten wir das im Handumdrehen schaffen! Wir scheuten uns, die Sachen, die zumindest für ihn einen Wert hatten, achtlos fortzuwerfen.

Bruno war für Sperrmüll und einen Container von der Firma Raab & Co. Geht ganz schnell, und ihr habt es hinter euch, sagte er, ist doch sowieso alles Schrott.

Aber Vater hat nicht im Schrott gehaust. In dieser Wohnung war alles nützlich und wohldurchdacht. Solange es ging, hat er seine Sachen in Ordnung gehalten. Selbständig wollte er bleiben, bis zuletzt. Alles hier erinnerte ihn an Mutter, sicherlich auch an die Jahre, als wir Kinder noch nicht ausgezogen waren. Was er in letzter Zeit noch wahrnahm, wissen wir nicht. Sein Gesichtsausdruck hat sich erschreckend verändert, er ist erstarrt in einer abweisenden Verschlossenheit. Seine Augen blicken stumpf. In den Mundwinkeln sammelt sich Speichel, den er sich widerwillig abwischen läßt. Mit gesenktem Kopf sitzt er stundenlang, ohne sich zu rühren, in seinem Rollstuhl. Er sieht nicht auf, wenn einer von uns das Zimmer betritt oder seine Hände streichelt. Manchmal bewegen sich seine Lippen lautlos. Er lebt in einer Welt, zu der wir keinen Zugang haben. Nicht einmal Ekas Kinder, die ihn immer zum Lächeln brachten, können ihn noch erreichen. Sie fürchten sich vor ihm.

Eka und ich wollten uns einen Überblick verschaffen, dies und das aufheben. Die Fotoalben zum Beispiel. Vielleicht schaut er sich die an, wenn es ihm mal besser geht, sagte meine Schwester, es gibt doch hin und wieder ein paar gute Tage. Sie hat die Hoffnung nicht aufgegeben, aber jedesmal sieht sie mich unsicher an und erwartet vergeblich, daß ich zustimmend nicke.

Sie trennt sich überhaupt schwerer als ich von den vertrauten Dingen. Den blauen Milchtopf nahm sie gleich beim ersten Mal mit, ebenso das Kissen, das unsere Mutter gestickt hat: Rosa Rosen in einem grünen Blätterbett. Monatelang hat sie an diesem Kunstwerk gesessen, Kreuzstich an Kreuzstich mit Perlgarn. Ein Scheusal, findet Bruno. Aber Vater hat jeden Abend seine geschwollenen Beine dort abgelegt. Das Kissen ist prall gestopft und dort, wo seine Fersen immer ruhten, ganz abgescheuert.

Bruno wollte nur ein paar technische Geräte haben. Für seine Kinder Opas Fernseher und den fast neuen Staubsauger, den wir gemeinsam unserem Vater zum Geburtstag geschenkt hatten. Ein banales Geschenk. Es war uns nichts anderes eingefallen. Brauchbar sollte es sein, als ob Vater jemals Wert auf Brauchbares gelegt hätte. Er war der einzige in der Familie, der uns zu Weihnachten und zu Geburtstagen mit seinen Geschenken überraschte. Die Hängematte aus Schnüren in Regenbogenfarben, sein letztes Präsent, habe ich zwischen zwei Balken auf dem Boden befestigt. Daß ich keinen Garten, also auch keine Bäume mehr besaß, hatte Vater schon wieder vergessen.

Eka und ich brauchten für die Wohnungsauflösung mehr als eine Woche. Meistens schwiegen wir bedrückt, öfter hörte ich aus dem Wohnzimmer ein verhaltenes Schluchzen. Wir machten viele Pausen, saßen nebeneinander auf dem zierlichen roten Samtsofa aus Mutters Zimmer und tranken Nescafé aus den blauen Bechern mit Goldrand, aus denen wir schon als Kinder am Sonntagnachmittag Kakao getrunken haben. Wir erinnerten uns an so viele rührende Geschichten, daß wir manchmal die Zeit vergaßen. Schließlich haben wir hier den größten Teil unserer Jugend verbracht.

Wie Vater uns jedesmal an Kindergeburtstagen mit seinen Kasperlepuppen etwas vorspielte, weißt du noch? Er befestigte als Vorhang ein rotgemustertes Tischtuch im Türrahmen zur Küche und erzählte uns mit verstellter Stimme von der schönen geraubten Königstochter und dem bösen Drachen. Sein Kasper, den er selbst geschnitzt hatte, fragte uns immer wieder nach unserer Meinung: Soll ich dem Ungeheuer den Kopf abschlagen? Jaa! brüllten wir begeistert im Chor.

Weißt du noch? Weißt du noch? Es ist auch ein Stück unseres Lebens, das wir auflösen. Ablösen ist besser, meint Eka: Wir nehmen ja manches mit, was uns wichtig ist.

Es sollte tröstlich klingen, doch es bestätigte nur dieses Endgültige.

Wir werfen unsere Kindheit weg wie lästigen Ballast, klagte ich, während ich die Schuhschachtel, in der Mutter unsere selbstgebastelten Geschenke aufbewahrte, im Müllsack ausleerte: nutzlose Laubsägearbeiten, selbstgemalte Kalender, eine handgeknüpfte Kordel und zwei hellblaue Taftschleifen, die Mutter uns beiden sonntags in die dünnen Zöpfe flocht.

Aber Eka fiel mir gleich ins Wort: Stimmt gar nicht. Wir holen unsere Kindheit doch auch wieder herauf. Plötzlich ist sie ganz nah.

Sie hatte sich die Haare hochgesteckt und ihre Garten-Jeans angezogen. Wie ein junges Mädchen sah sie aus, als sie auf der Leiter herumturnte, um mir die Bücher von den höchsten Regalbrettern herunterzureichen. Die beiden Kinder traut man Eka nicht zu, und die mißlungene Ehe hat auch kaum Spuren hinterlassen. Vater hat diesen Klaus nie gemocht. Du bist viel zu schade für ihn, hat er zu Eka gesagt und nur erreicht, daß sie ihren Klaus wütend verteidigte. Als sie nach ein paar Ehejahren weinend mit ihren beiden Kindern vor der elterlichen Wohnung stand, war Vater fast glücklich. Am liebsten hätte er sie ewig beschützt. Sie war sein Liebling. Im Vergleich zu Eka waren Bruno und ich ihm geradezu gleichgültig.

Für die Bücher haben wir schon Abnehmer gefunden. Die Stadtbibliothek wird alles abholen, Klassiker und anderes Wertvolles in ihre Bestände einordnen und den Rest auf dem Flohmarkt verkaufen.

Gut, daß Vater meine letzte Katastrophe nicht mehr mitbekommen hat, überlegte Eka. Es wäre ein großer Kummer für ihn gewesen.

Sie sprach immer von Katastrophen, wenn wieder einmal eine ernsthaft begonnene Beziehung sich als nicht haltbar erwies. Jedesmal hatte sie den schlichtesten Trost bei Vater gefunden: Es ist besser so, es wird alles gut, sagte er, wenn er sie in seine Arme schloß.

Wer vierzig Jahre lang glücklich verheiratet war, begreift nicht, daß der Bund fürs Leben zu einer Zerreißprobe werden kann, sagte ich.

Es klang total falsch. Ich wäre nie auf die Idee gekommen, mich bei Vater auszuweinen. Wir schwiegen immer länger. Jeder hing seinen eigenen Gedanken nach.

Wenn Mutter noch lebte, wäre Vater wohl nicht so erschreckend verfallen, unterbrach ich die Stille. Er hat sich nach ihrem Tod aufgegeben, in seine Finsternis und Trauer verirrt.

Wir hätten ihn damals gleich zu uns nehmen sollen, sagte Eka, gleich nach ihrem Tod. Damals hätte er sich noch umstellen können. Er war so hilflos, und wir haben ihn alleingelassen, weil wir glaubten, er würde mit seinem Schmerz in der gewohnten Umgebung besser fertig.

Ich schüttelte den Kopf.

Auch damals war es zu spät. Weder du noch ich und erst recht nicht Bruno hätten ihm geben können, was er brauchte. Er wäre in unsere Kämpfe hineingezogen worden, es wäre ihm nicht verborgen geblieben, daß wir, anders als er und Mutter, außerstande waren, jahrzehntelang ein friedliches Leben zu zweit zu führen. Und unsere Wohnungen sind ja auch nicht geeignet, ihm so etwas wie ein neues Zuhause zu bieten, fügte ich hinzu.

Merkst du eigentlich, daß wir ständig nach Entschuldigungen suchen? fragte Eka bedrückt. Niemals wollte er in ein solches Heim!

Wir waren wieder einmal am Tiefpunkt unserer selbstquälerischen Diskussionen angelangt: Hätte, müßte, sollte, könnte – alles Konjunktive, denen das eine Wort – unmöglich – entgegenstand.

Bruno platzte herein. Wir hatten die Wohnungstür offengelassen. Er brachte uns weitere leere Kartons für die Bücher und eine Pizza für jeden.

Na, endlich mit der Entsorgung fertig? fragte er munter und steckte einen Aschenbecher aus Alabaster, der auf dem Küchentisch stand, in die Tasche seines Regenmantels. Kann ich vielleicht noch mal brauchen, murmelte er. Ihr übertreibt es mit eurer Pietät. Für wen wollt ihr das alles retten, was ihr da in die Kartons packt? Vater wird das nie mehr wahrnehmen, nie mehr. Also weg damit!

Eka zog ein schmales Wachstuch-Heft aus dem Bücherstapel, den sie gleich in einem der neuen Kartons verstauen wollte. *Wutgedanken*, hatte unsere Mutter in ihrer genauen, festen Handschrift auf das blaugeränderte Etikett geschrieben. Wir sahen uns verwundert an: Wut? Hatten wir unsere Mutter jemals wütend erlebt?

Ich nehme es mit nach Hause, sagte Eka, hier zwischen all den Kartons sollten wir uns nicht daraus vorlesen.

Warum nicht? fragte Bruno. Mutter war kein Engel, ihr wolltet sie allerdings immer nur mit einem Heiligenschein sehen. Mutter hat Vater unterdrückt. Habt ihr das nie bemerkt? Habt ihr nie wahrgenommen, wie er Jahr um Jahr stiller wurde, sich immer mehr zurückzog?

Vielleicht war das schon seine Krankheit, überlegte Eka. Mutter war immer die Stärkere, sie war ihm gewiß überlegen. Aber sie hat ihn das nicht spüren lassen.

Da täuschst du dich gewaltig, entgegnete Bruno heftig. Es war manchmal blanker Hohn, den sie über ihn kippte, wenn er langsamer als sie begriff, was in der Zeitung stand. Habt ihr vergessen, wie sie ihn manchmal fast verächtlich anschaute? Sie hat ihn wohl immer für einen Versager gehalten, einen kleinen ängstlichen Beamten, der die Dienstwohnung nur in den Sommerferien widerwillig für drei Wochen verließ. Sie hat sich bestimmt einen anderen Ehemann gewünscht. Warum sonst diese vielen Romane von der großen Liebe, die jetzt auf dem Flohmarkt für ein paar Pfennige verscherbelt werden sollen.

Vater hat sich im Urlaub bei Mutters Verwandten nie wohlgefühlt, gab ich zu. Das Dorf war ihm fremd, und vielleicht hat er angenommen, die Leute dort beobachteten ihn argwöhnisch. Mutter wurde jedesmal mit offenen Armen aufgenommen, sie gehörte dort hin. Ihn übersahen sie.

Mutter hat ihn vor der Verwandtschaft nicht geschützt, sagte Bruno, sie stand nicht zu ihm. Sie ließ es zu, daß er wie ein Hergelaufener behandelt wurde. Wenn er wenigstens mit einem Mercedes vorgefahren wäre, aber so, mit dem verbeulten Gebrauchtwagen, in dem wir zu fünft kaum Platz hatten ... Und trinken wie die Bauern und im Dorfkrug eine Runde schmeißen konnte er auch nicht.

Warum fuhren wir eigentlich jeden Sommer in Mutters Heimat, fragte Eka nachdenklich, war das Geld damals so knapp?

Es war ein für allemal geregelt, sagte Bruno, es gab keine Diskussionen: Ferien bei Mutters Verwandten. Ich hätte mir, wie vermutlich auch Vater, etwas Interessanteres denken können. Nie waren wir an der See, nie in den Bergen und nie im Ausland. Aber ihr beide wart ja zufrieden und glücklich bei Kühen und Federvieh.

Stimmt, sagte Eka, wir freuten uns immer auf Mutters Dorf. Wir fühlten uns dort wohl, wir hatten Freunde und außerdem den Reiterhof; wir schwärmten damals für Pferde und den Reitlehrer.

Und mir blieb nur der Fußballplatz, sagte Bruno, wo ich ausgelacht wurde wegen meiner Kniestutzen. Nie ist es mir gelungen, unter den Rabauken einen Platz für mich zu erobern; ich war einfach nicht gut genug. Und vor dem

Tümpel mit seiner grünen Entengrütze, in den die Gleichaltrigen kreischend vor Lust sprangen, habe ich mich immer geekelt.

Warum hast du damals nicht protestiert? fragte ich. Vater hätte dich vielleicht unterstützt.

Ob Vater auch Wutgedanken aufgeschrieben hat? überlegte ich. Vielleicht war das das Geheimnis ihrer Harmonie? Statt sich anzuschreien hielten die Eltern schriftlich fest, was sie wütend machte.

Habe ich leider nie ausprobiert, sagte Eka. Wie auch immer, bei ihnen hat es wunderbar funktioniert.

Scheinbar, sagte Bruno, ihr täuscht euch! Ihr möchtet sie eben so in Erinnerung behalten, in ewiger Harmonie.

Er wollte nun auch einen Nescafé. Wir rückten auf dem roten Sofa zusammen. Bloß nicht sentimental werden, mahnte er; damit meinte er wohl sich selbst.

Jetzt könnten wir uns Mutters Wutgedanken vorlesen, schlug er noch einmal vor.

Doch Eka hatte das Heft schon in ihrer Tasche verstaut. Sie fürchtete das spöttische Grinsen unseres Bruders. Du hast uns heute genug Illusionen zerstört, sagte sie entschieden.

Dann kann ich ja wieder abziehen, sagte Bruno beleidigt. Ich sehe, ihr braucht mich nicht.

Zwischen uns hatte es oft solche offenen oder verdeckten Streitereien gegeben. Eka und ich stehen uns näher, wir haben als Schwestern mehr gemeinsam als mit unserem jüngeren Bruder, den unsere Eltern als Nachzügler wie ein verwöhntes Einzelkind gehätschelt haben.

Irgend etwas ist bei ihm dadurch verkümmert, hat Eka einmal versucht zu erklären, er hat immer verlangt und genommen. Daß man auch geben muß, hat er nicht gelernt.

Als Mutter krank wurde, hat Bruno sie höchstens zwei-, dreimal besucht. Und er war der erste, der Vater für unzurechnungsfähig erklären wollte. Er merkt ja doch nichts, hat er sich entschuldigt, wenn er wochenlang nicht zu ihm kam. Zuschauen, wie er abbaut? Das nützt doch keinem.

Er überließ es Eka und mir, das Heim zu suchen. Jetzt scheint es, als sei er der einzige, der über diese Lösung erleichtert ist. Den Vertrag hat er in unserem Namen unterschrieben. Er hat auch den Mietvertrag für Vaters Wohnung gekündigt, zu früh, wie sich herausstellte, als könne er es gar nicht abwarten, daß dieses Kapitel abgeschlossen wird.

Wir hatten um einen Aufschub gebettelt. Aber Bruno ließ sich darauf nicht ein. Seid froh, daß ich alles geregelt habe, wies er uns zurück. Verschieben macht es nicht leichter. Eine letzte Fahrt mit Vater, bot er an. Vielleicht erkennt er noch manche Straße, dieses oder jenes Haus. Vielleicht wacht er ja noch einmal auf, wenn wir über vertraute Plätze fahren.

In seinem Kombi hatten wir alle bequem Platz. Bruno redete ohne Unterlaß. Wie ein beflissener Stadtführer pries er die Sehenswürdigkeiten an, nannte die Namen der Plätze, der Kaufhäuser, der Brücken und Kirchen. Jedesmal bei einer roten Ampel überprüfte er, ob der Haltegurt, den er fest über die Brust unseres Vaters gezurrt hatte, sich nicht gelockert hatte.

Eka und ich saßen auf den Rücksitzen. Ab und an wandte er sich zu uns um. Zufrieden mit diesem Ausflug? Ich habe es euch doch gesagt: Er sieht und merkt nichts mehr.

Er schwieg. Es hatte zu nieseln begonnen, die Tropfen zogen schmierige Bahnen auf der Windschutzscheibe.

Gut gemeint und überflüssig, sagte Bruno verdrossen, nachdem er noch einmal überlaut die Straßen aufgezählt hatte, durch die wir jetzt mit überhöhter Geschwindigkeit fuhren.

Vater war erschöpft, als wir endlich wieder zurück waren und ihn ins Bett bringen konnten.

Wir sollten auf den Kleinen aufpassen – wie oft hatten uns die Eltern dazu ermahnt. Aus dem schutzbedüftigen Kleinen war längst ein selbstbewußter, erfolgreicher Mann geworden, der seine Grundsätze mit Energie durchzusetzen verstand.

Bruno, erinnerst du dich noch an die Schaukel? fing Eka plötzlich an. Wie wir dich höher und höher geschubst haben, bis du schließlich Angst bekamst und das Gleichgewicht verlorst? Es war ein böser Sturz, und da wir unser Wächteramt so schlecht wahrgenommen hatten, wurden wir einen ganzen Tag lang im Keller eingesperrt.

Wie alt war ich da? fragte Bruno. Ich habe das vollkommen vergessen.

Er hat immer das Talent gehabt, kleine oder große Katastrophen zu vergessen.

Drei vielleicht, sagte Eka, ein süßes blondlockiges Kerlchen. Aber wir haben dich damals manchmal verwünscht. Sobald etwas passierte wie der Sturz von der Schaukel, schriest du wie am Spieß, und Mutter kam sofort angelaufen und machte uns Vorwürfe.

Manchmal hast du auch geschrien, wenn gar nichts passiert war, ergänzte ich, nur so, weil du uns ärgern wolltest. Eka hat mich gehauen, hast du behauptet, obwohl das gar nicht stimmte. Mutter war immer auf deiner Seite, das wußtest du.

Klingt ja, als ob ihr mir das noch heute nachtragt, lachte Bruno.

Kleine Brüder sind manchmal unerträglich, sagte ich.

Und große? fragte Bruno.

Wie mans nimmt, wich ich aus. Du machst es uns manchmal nicht leicht.

Ihr erwartet zuviel von mir, sagte Bruno und stand auf. Auf Gespräche wie dieses legte er keinen Wert.

Ruf an, bevor du Vater besuchst, erinnerte Eka, ich könnte in der Zeit etwas erledigen. Es wird jetzt schwierig werden. Wir müssen gut planen; wir dürfen ihn nicht allein lassen.

Bruno war schon bei der Tür. Ob er Ekas Mahnung überhaupt gehört hatte?

Das Schloß fiel scheppernd zu. Jetzt erst merkten wir, wie still es in der fast leeren Wohnung war. Wir saßen noch immer erschöpft auf dem roten Sofa. Unsere Arme schmerzten vom Schleppen und Heben. Eka umarmte mich plötzlich. Sie bettete ihren Kopf an meine Schulter und fing an zu weinen. Ich streichelte ihren Rücken.

Kinderkummer, versuchte ich zu trösten, es ist gut, daß er hervorbricht. Er hat sich so lange aufgestaut.

Aber Eka schüttelte den Kopf. Es ist ja mehr, viel mehr.

Ein Leben lang Liebe

Fast täglich begegnen sie mir auf dem Weg zum Wald. Wenn ich in der Mittagspause rasch nach Hause radle, kommen sie mir, meist auf die Minute genau, entgegen. Sie gehen mit kurzen vorsichtigen Schritten. Er stützt sich rechts auf einen Stock und hängt sich schwer in ihren angewinkelten linken Arm. Sie zieht das eine Bein ein wenig nach. Ihre langen Wintermäntel machen sie zu gedrungenen Kegelfiguren, die Köpfe mit den verbeulten graugrünen Hüten ruhen scheinbar halslos auf den gebeugten Schultern.

Ich drossle jedesmal mein Tempo und grüße sie geradezu übertrieben freundlich, doch sie schauen höchstens flüchtig auf. Sie sind in ihr Gespräch vertieft; sie lassen sich nicht stören. Sie sind sich genug in dieser Welt, die ihnen anscheinend gleichgültig geworden ist. Ein altes Ehepaar, was haben sich die beiden wohl immer noch zu erzählen?

Manchmal bleibt sie stehen und fuchtelt energisch mit ihrem freien Arm. Offenbar hat er nicht verstanden oder will nicht verstehen, was sie ihm nachdrücklich klarzumachen versucht. Er hebt kaum den Kopf, läßt sich nicht aus der Ruhe bringen. Unbeirrt schlurft er weiter. Vielleicht hat er bereits tausendmal gehört, was sie ihm erzählt, vielleicht ist er überhaupt der Meinungsverschiedenheiten überdrüssig. Sein Gleichmut scheint unerschütterlich. Oder ist es Sturheit, mit der er sich gegen ihre Worte wappnet? Doch oft ist es auch umgekehrt, und er bleibt unvermittelt stehen und redet eindringlich auf sie ein. Sie sieht ihn gelassen an, schüttelt den Kopf, danach setzen sie ihren Weg friedlich fort. Ich kann sie über eine lange Strecke beobachten, der Weg führt schnurgerade vom Wald zu den ersten Siedlungshäusern.

Bei uns verlaufen Auseinandersetzungen ganz anders. Caro wirft mir zu Recht vor, daß mir bei der geringsten Gelegenheit die Galle überläuft. Blöder Streithammel, schimpft sie, wenn ich aufspringe, außer mir vor Wut. Ich höre aus ihrem Tonfall Verachtung heraus, aber wahrscheinlicher ist, daß sie mich nicht ganz ernst nimmt. Nachzugeben fällt mir schwer. Nachzugeben, nehme ich mir vor, ist immer noch besser als dieses Hineinfressen in stummer Resignation, das ich bei anderen altgedienten Paaren beobachte. Sind wir schon so weit? Überlegen und ein wenig hochmütig lachen, das würde ich gern können. Doch Caro würde das sofort mißverstehen. Wir haben niemals unbefangen übereinander lachen können, ohne die Gefahr, uns gegenseitig zu verletzen.

Sie wünscht sich mehr Rücksicht, mehr Verständnis. Und umgekehrt? Ich könnte mit Recht das gleiche verlangen. Immerhin, Caro entschuldigt sich manchmal: Ich hab es nicht so gemeint, sagt sie in diesem kindlich-naiven Ton, der mich anfangs immer rasch versöhnlich gestimmt hat. Inzwischen ist diese Standardformel abgenutzt, durch zu häufigen Gebrauch wirkungslos geworden. Sollten wir uns nach so vielen gemeinsamen Jahren nicht gut genug kennen, um Mißverständnisse auszuschließen?

Daß immer wieder mal Haferflocken fehlen, die ich gewöhnlich zum Frühstück esse, könnte ich wortlos hinnehmen. Warum sorge ich nicht selbst für Nachschub! Aber daß sie mich ohne Vorwarnung und Absprache mit ihrer dicken Patentante überrumpelt, nehme ich ihr übel. Du bist überhaupt nicht mehr spontan, wirft sie mir vor, und ich höre heraus, daß sie meine Empfindlichkeit albern findet. Sie erwartet einfach, daß ich mich über solche Überraschungen freue und zumindest aus Berechnung höflich bin, angesichts des Erbteils, das uns die dicke Tante in Aussicht gestellt hat.

Meist sind es Kleinigkeiten, die uns gereizt und zänkisch werden lassen. Ich hasse es zum Beispiel, auf Caro zu warten. Und umgekehrt hat sie das Gefühl, daß ich sie mit meinen präzisen Zeitvorstellungen einenge. Manchmal denke ich, sie könnte auch ohne mich gut leben. Ihre Selbständigkeit kränkt mich, obwohl sie behauptet, meinetwegen viel davon aufgegeben zu haben. Sie tut, was sie will, und kümmert sich nicht darum, ob ich wie sie gerade Lust zu einer Weinprobe im Rheingau habe oder am Samstag ins Kino um die Ecke gehen will. Muffel ist noch der freundlichste Ausdruck, den sie für mich hat, wenn sie sich grollend allein oder mit Freunden auf den Weg macht.

Früher sei ich ganz anders gewesen, behauptet sie. Sie stellt bei mir überhaupt ständig negative Entwicklungen fest. Das Schlimme ist, ich kann nicht leugnen, daß mein Bauch über den Gürtel quillt, daß ich meine Ruhe haben möchte und weder von Caros Verwandtschaft noch von ihren durchtrainierten Aerobic-Freundinnen gestört werden möchte.

Ihre Einfälle bringen mich aus dem Gleichgewicht. Schwerbeladen kam sie letzten Freitag aus dem Supermarkt. Sie hatte einfach »mal so« ihre Laborgemeinschaft samt Anhang eingeladen, zehn Personen, unser Geschirr reicht kaum für so viele. Ich war sauer, und daß ich nun in aller Eile Zwiebeln, Fenchel und Tomaten schneiden sollte, paßte mir erst recht nicht.

Motz nicht, hilf mir bitte, sagte sie in dem kurzangebundenen Tonfall, den auch meine Mutter immer anschlug, wenn sie von mir ungeliebte Hilfsdienste verlangte. Sie band mir ihre Küchenschürze um und küßte mich flüchtig hinters Ohr. Es war höchste Zeit. Während ich den Tisch auszog, damit wir alle Platz hatten, kamen bereits die ersten Gäste.

Das ist Henry, stellte sie mich vor und schob mich wie einen kleinen Jungen, der seinen Diener machen soll, der ausgestreckten Hand ihres Chefs entgegen. Ich war der einzige Fremde in der Runde, die sich vorzüglich ohne mich amüsierte: Interna aus dem Labor. Ich bekam nie mit, worüber sie so schallend lachten. Teller und Schüsseln auftragen und abräumen, Wein einschenken und schließlich den Mokka zubereiten und servieren, mehr erwartete an diesem Abend niemand von mir. Auf Unterhaltung mit mir legte keiner Wert.

Es blieb mir nichts anderes übrig, ich mußte die Rolle »der gute Henry, der liebe Hausmann« spielen. Alle aus ihrem Labor, sogar der Chef, nannten sie Caroline, bewundernd meistens; sie war der Star, die Erfolgreiche, die Starke, die ihnen hier Einblick bot in ihr Privatleben, Betrachtung des Ehemanns eingeschlossen.

Mir fiel ein, daß ich sie anfangs oft Linchen genannt hatte, der zärtliche Teil ihres Namens. Sie genierte sich, wenn ich sie vor anderen so rief. Caro, bitte! wies sie mich zurecht.

Als alle gegangen waren, schmerzte mein Unterkiefer vom höflichen Grinsen. Das Zähneknirschen hat hoffentlich keiner gehört.

Du warst toll, lobte Caro und hängte sich an meinen Hals, so daß ich beinahe das Gleichgewicht verlor.

Früher hätte ich die Gelegenheit benutzt, mich rücklings mit ihr zusammen auf die Couch fallen zu lassen. Unsere Einladungen endeten fast immer, nachdem die Gäste gegangen waren und wir die Fenster weit aufgerissen hatten, mit Umarmungen und der Versicherung, daß nun das beste dran sei und daß es zu zweit am schönsten sei.

Doch der gute, liebe Henry war dazu offenbar nicht mehr fähig. Ich kam mir ausgenutzt vor.

Hättest du diese Veranstaltung nicht besser im City-Treff inszenieren können? fragte ich verbiestert.

Und wer hätte dort das Zehnfache bezahlt? konterte sie giftig.

Ich schwieg. Für ihre spontanen Einladungen war ich nun wirklich nicht der zuständige Zahlmeister.

Wieder eine Nacht, die wir so weit wie möglich voneinander entfernt in unserem normalen Zweimeter-Ehebett verbrachten. Keiner von uns streckte den Arm aus. Dabei war das einer der wenigen Ratschläge meiner Mutter, die ich sinnvoll fand: Niemals unversöhnt einschlafen!

Meine Mittagspause zu Hause ist ein Privileg. Die Kollegen beneiden mich darum. Keiner wohnt wie ich in der Nähe unseres Büros. Ich wärme mir meist Reste vom Vortag auf oder gieße kochendes Wasser auf eine Instantsuppe. Während ich aus der blauen Riesentasse etwas Zusammengerührtes löffle und dazu trockenes Brot kaue, lese ich die Zeitung weiter, die seit dem Frühstück aufgeblättert auf dem Küchentisch liegt. Manchmal gönne ich mir wie ein Frührentner ein Nickerchen auf der Couch. Selten hole ich lustlos den Staubsauger heraus und beseitige, möglichst ohne mich zu bücken, die Krümel auf dem Teppich im Wohnzimmer.

Aus unseren anfänglichen guten Vorsätzen ist nicht viel geworden. Zugegeben, ich drücke mich. Caro erledigt in der Wohnung alles viel besser und schneller als ich. Außerdem kommt sie meist früher von der Arbeit heim. Das ist natürlich eine lahme Entschuldigung. Zugegeben, wir sind weitgehend zur herkömmlichen häuslichen Aufgabenteilung zurückgekehrt. Caro hat sich anscheinend seufzend oder grimmig damit abgefunden. Hausarbeit darf nicht zum ständigen Zankapfel werden, haben wir beschlossen. Wenigstens haben wir uns auf lockere Regeln geeinigt.

Aber gelegentlich protestiert Caro eben doch, weil ich ihrer Ansicht nach zu wenig getan habe. Als miesen Macho beschimpft sie mich, der sich auf ihre Kosten ein bequemes Leben leistet. Sie hat recht, es fehlt mir an Ehrgeiz. Nicht einmal in der Firma überschlage ich mich vor Eifer, geschweige denn zu Hause, wo ich den Schmutz einfach übersehe. Längst hat Caro mich überholt; sie verdient erheblich mehr als ich.

Wie lange mögen die beiden Alten schon zusammenleben? überlege ich, während ich das Pulver für die Lauchsuppe in kochendem Wasser auflöse. Und was verbindet sie? Wie sah ihr alltäglicher Ehekrieg aus, oder gab es den bei ihnen gar nicht? Ich versuche von ihren ruhigen faltigen Gesichtern abzulesen, was sie hinter sich haben. Vielleicht haben sie sich unmerklich aneinander glattgeschliffen, so daß es jetzt keine schmerzenden Reibungsflächen mehr gibt und eine erträgliche Spannung trotzdem erhalten geblieben ist. Oder sollten sie stumpf geworden sein, unempfindlich gegenüber den Kränkungen, die in ihren jungen Jahren möglicherweise tagelange Verstimmungen ausgelöst haben? Vermutlich klammern sie sich nicht nur beim täglichen Spaziergang aneinander. Zu zweit läßt sich die Einsamkeit ertragen, die Beschwerden des Alters, die Angst vor dem Tod. Einer läßt den anderen nicht im Stich. Sie verlassen sich aufeinander.

Heute blieben sie stehen, als ich grüßend an ihnen vorbeifuhr. Die Frau schenkte mir ein flüchtiges Lächeln, verlegen fast, als ahne sie, daß ich sie seit langem beobachte. Ihr Gesicht kam mir verjüngt vor, faltenlos, rosig überhaucht. Ob es allein die Kälte war, oder freute sie sich über meine Aufmerksamkeit? Als sie ihren Spaziergang fortsetzte, hob sie die Hand, als wolle sie winken.

Irgendwann werde ich einfach vom Fahrrad springen und mich mit ihr bekannt machen. Das einfachste der Welt, was hindert mich? Die lächerlichen Spielregeln der zu schützenden Anonymität, hinter der wir uns verbarrikadieren? Doch vermutlich würde ich die beiden Alten in Verlegenheit bringen. Sie würden hilflos, vielleicht sogar mißtrauisch reagieren: Was will der von uns? Abgesehen von ländlichen Gegenden, wo jeder jeden kennt, ist das Grüßen aus der Mode gekommen.

Schade, daß sie keinen Hund ausführen. Kontakte lassen sich auch über noch so häßliche Tölen mühelos knüpfen. Am Waldrand begegne ich täglich Hundebesitzern in Gruppen, umspielt von ihren Lieblingen, die sich ihre Freunde und Feinde selbst auswählen. Herrchen und Frauchen haben unterdes unerschöpfliche Gesprächsthemen: Was Hunde brauchen, tun, mögen, wo es das beste Frischfutter gibt, den freundlichsten Tierarzt und so fort.

Doch meine beiden Kegelmenschen brauchen, so scheint es, keinen Hund; sie sind sich selbst genug. Und ich muß vermutlich warten, bis einer von ihnen einmal stolpert, den Stock fallen läßt und Hilfe braucht. Erst dann werde ich wohl die Gelegenheit haben, mit ihnen ein paar Worte zu wechseln.

Caro und ich in dreißig, vierzig Jahren – ich kann es mir vorstellen. Wenn ich ihr heute abend von meinen Gedanken erzähle, wird sie wahrscheinlich ein nachsichtiges Grinsen aufsetzen: Spinner! Doch ich möchte, daß sie versteht, warum mich das alte Paar so fasziniert, warum ich wissen möchte, wie sie ihre Gespräche jahrzehntelang lebendig erhalten haben. Warum mich manchmal eine panische Angst überkommt, daß wir beide, Caro und ich, uns verschleißen in lauter Nichtigkeiten, warum es uns zunehmend schwerer fällt, die Arme auszustrecken.

Tiefes, ruhiges Blau

Er trug stets Blau. Blau war seine Farbe. Ich habe ihn nie in einem grauen oder braunen Anzug gesehen. Sein Smoking war mitternachtsblau, sein Schlafanzug hellblau. Als ich ihm einen Jogginganzug schenken wollte, den er für das Sanatorium brauchte, mußte ich lange suchen, bis ich die richtige Farbe fand: ein tiefes, ruhiges Blau.

Zwei Tage vor seinem Tod habe ich ihn dort zuletzt besucht. Er starb an einem Herzinfarkt, seinem dritten; er muß geahnt haben, wie es um ihn stand. Er wollte nichts von der Firma wissen; sonst hatte er immer zuerst danach gefragt.

Ich hatte ihm ein altes Foto mitgebracht, im Sommerurlaub an der Nordsee aufgenommen. Er geht groß und ein wenig windschief mit aufgekrempelten Hosen am Meeressaum entlang. Ich tripple neben ihm, blicke zu ihm auf, ein Winzling mit einem runden Babybauch, splitterfasernackt. Mein linker Arm ist hochgereckt, damit er meine Hand festhalten kann.

Wie lange ist das her! sagte er. Ich wünschte, ich könnte jetzt so an deiner Hand gehen wie du damals an meiner.

Er lehnte das Foto an den Fuß der Nachtischlampe, so daß er es auch im Liegen betrachten konnte.

Ob es dort noch so aussieht? überlegte er, so weit, so ruhig, ohne Strandkörbe und Menschen. Weißt du noch, wie du dich vor den Möwen erschrakst, die dicht über uns hinwegflogen und so gräßlich schrien?

Er erwartete keine Antwort. Er wußte, daß ich versuchen würde, seinen Gedanken zu folgen. Es genügte ihm, daß ich neben seinem Bett saß, schweigend, fast reglos, zu jedem Echo bereit, wenn er es wünschte.

Einmal möchte ich das alles noch einmal sehen, sagte er, meine Schule, die Werkstatt, wo ich gelernt habe. Meine erste Wohnung lag direkt am Kanal. Weißt du das überhaupt?

Ich nickte stumm. Wir verstanden uns oft wortlos. Jetzt war er auf dem Weg zurück, zurück zu seinem Anfang. Er hatte selten darüber gesprochen. Seine Mutter war allein mit ihm. Für die Familie war er der Schandfleck, der Bastard. Die Narben dieser Kindheit verleugnete er, sie müssen ihn immer wieder unerträglich geschmerzt haben. Er hat sich hochgearbeitet, im wahren Wortsinn. Er war stolz auf seine Unabhängigkeit, auf seinen Wohlstand. Doch die bitteren Erfahrungen seiner ersten Lebensjahre konnte er nicht vergessen.

Die meisten Menschen hüten ihre Kindheit wie einen Schatz, sagte er einmal, ich habe meine vergraben.

Er hatte sich das Foto wiedergeholt und behielt es in der Hand. Er hatte sich gewiß ein glückliches Kind gewünscht. Er hätte mir gern vieles erspart. Aber ich war kein glückliches Kind.

Weißt du noch, fragte er, wie wir, als du schon größer warst, an diesem Strand um die Wette rannten? Gegen den Wind natürlich, bis zur nächsten Boje und manchmal noch weiter. Von Jahr zu Jahr wurdest du schneller. Ich konnte dich nicht mehr überholen, um mich vor dem Ziel blitzschnell umzudrehen und dich in die Arme zu schließen.

Ich weiß, sagte ich.

Gefangen, hatte er immer gelacht und mich fest an sich gedrückt, bis ich keine Luft mehr bekam.

Zurück sind wir immer Hand in Hand gegangen, wie auf dem Foto dort, erinnerte ich ihn. Und manchmal haben wir auch tapsige Tanzschritte versucht: eins, zwei, drei, Hopser rechts, eins, zwei, drei, Hopser links.

Wir beide, sagte er und schloß die Augen.

Er war in sein Kissen zurückgesunken. Seine Haut spannte sich fahl und dünn über den Backenknochen. An den Schläfen schimmerten die Adern bläulich, und bläulich waren auch die tiefen Augenhöhlen. Er wird sterben, dachte ich; er hat sich aufgegeben, er will nicht mehr kämpfen.

Mein kleiner Kompagnon, sagte er leise, geht es dir eigentlich gut?

Er hatte die Augen wieder geöffnet, ich brauchte nur zu nicken.

Geht es dir eigentlich gut? So hatte er mich manchmal gefragt, wenn wir beide bis elf Uhr nachts oder noch später in der Firma saßen, weil die Kostenvoranschläge bis zur Verhandlung am nächsten Vormittag fertig sein mußten. Ich habe wohl immer nur genickt und weder ja noch nein gesagt.

Geht es mir eigentlich gut? darüber sollte ich jetzt ernsthaft nachdenken, es wird höchste Zeit.

Ich habe alles übernommen, was er hinterlassen hat. Verena hatte er vorher schon abgefunden. Er hatte sie ausgezahlt, als wollte er ein für allemal nichts mehr mit ihr zu tun haben. Auch für Mutter hat er gesorgt. Sie bekommt ihr Geld nach wie vor monatlich überwiesen. Sie kann mit größeren Summen nicht umgehen. Er hat alles geregelt. Müßte ich mich jetzt um sie kümmern? Sie ist mir fremder als fremd. Ich war von Anfang an immer nur Vaters Tochter. Wir beide. Wir haben sie ausgeschlossen, wir wollten sie vergessen. Sie brachte sich nur hin und wieder in Erinnerung, wenn sie Geld brauchte. Er schrieb den Scheck mit steinerner Miene aus und schickte ihn sofort ab.

Als sie ging, war ich zehn. Sie hätte es nicht mehr ausgehalten, versuchte sie mir später zu erklären. Ich habe es nie verstanden. Warum konnte sie es nicht mit Vater aushalten? Hat er sie betrogen? Hat er sie verletzt mit seiner Überlegenheit, die ihr keinen Raum ließ für ihre eigene

Entwicklung? Sie war sehr jung, als sie heiratete. Vielleicht wußte sie da noch nicht, was sie wollte. Sie lebten nebeneinander her, er ließ sie nicht teilhaben an dem, was ihn beschäftigte.

Von da an hatte ich ihn für mich allein. Ich kann mich nicht erinnern, daß ich mich jemals nach ihr gesehnt hätte. Wir frühstückten um sieben, danach brachte er mich in seinem Wagen zur Schule und fuhr weiter ins Büro. Ich war immer die erste in der Klasse, eine Viertelstunde zu früh; so konnte ich den Lernstoff noch einmal überfliegen. Ich war immer die Beste. Strebi nannten sie mich. Das klingt weniger verächtlich, als es gemeint war. Ich ließ sie bei mir abschreiben. Wer wollte, mußte eben auch wie ich vor Schulbeginn in der Klasse sein. Das verschaffte mir zwar keine Freunde, aber manche brauchten mich.

Vater kam regelmäßig um sechs. Er zog seinen Blazer aus, holte seinen gerippten Segelpullover aus dem Schlafzimmer und ließ sich in den Longchair fallen. Auf dem Glastisch stand die Karaffe mit dem Cherry bereit. Er streckte seine langen Beine aus und forderte mich auf: Erzähl mal! Immer kam ich zuerst dran.

Was ich ihm erzählt habe, weiß ich nicht mehr. Schulgeschichten vermutlich, ich hatte ja sonst nichts erlebt. Manchmal schloß er die Augen. Aber wenn ich schwieg, weil ich annahm, er sei eingeschlafen, mahnte er sofort: weiter! Es kann ihn nicht besonders interessiert haben, was ich berichtete, doch er liebte mein Geplapper. Schule ist wichtig, sagte er, sei froh, daß du das alles nicht am Abend nach der Arbeit lernen mußt wie ich.

Warum lädst du nicht einmal deine Klassenkameraden ein? fragte er. Der Garten ist doch groß genug zum Spielen.

Ja, der Garten war groß genug, und das Haus war sogar viel zu groß. All die leerstehenden Zimmer im oberen Stockwerk. Aber die unteren Räume mit den hohen

Glastüren auf die Terrasse hinaus waren ständig unterkühlt. Richtig warm war es eigentlich nur im Bad oder im Bett. Als Kind lief ich immer mit fröstelnd hochgezogenen Schultern herum. Wenn ich nach Hause kam, zog ich sofort die gesteppte Trachtenjacke aus Salzburg an, die mir meine Patentante zu Weihnachten geschenkt hatte.

Einmal hatte ich die ganze Klasse eingeladen. Es war mein zwölfter Geburtstag. Vater hatte einen Zauberer engagiert, der uns unterhalten sollte, nachdem wir die Schokoladentorte gegessen hatten. Wir saßen alle auf dem hellen Teppich vor dem Kamin und klatschten, wenn das weiße Kaninchen aus dem Zylinder zum Vorschein kam. Die Jungen verzogen ihre Gesichter: Die üblichen Tricks, sie hatten sie wohl schon öfter gesehen. Gerade als der Zauberer dabei war, einen Fächer Karten in die Luft zu werfen und genauso wieder aufzufangen, ohne daß auch nur eine verschoben war, kam Vater aus der Firma zurück. Er setzte sich auf das Ledersofa hinter uns und klatschte noch weiter, als wir längst aufgehört hatten.

Zum Abschluß wolle er extra für den Hausherrn ein Kunststück vorführen, kündigte der Zauberer an: die mühelose Vermehrung des Geldes. Er hielt verschiedene Münzen hoch, ließ sie durch seine Finger gleiten, verschwinden und verdoppelt wieder hervorkommen. Schließlich stapelte er sie zu zwei ansehnlichen Türmen.

Da capo! rief mein Vater, das möchte ich lernen, dann bräuchte ich nicht mehr zu arbeiten. Es sollte ein Scherz sein. Doch der Zauberer sah auf seine Uhr und packte eilig seine Requisiten zusammen. Die nächsten Zuschauer warteten schon auf ihn.

Vater zog die Vorhänge auf und öffnete die Türen zur Terrasse, wo auf weißen Tischen Tabletts mit roten und gelben Fruchtsäften standen und Lampions im Abendwind schaukelten. Doch meine Klassenkameraden drängten zur Garderobe. Sie müßten heim, murmelten sie, vielen Dank!

Die meisten verabschiedeten sich nicht einmal. Vater nahm meine Hand, während wir am Flügel standen und den letzten nachsahen, die gegangen waren.

So haben wir öfter zusammen gestanden, stumm und mit dem Gefühl, unsere Gäste nicht verstanden zu haben. Es war uns nicht gelungen, sie zu gewinnen und zu unseren Freunden zu machen. Vater zuckte die Achseln. Er empfand es als Mißerfolg; er fühlte sich einsam wie ich. Es war ihm nicht gleichgültig, daß er mir nicht ersparen konnte, worunter er selbst seit seiner Kindheit litt.

Am nächsten Morgen entdeckte ich den Kaugummi unter meinem Stuhl. Ich löste ihn vorsichtig ab und wickelte ihn in meine Serviette. Als Vater hinausging, untersuchte ich die anderen Stühle. Fast alle waren mit grauen zähklebrigen Placken beklebt. Ich schämte mich, fühlte mich beschmutzt und verhöhnt. Sie müssen sich verabredet haben.

Im Internat war ich dann eine von vielen. Niemand hatte jemals unser großes Haus gesehen. Ich schwieg, wenn die anderen mit den Paradiesen daheim prahlten. Ich hatte kein Heimweh nach Haus und Garten, aber ich vermißte meinen Vater. Die drei Jahre waren eine Qual. Doch ich hielt durch und bekam das Zeugnis, das er von mir erwartet hatte.

Wir waren uns nicht fremd geworden. Jedenfalls glaubte ich das. Wir würden die alten Gewohnheiten wieder aufnehmen: Frühstück um sieben, den ganzen geregelten Tagesablauf. Es würde wie früher sein. Doch irgend etwas stimmte nicht. Vater war nervös, er hörte nicht zu, wenn ich ihm etwas erzählte. Er machte sich Gedanken.

Möchtest du in London studieren, schlug er vor, oder in Lausanne?

Aber ich schüttelte nur den Kopf. Ich wollte sofort in die Firma eintreten, bei ihm lernen.

Ja, weißt du, wich er aus, die Tochter des Chefs als Lehrling, das wäre nicht gut. Und überhaupt, so ein Arbeitsesel wie ich willst du doch nicht werden. Du solltest etwas von der Welt sehen.

Er hatte sich erkundigt, er konnte mir Angebote machen in London wie in Lausanne. Ich merkte immer noch nicht, daß etwas anderes dahinter steckte. Es war ein Schock für mich, als er mich mit Verena bekannt machte. Er brachte sie einfach mit, als er wie gewöhnlich um sechs aus der Firma kam.

Sie war vielleicht Mitte zwanzig, nur ein paar Jahre älter als ich, blond, mir einem nichtssagenden glatten Gesicht. Sie strahlte mich an, triumphierend, wie ich fand, doch es sollte wohl nur Unbefangenheit vortäuschen.

Sie wird morgen zu uns ziehen, sagte mein Vater. Wir kennen uns schon länger. Ihr werdet euch gut vertragen. Es klang beschwörend, mit einem drohenden Unterton. Ich muß ein Schafsgesicht gemacht haben. Aber schließlich hatte ich es gelernt, unverbindlich zu plaudern, und auch Verena beherrschte diesen plätschernden Konversationston perfekt. Abwechselnd versuchten wir Vater zum Lachen zu bringen, bis es Zeit wurde, schlafen zu gehen.

Ich entschied mich für Lausanne, schrieb enthusiastische Ansichtskarten an Vater: Spaziergänge am Lac Léman zu jeder Jahreszeit, bei jedem Wetter. Und was ich für Klausuren schrieb! Eine einzige Erfolgsserie.

Als ich nur noch neunzig Pfund wog, rief der Arzt in Lausanne meinen Vater an. Ich war ein typischer Fall: Anorexia nervosa, sonnenklar, aber schwer zu heilen, wenn sich die familiäre Konstellation nicht ändern ließe.

Mein Vater kam allein. Das Sanatorium, wo ich endlose Gespräche führen und aufgepäppelt werden sollte, hatte er schon ausgesucht, möglichst weit weg. Er würde mich einmal im Monat besuchen, auf ärztlichen Rat nicht öfter. Von Verena sprach er nicht, vielleicht hatten ihm die Ärzte auch das geraten.

Ja, ich habe ihn erpreßt. Liebe gegen Gewichtszunahme.

Es war ein schäbiges Geschäft. Wir durchschauten einander. Aber auch als es mir wieder besser ging, blieb ich die Verliererin. Ich hatte mich für eine andere Methode entschieden: Verhärtung. Möglich, daß ich dazu schon immer geneigt habe. Nun mußte ich dafür bezahlen.

Nach Lausanne ging ich nach London, wie Vater es gewünscht hatte. Danach suchte ich mir einen Job bei seiner Konkurrenz. Ich wundere mich noch heute, daß sie mich genommen haben. Vielleicht hatten sie meine Personalien nicht gründlich geprüft.

Ich schrieb weiterhin Ansichtskarten, nicht mehr. Auf Tagungen traf ich manchmal Vaters Stellvertreter. Ich strahlte ihn an, lachte laut beim kleinsten Anlaß. Er muß es ihm gesagt haben: Ihrer Tochter scheint es großartig zu gehen.

Wie er mit Verena zusammenlebte, wollte ich nicht wissen, kaum anders als mit Mutter, nehme ich an. Ob sie ihn am Abend noch immer mit strahlendem Lächeln empfing, ob er ihr unverbindliches Plappern ertrug? Was mag es ihm bedeutet haben?

Als sie ihn verließ, war ich in New York. Er informierte mich, aber er rief mich nicht zurück. Er wollte allein sein. Das Haus verkaufte er damals. Mir lag nichts daran, ich wäre nie dort eingezogen. Die Möbel aus meinem Zimmer deponierte er bei einem Spediteur, jederzeit verfügbar.

Ich war deprimiert, verlor wieder an Gewicht. Doch diesmal ließ ich es nicht zum Zusammenbruch kommen. Ich versuchte etwas anderes. Ich probierte mehrere Begleiter aus; sie führten mich in Restaurants oder ins Theater. Ein paarmal sind wir auch tanzen gegangen. Vielleicht hätte ich mich mit dem einen oder anderen anfreunden können. Doch so weit kam es nie. Ich brach immer ab, bevor wir überhaupt etwas Gemeinsames gefunden hatten. Für mich waren sie nur männliche Spiegel, die mir bewiesen, daß es mich gab, daß ich noch wahrgenommen wurde.

Als ich Abteilungsleiterin geworden war, teilte ich das meinem Vater auf einer Ansichtskarte mit, auf der der Frankfurter Messeturm abgebildet war. Hier sind noch Büroetagen zu mieten, schrieb ich dazu. Er antwortete postwendend und bot mir an, als Juniorpartnerin in seine Firma einzutreten.

Seitdem arbeite ich dort. Außendienst, ich bin viel auf Reisen. Über das Geschäftliche haben wir uns immer ohne Schwierigkeiten verständigt. Wenn ich aus London oder Rom zurückkam, lud ich ihn in meine Wohnung zum Essen ein, etwas Leichtes, Hühnerbrüstchen in Currysoße mit Bananen oder so etwas. Er fand es gemütlich bei mir, sagte er. An Gesprächsstoff mangelte es uns nie. Ich war sein kleiner Kompagnon, er konnte alles mit mir besprechen.

Reicht dir das wirklich? fragte er manchmal.

Ich habe mich nie beklagt. Es wird ihm nicht entgangen sein, daß wir uns immer ähnlicher wurden. Ich trage jetzt auch meistens Blau, ein tiefes, ruhiges Blau.

Manchmal, wenn ich wieder zu früh aufgewacht bin, ziehe ich seinen Jogginganzug an und laufe zehn Runden im Grüneburgpark. Nicht denken, sage ich mir, nur atmen und deinen eigenen Rhythmus finden. Ich könnte einen Arzt konsultieren, eine Therapie nach der anderen ausprobieren, dafür bezahlen, daß mir einer zuhört. Aber ich brauche das alles nicht.

Geht es dir eigentlich gut? höre ich die Stimme meines Vaters, und ich nicke meinem Spiegelbild zu, reiße den Kopf hoch, recke die Schultern. Ja, selbstverständlich, was sollte mir fehlen? Frühstück um sieben, wie immer, zehn Stunden im Büro. Oder steht heute ein Flug nach London auf dem Programm? Alles Training. Ich beklage mich nicht, es reicht mir tatsächlich. Atmen, meinen eigenen Rhythmus finden.

Rosa Nelken

Mit Blumen hatte sie nicht gerechnet, er vergaß sie regelmäßig. Sie hätte vermutlich laut gelacht, wenn er aus dem Seidenpapier vom Laden um die Ecke zwanzig rote Rosen gewickelt hätte. Für jedes Jahr eine, so murmeln ja Ehemänner gewöhnlich ein wenig verlegen am Hochzeitstag, bevor sie sich über den Strauß hinweg zum obligaten Kuß herabbeugen.

Er ist eben nicht gewöhnlich, tröstete sie sich; denkwürdige Tage bedeuten ihm nichts. Trotzdem zuckt er jedesmal schuldbewußt zusammen, wenn sie ihn erinnert. Ich hole das nach, versichert er verlegen. Am nächsten Tag erscheint er dann, falls er es nicht wieder vergessen hat, mit rosa Nelken. Ausgerechnet Nelken, die sie nicht mag. Und dazu Rosa, eine Farbe, die einfach nicht zu ihr paßt.

Nach zwanzig Jahren gemeinsamen Lebens könnten die rosa Nelken zu einer bitteren Anklage werden, zu einem Beweis, daß er sich noch nie um ihre Vorlieben und Wünsche gekümmert hat. Doch fast immer gelingt es ihr, ihre Enttäuschung zu verbergen. Was machen schließlich vergessene Hochzeitstage und rosa Nelken aus, wenn man sich sonst versteht und einander nach so langer Zeit noch nicht überdrüssig geworden ist!

Verglichen mit anderen, geht es ihr gut. Sie braucht nur an Ella zu denken, die ihren Mann mindestens einmal in der Woche sternhagelvoll aus seinem Stammlokal nach Hause schleppen muß. Oder Veronika, die immer häufiger Ausreden erfindet, warum sie nicht zum Gymnastikkurs kommen kann. Die blauen Flecke hat sie nur Irene gezeigt.

Von den Geschiedenen gar nicht zu reden; sie weinen sich ausgiebig bei den Freundinnen aus und suchen nach billigem Trost. Mistkerle, darüber sind sie sich fast ausnahmslos einig. Nur sie mag der pauschalen Verurteilung nicht zustimmen. Sie findet sie verlogen. Schließlich hatten doch wohl alle ihre Freundinnen einst ihren Mistkerl geliebt. Und warum hatten sie nicht schon längst, wie es heute die jüngeren Frauen ohne viele Skrupel tun, ihre Männer verlassen?

Mit Feiertagen hatten sie von jeher Schwierigkeiten. Diesmal traf es sie doppelt und dreifach: Hochzeitstag und Ostern fielen zusammen, und ihr Mann kam arglos mit besonders dicken Akten nach Hause, froh über die Aussicht, sie in aller Ruhe durcharbeiten zu können. Warum soll ich, nur weil Ostern ist, wie alle anderen diesen Spaziergang über matschige graue Wiesen machen? fragte er mißmutig und schob nach dem Mittagessen das Nest mit den von ihr eigenhändig gefärbten Eiern und dem dümmlich grinsenden Marzipanhasen verächtlich beiseite. Beim Frühstück hatte er noch nachsichtig gelächelt über ihre kindlichen Bedürfnisse, über das Moos und die Buschwindröschen, die sie im Wald für die Osterwiese ausgegraben hatte. Die ersten blassen Hundsveilchen, die sie gefunden hatte, beachtete er nicht einmal.

Sein Nonkonformismus war rücksichtslos. Aber lohnte es sich, dagegen zu protestieren? Eigentlich müßte sie sich längst daran gewöhnt haben, daß er sich über die Ordnung von Sonn- und Feiertagen hinwegsetzte. Ein einziges Mal hatte sie ihm klarzumachen versucht, daß seine Gleichgültigkeit in ihren Augen einen Verstoß gegen gesellschaftliche und durchaus sinnvolle Regeln bedeutete. Er sah sie nur spöttisch an. Große Worte, du Spießerin, das kannst du doch nicht ernst meinen!

Sich erfolgreich gegen ihn zu Wehr setzen, gelang ihr immer seltener. Nachgeben und die guten Augenblicke summieren, war viel einfacher. Nicht gerade kämpferisch und selbstbewußt, mußte sie zugeben.

Sie rief Irene an; vielleicht würde sie trotz des Aprilwetters ihren Vorschlag zu einer gemeinsamen Radtour akzeptieren. Ihre beste Freundin hatte ein weites Herz, das gut trainiert war nach eigenen und fremden enttäuschenden Erfahrungen mit Männern. Meist lebte sie allein. Ihr brauchte sie nichts vorzumachen. Sie würde nicht mit ungebetenen Ratschlägen aufwarten.

Als sie ihr Rad aus der Garage holte, fiel ihr ein, wie oft sie ihn entschuldigt hatte: Arbeit, das mußte doch jeder einsehen, geht vor. Seine Arbeit natürlich. Noch nie hatte sie für sich selbst diesen Vorwand benutzt, nicht einmal anläßlich der regelmäßigen »Festessen mit Gattin«, zu denen seine Firma gelegentlich einlud und bei denen es nie zu mehr als einem Austausch von belanglosen Höflichkeiten kam. Wenn sie sich beschwerte, behauptete er stets, diese Veranstaltungen seien für ihn wichtig. Schon an der Tischordnung ließe sich ablesen, welchen Stellenwert er innerhalb der Betriebshierarchie einnehme.

So ließ sie sich denn jedesmal sorgfältig von der Kosmetikerin und vom Friseur für den Auftritt an seiner Seite präparieren, wählte unter den Kleidern das aus, was sie beim letzen Mal bestimmt nicht getragen hatte und das ihren guten zurückhaltenden Geschmack verriet. Den ganzen Abend lang spielte sie dann sein Spiel: Sie war die Liebenswürdigkeit in Person, die beste Werbung für ihn.

Als sie zusammen studierten, hatte sie ihm in den Paukfächern geholfen. Ihr fiel es leicht, den spröden Lernstoff wiederzukauen, bis sie die Paragraphen – zumindest bis zum nächsten Prüfungstermin – sicher beherrschte. Beim ersten Staatsexamen schnitt sie deutlich besser ab als er. Beim zweiten hatte er sie bereits überrundet. Immerhin reichte ihr Prädikatsexamen für die begehrte Stelle beim Finanzamt. Beamtin und die Aussicht auf eine Halbtagsstelle – mehr wünschte sie sich nicht. Ihr Ehrgeiz hielt sich immer in Grenzen. Sie wollte Zeit haben für ihn, für ihre Freundinnen, für ihre Interessen. Nie schleppte sie Akten nach Hause. Was in vier, fünf Stunden nicht zu erledigen war, konnte bis zum nächsten Tag warten.

Vergeblich hatte sie sich Kinder gewünscht. Jetzt war es zu spät. Er schien nichts zu entbehren. Im Gegenteil, so mußte er ihre Zuneigung und Fürsorge nicht teilen. Er konnte sicher sein: Sie war ohne Einschränkung für ihn da. Er konnte sogar seine »Fälle« mit ihr besprechen, was meist nichts anderes bedeutete, als daß sie verständnisvoll zuhörte, während er laut dachte. Immerhin überprüfte sie seine Argumente und wies ihn gelegentlich auf Schwachstellen seines Plädoyers hin. Sie kannte die Materie. Er brauchte ihr kaum etwas zu erklären; es hätte ihn nur ungeduldig gemacht.

Mein Sozius, sagte er manchmal anerkennend und schaute sie liebevoll über seine Lesebrille hinweg an. Wenn ich eine eigene Kanzlei hätte, wärst du mein erster Partner. Doch er hatte keine eigene Kanzlei. Und ob das gut gegangen wäre – sie beide als Kollegen –, wagte sie zu bezweifeln. Stillschweigend waren sie übereingekommen, daß nur einer von ihnen Karriere machen konnte, der andere aber für unbedingte Rückensicherung zuständig war.

Er fühle sich überaus glücklich, doppelt verheiratet zu sein: mit seiner Arbeit und mit seiner Frau. Wenn er das versicherte, wählte er stets diese Reihenfolge. Er setzte dabei sein selbstgefälliges Lächeln auf, reckte die Schultern und brachte sich breitbeinig in Positur, so daß seine Gesprächspartner ihn, wie er es wünschte, für einen rundum beneidenswerten Mann hielten.

Ihr Wohnzimmer war übrigens der Kanzlei eines erfolgreichen Anwalts zum Verwechseln ähnlich. Schwarze Ledersessel, Palisanderfurnier für den mächtigen Schreibtisch mit seinen penibel angeordneten Utensilien. In den

Bücherregalen nahm juristische Fachliteratur den meisten Platz ein. Ein verschwenderisch großer Raum, dessen Mitte leer war und manchen Besucher beklommen machte. Dem blauen chinesischen Teppich sah man an, daß er teuer gewesen war. Die abstrakte Stahlplastik auf dem Fensterbrett verriet, wie die erlesenen Bildbände auf dem niedrigen Couchtisch, eine kühne Neigung zur Moderne. Für Zeitschriften und Tageszeitungen gab es einen verchromten Behälter. Nichts brachte die makellose Ordnung durcheinander. Wenn sie abends zusammensaßen, öffnete er gewöhnlich den Wandschrank, hinter dem das Fernsehgerät versteckt war. Er bestimmte das Programm. Sie wickelte sich dann in ihre rote Mohairdecke, zog die Knie hoch und hockte sich in den Sessel. Ohne ihr mobiles Nest, sagte sie manchmal, friere sie bei ihm.

Am liebsten verkroch sie sich auf ihr hellgeblümtes Sofa, das in der ehemaligen Pantry stand, einem schmalen Raum zwischen Küche und Eßzimmer. Sie hätte die Couch aus ihrer Studentenzeit auch ins Schlafzimmer im Obergeschoß stellen können. Doch das hätte für sie Verbannung bedeutet, fern von ihm, unerreichbar, zumindest nicht auf Abruf wie in der Pantry, wo man jeden Laut aus dem Wohnzimmer hört und nur zehn Schritte bis zum blauen Teppich braucht.

Auf ihre geblümte Couch kuschelte sie sich, wenn sie ihre Schmöker las, die immer noch ihre Phantasie anregten. Kann man so leben wie diese Romanfiguren, losgelöst von aller Realität, überschwemmt von leidenschaftlichen Gefühlen? Er spottete gern über ihre Sucht nach Ersatzwelten in Grandhotels und an exotischen Stränden. Sie legte ihre Lektüre sofort beiseite, wenn er sie zu einem »ernsthaften Gespräch« in seine Privatkanzlei, fälschlicherweise als Wohnzimmer bezeichnet, bat.

Ihre Freundinnen lud sie nur im Sommer ein, wenn man im Schatten des Walnußbaums auf dem Rasen sitzen konnte. Im Wohnzimmer würde sich niemand wohlfühlen, und für einen gemütlichen Kaffeeklatsch waren die hochlehnigen Eßzimmerstühle zu steif. Obwohl ihr Haus ganz und gar auf ihn zugeschnitten war, liebte sie es. Ihr genügte die gemütliche Ecke im Durchgangsraum, das große Fenster zum Garten, die vielen Kissen, die sie sich in den Rücken oder unter die angezogenen Knie stopfte, wenn sie las oder in das schattige Grün der Bäume starrte, bis ihr die Augen zufielen.

Manchmal betrachtete sie ihn wie einen Fremden: Er wog mindestens zehn Kilo zuviel; die rosige Haut spannte über den Wangen und wurde am Hals zunehmend schlaffer. Er hatte sich angewöhnt, den Kopf ein wenig in den Nacken zu legen, damit das Doppelkinn straff gezogen wurde. Seine Maßanzüge mit Weste verbargen gnädig den Bauch. Deutlich war, daß er keinen Sport trieb. Seinen Bewegungen fehlte die Geschmeidigkeit trainierter Muskeln. Er ging mit kurzen Schritten, für lange fehlte ihm der Schwung. Sport – etwas für hirnlose Langweiler! sagte er. Arrogant war er schon immer gewesen.

Als sie sich kennenlernten, waren seine Locken ungebändigt und immer zu lang, ein verwilderter Blondschopf. Jetzt waren sie kurzgeschoren, und am Hinterkopf schimmerte bereits eine beginnende Lichtung durch die sorgfältig darübergekämmten Strähnen. Sie streichelte seine weichen Haare noch immer gern. Es störte sie nicht, daß er fülliger geworden war. Das Alter kündigte sich eben in kaum zu übersehenden Veränderungen an. Sie waren beide nicht dagegen gefeit. Sie merkte es immer öfter: dunkle Schatten unter den Augen, müde, schleppende Schritte bis zu den schwarzen Ledersesseln, in den er und manchmal auch sie sich erleichtert fallen ließen, wenn ein harter Tag zu Ende ging, oder war es der Föhn, der sie beide anfällig machte? Sie lächelten sich verständnisvoll-nachsichtig an. Kostbare, wortlose Augenblicke der Zärtlichkeit, sie wogen lange Stunden der Entfremdung auf. Manchmal streckte er, wenn sie an ihm vorbeiging, den Arm aus, griff nach ihrer Hand, legte sie an seine Wange, seine Lippen.

Ihre Freundin Irene kritisierte ihre Nachgiebigkeit. Wo bleibst du denn selbst, wenn du dich ständig nach ihm richtest? fragte sie. Du hättest viel mehr aus dir machen können, wenn du dich weniger auf seine Bedürfnisse eingestellt hättest.

Mag sein, dachte sie dann. Aber war die unabhängige Irene mit ihren häufig wechselnden Partnern glücklicher? Sie ließ sich nicht auf Diskussionen ein. Jeder wie er kann, sagte sie sanft, vielleicht konnte ich nie mehr. Doch nach solchen Gesprächen fühlte sie sich ausgelaugt und in Frage gestellt. Was, überlegte sie, hätte ich anders machen sollen? Sie suchte nach ihrem Gleichgewicht. Das friedliche Einerlei ihres Alltags – sie wollte es gegen Irene verteidigen. Sie brauchte keine Abenteuer wie die Freundin, keine heimlichen Eskapaden. Ihre Arbeit im Amt belastete sie nicht, Routine, über die sie kaum ein Wort verlor. Wenn sie danach nach Hause kam, begann ihr anderes, kaum weniger geregeltes Leben, das ihre Hände geschickt und mühelos zu ordnen verstanden. Sie versorgte die Blumen, schnitt im Garten ab, was welk war, bereitete das Essen vor und fand auch noch Zeit, Vivaldi oder Verdi zu hören. Was sollte ihr fehlen? Verglichen mit anderen, ging es ihr gut, sie mußte es sich nur von Zeit zu Zeit vergegenwärtigen.

Sie waren in den Stadtwald gefahren; kalter Gegenwind peitschte den Regen in ihre Gesichter. Sie war froh, daß sie nicht reden mußte. Mit gesenkten Köpfen radelten sie hintereinander auf dem schmalen Pfad. Sie fuhr vorneweg, trat mit aller Kraft in die Pedale, als ob sie so etwas wie Wut loswerden wollte. Kein Mensch war unterwegs.

Ein bißchen langsamer, keuchte Irene. Willst du mich unbedingt fertig machen?

Durchnäßt und immer noch mit kaltem Wind in den Lungen, betraten sie Irenes Wohnung.

Einen Schnaps, bevor ich den Tee aufgieße? schlug die Freundin vor und reichte ihr außer dem Handtuch ein Glas mit Hochprozentigem. Der Aprilregen hatte sie beide erfrischt. Jung siehst du aus, sagte Irene. Genauso jung wie du, konterte sie. Wir sollten öfter zusammen Radfahren, schon wegen der Illusion vom Jungsein.

Erzähl, forderte sie die Freundin auf, als sie beide auf der hellen Couch saßen und grünen Tee aus chinesischen Schalen tranken.

Irene hatte immer etwas zu berichten, über den neuesten Film, das Fitness-Studio, in dem Hard-Rock das Tempo beim Gewichtestemmen angab, über ihren langen Flug nach Taipeh.

Sie hatte das Osternest aus der Plastiktüte gepackt, das auf ihrem Gepäckträger ein wenig verdrückt war. Die bunten Eier mit dem grinsenden Hasen nahmen sich auf Irenes Glastisch zwischen den ostasiatischen Nippes exotisch aus. Kinder-Ostern, sagte sie, magst du das noch? Die Freundin fiel ihr um den Hals.

Sie waren sich wieder mal wunderbar einig. Erzähl, erzähl von Taipeh, forderte sie die Freundin noch einmal auf.

Ohne Katastrophe davongekommen, antwortete Irene, reicht dir das etwa nicht?

Loslassen

Sie stellte den Staubsauger in den Flur und blickte sich noch einmal um. Gästezimmer nannte sie es gewöhnlich. Doch es war sein Zimmer, sollte sein Zimmer bleiben, auch wenn sie es gelegentlich für andere richtete. Sie hatte seine Bücher abgestaubt, die Kriminalromane, Physiklehrbücher, die Heine-Ausgabe in der Kassette. Den grobgeschnitzten Kopf aus Lindenholz rückte sie jetzt vor die Fotoalben: Sokrates. Er hatte eine angekohlte Nase und Wachsschuppen auf der Stirn. Erstaunlich, wie leicht er in der Hand wog.

In der Schublade des Schreibtisches lag, kaum benutzt, der Aquarellkasten, den sie ihm einmal zu Weihnachten geschenkt hatte. An der Wand hingen, auf dunkelgraue Pappe gezogen und ordentlich gerahmt, seine Werke. Die meisten hatte sie im Papierkorb gefunden, in den er sie, nach einer langen Nacht mit Malversuchen, wütend gestopft hatte. Sie hielt ihn damals für ein Genie, zumindest für genialisch. Sie bewunderte seine Farborgien, sammelte sie auch noch, wenn es nur Fetzen oder zerknüllte Fragmente waren.

Eine Rose im Glas, das ihm gehörte – sein Name war in schnörkeliger Schrift eingraviert – hatte sie ihm ans Bett gestellt. Würde er das zu pathetisch finden? Würde er sich freuen, daß seine Indianersandalen noch da waren, wenn auch das Leder inzwischen hart geworden war? Und das schwarze Turnhemd, aus dem er das Vereinszeichen herausgeschnitten hatte, der Tennisschläger, dessen Bespannung jetzt schlaff wie ein Einkaufsnetz durchhing?

Das ganze Haus duftete nach Nußkuchen. Sie hatte ihn

glasiert, den Puderzucker mit Courvoisier angerührt. Aber vielleicht mochte er keinen Kuchen mehr. Vielleicht mußte er Diät halten. Sie hatte, während sie Butter, Eier und gestoßene Walnüsse zusammenrührte, nicht mehr an seine Klagen über Magenschmerzen gedacht.

Sie war aufgeregt wie ein Schauspieler vor der Premiere. Ein schlechter Vergleich: Schauspieler kennen ihre Rolle, sie aber wußte überhaupt noch nicht, was sie sagen, wie sie auftreten sollte. Nein, ein Auftritt durfte es auf keinen Fall werden. Wie oft hatte sie ihm gegenüber nicht die richtigen Worte gefunden. Schon während sie sie aussprach, klangen sie hohl. Sie wußte, sie waren falsch, und konnte sie doch nicht zurückholen. Verächtlich oder verletzt zuckten seine Mundwinkel. Was ihr mißlang, sein Gesicht spiegelte es wider. Ihr Redestrom versickerte in seinem Schweigen. Denn natürlich hatte sie, um sich Mut zu machen, um die Verlegenheit zu übertönen, die Sätze geschwind und routiniert hervorgestoßen.

Schweigen – schon als Kind hatte er sie damit verunsichert. Er erwartete, daß sie ihn ohne Worte verstand, und zog sich enttäuscht zurück, wenn sie nicht gleich erriet, was er wollte, wonach er sich sehnte. Er weigerte sich, etwas von sich mitzuteilen, was sie nicht sofort instinktiv erriet.

Wie du mit Worten verdrängen kannst! hatte er einmal gesagt. Da hatten sie sich bereits in diesem gespannten Zustand verfangen, in dem ständig Saiten zu zerreißen drohten; und tatsächlich zerrissen sie oft mit jämmerlicher Dissonanz. Ihre Unfähigkeit, Gefühle in Gesten auszudrücken. Umarmungen, Um-den-Hals-fallen – sie vermochte es nicht, sie war wie gelähmt. Das Selbstverständlichste, Einfachste gelang ihr nicht. Sie hatte es in ihrer eigenen Kindheit nie erfahren und litt jetzt unter diesem unersetzlichen Verlust.

Du verstehst mich nicht, du begreifst einfach nichts, du

läßt mich nicht einmal ausreden. Ständig wehrst du mich ab, indem du auf mich einschlägst, mit Worten.

Sie waren zum dritten Mal um den Klein-Hesseloher See im Englischen Garten gekreist. Ein kühler Frühsommerabend. Es hatte tagelang geregnet, alle Wärme war weggespült. Dämmerung gab einen Widerschein von letzter Sonne, Hoffnung auf den nächsten Morgen. Enten mit ihrem flaumigen Nachwuchs watschelten über die aufgeweichten Wege dem Wasser zu. Er sah sie wohl nicht einmal. Er ging, den Kopf gesenkt, die Schultern hochgezogen, die Hände tief in den Taschen seines Trenchcoats vergraben, wie einer, der friert und nichts an sich heranlassen möchte, was sein Frösteln noch verstärken könnte.

Es war ein Versuch, auf den er nur widerwillig eingegangen war: Sich auszusprechen nach, wie es ihr schien, unerträglich langer Zeit. Es war nichts vorgefallen, nichts Besonderes, versicherte sie sich immer wieder. Sie hatte ihn in Ruhe gelassen, wie er es wünschte, von seltenen Telefonanrufen abgesehen.

Was erwartest du eigentlich? Ich habe nichts zu sagen. Nichts von dem, was du hören willst.

Schon nach den ersten Sätzen wußte sie, daß sie beide hinterher ihre eigenen Versionen haben würden, meilenweit voneinander entfernt, nur die äußersten Ränder würden sich gelegentlich überschneiden. Sie hatte sich immer gegen seine Versionen gewehrt. Das ist nicht wahr! Aber so ist es doch nicht, war niemals so, ich habe das nicht gemeint! Er hatte für ihre Abwehr immer nur ein geringschätziges Lächeln.

Sehr spät erst hatte sie akzeptiert, daß auch seine Version wahr sein mußte. Wahrhaftig, ja, wenn er das schreckliche Bild, das er sich von ihr und von ihrem Gespräch machte, als wahr ansah, brauchte er es offenbar so verzerrt. Das war schon wieder ihre Sicht.

Ein paar Minuten lang konnten sie fast sanft miteinander

umgehen. Sie behandelten sich wie Verletzte, jeder fühlte sich dem anderen überlegen, weil er dessen Verletzung für schwerer hielt als die eigene.

Deine Verklemmung, hatte er gesagt, dein ständiges Schuldbewußtsein. Ist das Masochismus? Willst du mich erpressen?

Sie hatte, ohne zu widersprechen, zugehört wie ein Therapeut, der schweigend zur Kenntnis nimmt, was der Patient als Ursache seines Leidens angibt.

Dann war er heftig geworden. Du wolltest ja dieses Gespräch. Jetzt sollst du es auch wissen: meine Enttäuschung. Nichts von dem, was ich erhofft hatte, was ich brauchte, habe ich bei dir gefunden. Im Gegenteil. Alles, fast alles, was ich ablehne, sehe ich in dir: Karriere, die gefrorenen Gefühle, die absolute Anpassung bis zur Selbstverleugnung, die Heuchelei.

Und dann das Eingeständnis, wie nebenbei: Vieles von dem, was ich bei dir ablehne, muß ich bei mir selbst bekämpfen.

War das der Schlüssel, der Hintergrund ihrer Entfremdung? Seine Vorstellung von sich, seine Unfähigkeit, so zu sein, wie er sein wollte: anders als sie auf jeden Fall, ganz anders.

Einmal, das war schon Jahre her, hatte sie ihn bei einem solchen Ausbruch angefahren: Du benimmst dich kindisch! Sie hatte ihn belehrt, daß Auflehnung dieser Art gewöhnlich mit dem Ende der Pubertät überwunden ist.

So? hatte er nur gesagt und sie feindselig betrachtet, du hältst das für pubertär? Welche Einführung in die Psychologie liest du denn gerade?

Später hatte sie dann tatsächlich gelesen, daß Lebenskrisen sehr oft Rückfälle in längst abgeschlossen geglaubte Ablöse- oder Reifeprozesse zur Folge haben.

Ablösung. Lag es an ihr? Ließ sie ihn nicht los? Genügten die fünfhundert Kilometer Distanz zwischen ihnen nicht, nicht ihr monatelanger Verzicht auf jeden Kontakt, weil er es so wünschte? Was hatte sie falsch gemacht, wie sollte sie etwas besser machen, wenn sie doch nicht einmal wußte, wo der Fehler war? Ihr naiver Glaube, daß guter Wille allein schon etwas Positives bewirke, war wert- und nutzlos. Dieses gutgemeinte Bemühen um ihn – sie konnte sich nicht erinnern, jemals gewöhnliche Ansprüche geltend gemacht zu haben, nicht einmal die Bitte um regelmäßige Nachricht. Hatte sie ihn mit Verboten eingegrenzt, mit Forderungen umstellt? Er muß es aber als einengende Bindung empfunden haben, was für sie von Anfang an eine besondere Beziehung war. Und gleichzeitig eine ganz und gar selbstverständliche.

Besonders? hatte er aufgemerkt. Warum besonders?

Er war ein besonderes Kind. Wie sollte sie es anders bezeichnen. Als Jüngster unter den Geschwistern hatte er die meisten Privilegien. Er nutzte sie nicht aus, das nicht, doch sie gaben ihm Sicherheit, die Gewißheit, daß er jederzeit darauf zurückgreifen könne.

Er war scheu, meist still, aber zäh bestrebt, mit den Größeren mitzuhalten. Das tägliche Bild: die älteren Brüder voran, der Kleine dicht hinter ihnen. Sie schlossen ihn nicht aus, sie umwarben ihn sogar als Bundesgenossen. Sie konnten sich auf ihn verlassen. Ehrgeiz – den er heute vorgab zu verachten – damals war das gewiß auch eine Triebkraft.

Er hatte spät sprechen und laufen gelernt. Aber die Kleinkindersprache übersprang er, redete von Anfang an in ganzen Sätzen. Den aufrechten Gang übte er auf der Leiter des Schornsteinfegers. Erst als er oben auf der hölzernen Plattform unter der Dachluke angelangt war, machte er sich bemerkbar: nicht ängstlich, vielmehr leise triumphierend.

Er wollte mehr wissen. Während sie auf einer der blauen Bänke saßen, die Beine ausstreckten nach den ermüdenden

Runden auf den asphaltierten Parkwegen und die Arme kreuzten, um die Kälte abzuwehren, hatte er gefragt: Wie war ich?

Die einfache Frage hatte sie verblüfft. Aber als sie zu erzählen anfing, die Bilder hervorholte, die ihr einfielen, entspannte sich sein Gesicht. Er unterbrach sie kaum. Wenn die Pausen zu groß wurden, drängte er mit einem einzigen Wort weiter: Und? Das war auch früher der Anstoß gewesen, sein Versuch, zu Ende gehende Geschichten aufzuhalten.

Und? Ein bequemes Kind, zufrieden, ruhig, heiter, mit gesundem Appetit, die üblichen Kinderkrankheiten ohne Komplikationen. Doch, einmal Lungenentzündung im dritten Lebensmonat. Aber auch die war nach ein paar Tagen überstanden. Wärmflaschen unter dem Federbett im Wagen, stand das Kind den ganzen Tag draußen in der klaren Winterluft. Die alten Hausmittel, sie kannte sich gut aus.

Die älteren Geschwister liebten den kleinen Bruder, es gab keine Rivalität, sie nahmen Rücksicht, bezogen ihn in ihre Spiele ein, sobald er mittun konnte.

Und du? Du kannst dir doch dieses Kind nicht gewünscht haben, so wie es stand zwischen euch, drängte er.

Ja, sie mußte es zugeben. Die Spannungen waren damals oft unerträglich. Und die unerwartete Schwangerschaft steigerte sie noch. Aber, sagte sie vage, viele Frauen haben anfangs Schwierigkeiten damit. Man muß sich umstellen. Aber dann war das Kind da und wurde vielleicht mehr geliebt als die anderen, gerade weil es zu diesem Zeitpunkt geboren wurde.

Das wollte er genauer wissen: Geliebt, wie und von wem?

Es schien ihn zu beruhigen, daß es selbstverständliche Beziehungen zwischen ihm und dem Vater gab. Sie waren gern zusammen, sie störten sich nicht. In diesem Kind fand der Vater etwas von seiner eigenen scheuen Kindheit wieder. Mit diesem Kind konnte er, anders als mit den älteren Kindern, spielen, es war ihm ähnlich.

Spielen, etwas, das ihr schwer fiel, es machte ihr Mühe. Sie sah lieber zu.

Und? Ja, auch die Schulzeit war ohne Probleme, zumindest in den ersten Jahren. Keine Schwierigkeiten beim Lernen, auch keine Schwierigkeiten, Freunde zu finden, eine Freundin sogar, der er den Schultornister trug und dafür mit Bonbons belohnt wurde. Er wurde umworben, konnte sich aussuchen, wem er seine Gunst schenken wollte. Er war beliebt. Die Grübchen, die sich eindrückten, wenn er lächelte, blieben lange in seinem Gesicht.

Sind es nicht die ersten Jahre, die entscheiden, in denen die Persönlichkeit geprägt wird, in denen die unheilbaren Wunden entstehen? Durch seine ersten Jahre ging er scheinbar unverletzt, heiter, geborgen, seiner selbst sicher, jedenfalls zuversichtlich.

Ja, er schien furchtlos, zumindest, wenn seine Brüder in der Nähe waren. Prügeleien auf dem Schulhof, er nahm es auch mit zwei Kopf Größeren auf. Er schaffte es und war fast verlegen, wenn der andere aufgab und ihn siegen ließ.

Er wußte nichts mehr davon, erinnerte sich an ganz andere Dinge. Du warst immer weg, sagte er, immer wieder.

Aber sie war damals da, war höchstens für wenige Stunden fort. Bis zum endgültigen Bruch.

Jetzt müßte er erzählen, wie das damals gewesen war. Denn sie war fortgegangen, ohne Erklärung. Sie hatte nicht gewußt, wie sie sich anders hätte losreißen können. Nicht nur am Anfang entstehen Wunden, die nie verheilen. Nicht bei ihm, nicht bei ihr.

Es war kalt geworden auf der Parkbank. Er hatte aufgehört, sein kindliches *Und?* an das Ende ihrer Sätze zu stellen. Es wäre jetzt an ihm gewesen zu sprechen.

Sie gingen in eins der lauten Lokale unter Bäumen, wo

das Bier gut und das Essen miserabel ist. Das bläuliche Licht ließ die Schatten unter seinen Augen dunkler erscheinen. Er sah elend aus. Den kleinen Jungen mit den Grübchen in Kinn und Wangen gab es nicht mehr. Wie mußte sie erst aussehen! Alt, verbraucht, erloschen. Sie schob den Teller zurück, bot ihm nicht einmal an, ihre Portion Weißwurst und Kraut zu übernehmen. Sie zahlte. Er beobachtete genau, wieviel Trinkgeld sie hinlegte.

Wie du mich gekränkt hast mit deinen Schecks! sagte er.

Gekränkt? Sie verstand nicht.

Die Blankos, diese demonstrative Großzügigkeit!

Aber ich wußte doch nicht, wie hoch die Summe sein würde, die du brauchtest! Schon wieder verteidigte sie sich, und wieder mit dem Gefühl der Vergeblichkeit: Alles, was sie mit bester Absicht tat, konnte ihr als böswillige Handlung ausgelegt werden.

Kennst du mich wirklich so schlecht? Du kannst dich offenbar überhaupt nicht in meine Lage versetzen.

Sie schluckte ihre Erklärungen hinunter. Sie hatte sie zu oft schon vorgebracht: daß sie ihm gerne Geld gab, daß sie es nicht brauchte, nicht aufheben wollte. Wozu? Daß sie es selbstverständlich fand, ihm zu helfen ... Helfen war natürlich das grundverkehrte Wort. Du kannst es auch zurückgeben, wenn dich das weniger belastet, später mal ...

Deine Überlegungen in dieser Beziehung kotzen mich an, sagte er.

Sie waren eine Weile schweigend durch den dunklen Park gelaufen.

Verstehst du nicht, daß deine Erwartungen an mich belastend sind? fing er wieder an. Deine Ansprüche, deine Wunschbilder – ich habe da noch nie hineingepaßt.

Ich wünsche mir nur, daß du glücklich wirst, zufriedener, als du es jetzt bist, sagte sie matt.

Aber hatte er nicht recht? Konnten ihre Vorstellungen von seinen Begabungen nicht tatsächlich belastend für ihn sein? Hatte sie nicht immer zuviel von ihm erwartet? Hatte sie nicht in seinen Erfolgen Bestätigung gesucht für sich selbst, Absolution für etwas, das sie sich selbst nicht verzeihen konnte, den Beweis, daß niemand zu Schaden gekommen war durch ihre Schuld? Waren ihre Hilfsangebote nur uneigennützig? Hatte sie sich damit nicht auch Liebe kaufen wollen?

Sie wußte nicht mehr, wo sie ihren Wagen abgestellt hatte. Als sie ihn endlich fanden, sprang er nicht an.

Er schob sie rückwärts vom Parkplatz in die Straße hinein. Endlich heulte der Motor auf. Hastig drehte sie die Fensterscheibe herunter.

Er behielt die Hände in den Taschen, beugte sich nur ein wenig zu ihr. Wenigstens das, was du aus allerfrühester Zeit erzählt hast, sagte er, ist für mich wichtig gewesen.

Unter den Erlen am Fluß

Sie waren diesen Weg tausendmal gegangen, meist nach dem Abendessen zum Luftschnappen, bevor sie das Fernsehprogramm einschalteten und sich in die tiefen Polster fallenließen. Es war nicht weit. Zwischen den bescheidenen Einfamilienhäusern mit ihren artigen Vorgärten warteten noch kniehoch verunkrautete Grundstücke auf ihre Bebauung. Ein Zeichen, daß die Stadt hier zu Ende war und sich vermutlich nicht erheblich weiter ausdehnen würde. Sie brauchten nur um zwei Straßenecken zu biegen, um in das schüttere Waldstück zu gelangen, das ein Fluß durchquerte. Den größten Teil des Jahres war er nur ein Rinnsal in einem viel zu breiten, tief eingeschnittenen Bett. Doch während der Schneeschmelze oder nach lang andauerndem Regen konnte er zusehends anschwellen und wie ein wilder Strom gefährlich rauschen.

Er hatte das Haus vor Jahren nicht zuletzt wegen der Nähe zum Fluß gemietet, immer in der Hoffnung, daß er es eines Tages würde kaufen können. Am Ufer kannst du die Stadt vergessen, hatte er die Bedenken seiner Frau – so weit draußen zu wohnen sei teuer und wegen des langen Fahrtweges zur Arbeit zeitraubend – zurückgewiesen. Unter den Erlen, die den Fluß säumten, war es auch im heißesten Sommer noch kühl, und die Radfahrer störten nicht mehr, seit für sie weiter landeinwärts eine betonierte Piste gebaut worden war.

Sie hatte nur den Kopf geschüttelt. Warum sollte sie die Stadt vergessen? Sie genoß es doch, an hell erleuchteten Geschäften vorbeizuschlendern und nach Dingen Ausschau zu halten, die ihre Kauflust wecken konnten. Für sie, die ebenso wie ihr Mann in einem Dorf aufgewachsen war, bot die Stadt noch immer eine überwältigende Fülle von erstrebenswerten Dingen, von meist unerreichbaren Verlockungen, die sie zumindest von fern in Augenschein nehmen wollte.

Allein die Menschen, die in Gruppen, zu zweit oder vereinzelt die Straßen in eine sich ständig verändernde quirlige Szenerie verwandelten, regten sie an. Sie liebte es, an einem der kleinen Tische im Café am Brunnenplatz dicht am Fenster zu sitzen. Hier konnte sie das Hin und Her der sich scheinbar ziellos bewegenden Menge beobachten, konnte sogar ihre Schritte auf dem Pflaster hören. Sie fühlte sich einbezogen, sie gehörte dazu. Hier informierte sie sich darüber, was man trug und welches die Farben der Saison waren. Im letzten Winter waren die Hosen der Frauen noch schmal, die Mäntel glockig und wadenlang; jetzt im Frühjahr bedeckten sie kaum die Knie. Und die ganz jungen Mädchen trugen wieder Miniröcke. Den wechselnden Moden wäre sie gern gefolgt, wenn sie es sich hätte leisten können. Viel zu selten, bedauerte sie, kam sie in die Stadt, und noch seltener konnte sie in Ruhe genießen, was sie mit lebhafter Neugier wahrnahm: das andere Leben. Zumindest am Rande wollte sie dabei sein.

Jedesmal zog sie sich sorgfältig an, bevor sie mit dem Bus in die Stadt fuhr. Sie drehte sich vor dem Spiegel im Flur, schlang einen orangen Schal um – war es noch die Modefarbe? – und setzte sich das kecke braune Samthütchen auf, das sie einmal kühn im Ausverkauf erstanden hatte. Niemand sollte ihr das zuweilen noch immer schüchterne Kind vom Lande ansehen, das sich in eine fremde Welt wagte.

Für die Kinder seien Wald und Fluß ein Paradies, hatte ihr Mann damals, als sie das Haus mieteten, behauptet; hier würden sie zusammen mit ihren Freunden die aufregenden Spiele spielen, an die er sich aus seiner Kinderzeit erinnerte.

Er würde ihnen zeigen, wie man Holz für ein Lagerfeuer richtig schichtet, und vielleicht gab es im Fluß auch Fische, die man angeln konnte.

Doch der Sohn und die Tochter waren anders. Sie bauten weder Staudämme in den Wasserstrudeln noch ließen sie bei Hochwasser selbstgeschnitzte Rindenschiffchen die Stromschnellen hinunterstürzen. Sie fuhren nicht einmal aus purer Freude mit ihren Rädern durch den Wald, sondern trafen sich mit ihren Freunden auf dem Sportplatz oder im Schwimmbad und später dann in der Disko. Als der Vater einmal vorschlug, am Geburtstag des Sohnes Würstchen auf den Steinen am Flußufer zu braten, zogen die Geschwister den Elektrogrill auf der Terrasse vor. Sie verkrochen sich lieber in den muffigen Partykeller und hörten ihre Musik, die trotz der schallschluckenden Deckenverkleidung durchs ganze Haus dröhnte.

Unsere Kinder sind keine Abenteurer, stellte die Mutter fest. Für sie war es keine Enttäuschung. Auch sie liebte häusliche Bequemlichkeit mehr als jede Unbequemlichkeit unter freiem Himmel. In der ersten Zeit ihrer Ehe hatten die Ansprüche von Sohn und Tochter ihren Tag eingeteilt und ihr kaum eine freie Minute gelassen. Doch sie war zufrieden gewesen; sie hatte sich dieses Leben mit Mann und Kindern gewünscht. Sie empfand jede Gehaltserhöhung als Bestätigung, daß sie die richtige Wahl getroffen hatte, als sie den dritten Sohn eines Kleinbauern vom Nachbarhof heiratete, den zuverlässigen Gefährten, so lange sie denken konnte.

Bald darauf waren sie aus dem Dorf fortgezogen. Mit den Verwandten trafen sie sich nur noch selten auf Familienfesten. Sie gehörten nicht mehr zu dieser dörflichen Gemeinschaft, in der man sich kannte und gegenseitig belauerte. Nur zu gern kehrten sie zurück in ihr unauffälliges Haus am Stadtrand. Auch wenn der älteste Bruder, der Hoferbe, jetzt ein schweres Auto fuhr und die alte

Milchkammer wie ein Labor aus Edelstahl blitzte, sie beneideten ihn nicht. Man sah ihm an, daß er hart arbeitete und Sorgen hatte.

Als die Kinder herangewachsen waren, belegte sie einen Computerlehrgang. Sie fand eine mäßig bezahlte Arbeit in der Nähe des Stadtzentrums; die monotone Bürotätigkeit machte ihr sogar Spaß. Sie fühlte sich auf der Höhe der Zeit, weil der Bildschirm ihr auf Knopfdruck gehorchte. Sie meinte auch ihren Kindern zu imponieren, wenn sie geläufig von *mouseclick*, *bites* oder *software* sprach. Häufiger als früher gönnte sie sich jetzt eine Tasse Kaffee am Brunnenplatz.

Draußen, in der stillen Gegend, wo sie wohnten, floß die Zeit träge an ihr vorbei, so hatte sie es jedenfalls empfunden. Sie hatte es gerade rechtzeitig gemerkt, bevor sie in Trübsal versank. Das bescheidene Geld, das sie jetzt verdiente, war außerdem nicht zu verachten. Sie brauchte sich nun nicht bei jeder Neuanschaffung Vorwürfe anzuhören. Sie hatten immer noch nicht soviel zurücklegen können, um das Haus zu kaufen. Außer dem alltäglichen Familienservice, den Mann und Kinder selbstverständlich beanspruchten, aber nicht als Leistung anerkannten, trug sie jetzt auch dazu bei, daß das Sparkonto zunahm.

Eigentlich liebte sie Geselligkeit. Doch es war ihr nicht gelungen, einen Freundeskreis um sich zu scharen. Es sei unmöglich, weil ihr Mann sich nicht beteiligte, entschuldigte sie sich. Insgeheim mußte sie sich jedoch eingestehen, daß sie selbst zu unsicher und einfallslos war, um über Zufallsbekanntschaften hinaus neue Freunde zu gewinnen und festzuhalten. Auch zu den Kollegen hielt sie in der sachlichen Arbeitsatmosphäre des Büros stets Distanz; sie hatte niemals das Bedürfnis, mit ihnen Vertraulichkeiten auszutauschen. Die grauen Metallschränke und Schreibtische, die schwarzen Rollstühle und das durch weiße Jalousien gefilterte Licht ließen keinen Anflug von Intimität aufkommen. Die Gespräche zu Hause mit den meist älteren Nachbarn über den Gartenzaun hinweg hatte inzwischen ihr Mann übernommen, es handelte sich meist um Ratschläge zur Bekämpfung von Blattläusen, Mehltau oder Wühlmäusen.

Kaum merklich waren sie beide in die Jahre gekommen; Ruhestand fand sie einen seltsamen Ausdruck. Für sie selbst hätte es noch keinen Stillstand und auch keinen Einbruch bedeuten müssen – sie hätte noch weiter stundenweise ihrer Computerarbeit in der Stadt nachgehen können – doch sie wollte ihren Mann nicht allein lassen. Seit er nicht mehr im Morgengrauen zu seiner Arbeit fuhr, war auch ihr Zeitmaß in einen schleppenden Rhythmus übergegangen. Zunächst hatte es sie nicht aus dem Gleichgewicht gebracht, daß es jetzt oft auf Minuten nicht mehr ankam, daß Mahlzeiten ausgelassen und Routinearbeiten verschoben werden konnten.

Ihrem Mann fiel die Umstellung nicht leicht; er konnte sich nicht entscheiden, wie der Tag zu füllen war. Sie war klug genug, ihm keine Vorschläge zu machen, die er vermutlich als gönnerhafte Bevormundung empfunden und sofort abgelehnt hätte. So blieb der Garten weiterhin struppig und vernachlässigt, und das Kochbuch, das sie als stumme Aufforderung auf den Küchentisch gelegt hatte, war am Abend, als sie von ihren Einkäufen zurückkam, wieder ins Regal eingeordnet worden.

Reisen, darauf freuen sich Ruheständler im allgemeinen. Im Büro sprachen sie oft von fernen Zielen, die sie sich als Pensionäre gönnen würden. Doch die einzige weitere Reise, die ihr Mann und sie sich nach Jahrzehnten geleistet hatten, war ein Mißerfolg: eine Woche Mallorca, Flug, Quartier und Halbpersion zu einem Spottpreis. Kaum waren sie angekommen, fragten sich beide insgeheim, was sie hier eigentlich verloren hatten. Das Hotel gehörte zur abgewirtschafteten Sorte in einer engen lärmigen Straße, das

Essen war eine fade Abart deutscher Küche, und am Strand, den man nach langem Fußmarsch vorbei an Hochhäusern mit Eigentumswohnungen erreichte, lagen dicht an dicht sonnenhungrige deutsche Touristen. Wenn künftig jemand aus ihrer Bekanntschaft von Mallorca schwärmte, hatten sie nur ein geringschätziges Schulterzucken übrig.

Ihre gemeinsamen abendlichen Spaziergänge zum Fluß waren selten geworden. Früher bestand er darauf. Während sie gleichmäßig nebeneinander herschritten, konnte er sich seinen Tagesärger von der Seele reden; er konnte ihr von seinen Montagen im Außendienst erzählen, den Überstunden, die ihm beträchtliche Zulagen einbrachten. Und zu gern sprach er von seiner Hoffnung, das Haus endlich kaufen zu können. Dann endlich würde er auch die Pergola für die Rosen instandsetzen und vielleicht jenen Pavillon im Garten bauen, den seine Frau sich wünschte.

Doch die Ausbildung der Kinder dauerte länger und war teurer als erwartet. Es fiel ihm schwer, seine Enttäuschung zu verbergen. Vielleicht würden sie niemals seine Hoffnungen erfüllen. Er hätte Sohn und Tocher gern auf dem Weg in eine gesicherte Zukunft als Beamtenanwärter oder etwas ähnliches gesehen. Sie waren beide längst ausgezogen. Doch gelegentlich fielen sie wie Heuschrecken ein, verzehrten alles, was im Kühlschrank und in der Speisekammer zu finden war, und brachen wieder auf, bevor es zu einem ruhigen Gespräch kommen konnte. Sie hatten eine fast kränkende Methode entwickelt, lästige Fragen zu überhören oder abzuschütteln.

Nach einem solchen Überfall standen die Eltern dicht nebeneinander an der Gartenpforte und winkten, bis der verbeulte Ford mit einem kurzen Hupen um die Ecke gebogen war. Sie wischte sich verstohlen Tränen aus den Augenwinkeln. Komm, sagte der Mann und faßte sie am Ellenbogen, gehen wir zum Fluß.

Sie hätten jetzt gern miteinander gesprochen, doch sie

fürchteten, sie würden die richtigen Worte nicht finden. Was haben wir falsch gemacht? hätten sie gerne laut gefragt und keine Antwort gewußt.

Sie müssen doch spüren, daß wir sie lieben, sagte die Frau leise.

Wie in früheren Zeiten, nur langsamer, gingen sie durch den Wald hinunter zum Fluß. Sie hakte sich bei ihm ein. Für Vorwürfe war es zu spät. Aber Trost hatten sie beide nötig. Sie waren aufeinander angewiesen, das fühlten sie deutlich, und plötzlich wurde ihnen bewußt, wie kurz die Zeitspanne war, die ihnen noch blieb.

Sie hatten sich beide verändert, vielleicht auch voneinander entfernt, weil der Graben der Sprachlosigkeit breiter geworden war. Doch beide besaßen noch die Fähigkeit, wieder näherzurücken. Er nahm ihre Hand, als wolle er ihr eine hilfreiche Stütze bieten. Was sie trennte, war durch jahrelange Gewohnheit weich gepolstert, es schmerzte nicht und war auch nicht endgültig.

Auf einem umgestürzten Baumstamm im Flußbett ließen sie sich nieder. Sie schwiegen, doch sie waren nicht allein. Der Mann erhob sich zuerst. Komm, sagte er, das Wetter schlägt um, der Wind rauscht schon in den Erlen.

Doppelpack

Machs gut, sagte Udo im Hinausgehen.

Selber, antwortete Paul, er war an diesem Abend besonders maulfaul.

Sie hatten den ganzen Tag die Statistiken noch einmal überprüft und den Fehler nicht gefunden. Insgeheim beschuldigten sie sich gegenseitig. Verlorene Stunden, sie würden viel Freizeit opfern müssen. Noch hatte niemand aus der oberen Etage etwas gemerkt. Doch spätestens bei der nächsten Konferenz würde es rauskommen, wenn sie bis dahin nicht nachgebessert hätten. Verdammter Blödmann, grollte Paul. Wahrscheinlich dachte der Freund genauso über ihn.

Paul riß wütend die Jeansjacke von der Stuhllehne und warf sie sich über die rechte Schulter. Sein Kopf dröhnte, er wollte wenigstens schnell um den Block laufen und in der Kantine einen Happen essen, bevor er sich noch einmal die Zahlenkolonnen vornahm. So war es meist: An ihm blieb hängen, was lästig und zeitraubend war. Udo hatte, wenn es darauf ankam, immer Wichtigeres vor. Die Freundin natürlich, Zahnarzt oder Handballverein. Aber die Freundschaft zu ihm war so kostbar, daß Paul sie wegen ein paar Stunden Mehrarbeit nicht aufs Spiel setzen wollte. Freunde waren sie seit der Schulzeit. Mal lau und lässig, dann wieder unzertrennlich und vertraut.

Den Job hatte ihm Udo verschafft. Daß sie zusammen in einem Raum sitzen würden, war allerdings nicht vorgesehen. Inzwischen brauchten sie kaum noch Worte, um sich zu verständigen; jeder wußte, was der andere dachte, fühlte, wollte. Zu viel Nähe erzeugt Reibung, soweit waren sie schon längst; und gewiß waren sie inzwischen auch Rivalen: Beide lauerten auf die überfällige Gehaltserhöhung und ein Angebot, auf der Stufenleiter der Betriebshierarchie aufzusteigen. Eine fehlerhafte Statistik würde solche Hoffnung allerdings fürs erste begraben.

Draußen pfiff ein feuchter kalter Oktoberwind zwischen den Schluchten der Hochhäuser, die wie ungeheure kahle Klötze auf den vergilbten Rasenflächen standen, gläsern und fremd. Die sogenannte Infrastruktur war, wenn überhaupt jemals angestrebt, gründlich mißlungen. Hier tat sich nach Feierabend nichts. Nur die Putzkolonnen ließen Stockwerk für Stockwerk die Lichter noch einmal aufleuchten. Die drei obersten Etagen siebzehn bis zwanzig, von Pauls Bürohaus, ursprünglich als Luxuswohnungen vermietet, waren eilig umgebaut und als Büroraum angeboten worden, nachdem es dort zwei Selbstmorde gegeben hatte.

Wer dachte sich solche Bürosilos aus, die den Menschen Angst machten, sobald sie von ihren Schreibtischen aufsahen? Kein Wunder, daß jeder den Wabenbau, so schnell er konnte, verließ und nicht im einzigen Bistro, das vermutlich wegen mangelnder Nachfrage bald schließen würde, ein Bier trinken wollte.

Einmal hatte Paul eine junge Frau im Lift angesprochen. Er hatte sie schon öfter gesehen; sie stieg immer zwei Stationen tiefer zu, wenn er nach Hause strebte. Sie gefiel ihm: zierlich, das dunkle Haar kurz und lockig, die großen grünblauen Augen sahen ihn jedes Mal erwartungsvoll an. Aber sein Angebot, zusammen etwas im Bistro zu trinken, bevor sie sich auf den Heimweg machten, wies sie ab. Keine Zeit, hatte sie gesagt und ihren Regenmantel zugeknöpft, obwohl nichts auf einen Schauer deutete. Man sieht sich oft täglich und bekommt einfach keine Gelegenheit, sich kennenzulernen, hatte er bedauert. Sie hatte die

Achseln gezuckt und ihm wenigstens, als sie ausstieg, zugelächelt. Es stimmte, in diesem Hochhaus arbeiteten mindestens zweihundert Menschen, von denen Paul nur die zwei Dutzend in seiner Firma kannte.

Udo verabredete sich immer mitten in der Stadt. Um seinen Stammtisch im »Grauen Esel« versammelte sich jeden Mittwoch eine Männerrunde zum Doppelkopf. Dienstags spielte er Handball, am Wochenende ging er in den Tanzclub und dazwischen, wenn seine Freundin keine Zeit für ihn hatte, ins Fitness-Studio. Man muß feste Gewohnheiten entwickeln, sagt er, Fixpunkte, wo man immer dieselben Menschen trifft, das beruhigt und gibt Sicherheit. Auf mein soziales Netz kann ich mich verlassen.

Aber Paul mochte weder feste Gewohnheiten noch sichere soziale Netze. Und Freundinnen, die sich in sozialen Netzen tummeln, schon gar nicht. Wenn ich Rentner sein werde, wird mir das vielleicht wichtig sein, hatte er entgegnet. Wo bleibt denn bei dir die Überraschung? Hoffst du vielleicht, im Tanzclub die große Liebe zu finden? Die kleine und von Zeit zu Zeit ein Wechsel reicht mir auch schon, lachte der Freund.

Gespräche solcher Art führten sie gelegentlich, wenn sie allein waren in der viel zu engen Pantry der Firma, während sie sich ein Fertiggericht in der Mikrowelle auftauten, ein Ersatz für den zusammengekochten Fraß in der Kantine. Einig waren sie sich dann in ihrem Zorn über das Schild »Rauchen verboten«, schlichtweg eine Schikane, fanden sie. Doch kein Grund zu kündigen, dafür waren die Vorteile, hier zu arbeiten, zu groß und die Aussicht weiterzukommen immer noch vielversprechend.

Während Paul mit langen Schritten, den Jackenkragen hochgeschlagen, gegen den feuchten kalten Wind ankämpfte, legte sich allmählich sein Ärger über Udo, und er machte kehrt, um noch einmal ins Büro zu gehen. Er war sich auf einmal nicht sicher, ob er nicht selbst den Fehler verursacht hatte. Heimlich gestand er sich ein, daß er den Freund um sein sorgfältig geknüpftes soziales Netz beneidete, obwohl er sich so oft darüber lustig machte. Er dagegen mußte sich fast jeden Abend entscheiden, wie er den restlichen Tag verbringen sollte. Wie oft hatte er den Zufall, von dem er sich die schönsten Überraschungen versprach, verwünscht. Naiv, beschimpfte er sich selbst, blödsinnig kindisch seien solche Erwartungen. Die Schöne im Fahrstuhl war schließlich nicht die erste Enttäuschung, die er sich selbst verdankte.

Udo dagegen bereitete sich sogar auf die Abende, an denen er nichts vorhatte und zu Hause blieb, sorgfältig vor. Eine Flasche Spätburgunder zur Talkrunde im Fernsehen, dazu Käsegebäck vom Feinkosthändler, danach der Spielfilm und zum Abschluß ein ausgiebiges Schaumbad, begleitet von der neuesten CD, die er sich gerade geleistet hatte. Was gibt es Schöneres, schwärmte er. Ein Genußmensch, dieser Udo. Wenn er nicht so viele Stunden im Fitness-Studio zubringen würde, wäre er längst wie ein Hefekloß aufgegangen. Aber auch Schwitzen war für den Freund ein Vergnügen. Du fühlst dich wunderbar lebendig, behauptete er.

Während ihrer Schulzeit war Paul meistens der Überlegene gewesen. Er lernte mühelos und ließ den Freund großzügig abschreiben. Sie ergänzten sich: Der eine sammelte gute Zensuren, der andere Bekanntschaften mit Mädchen, die beiden gefielen. Sie waren beliebt und fast unzertrennlich. Der Spitzname Doppelpack paßte. Auf Doppelpack konnte sich jeder verlassen, bei Partys wie bei den wenig geschätzten Ordnungsdiensten, die die älteren Schüler übernehmen mußten. Mit Doppelpack ging nichts schief.

Sie hatten einige Krisen überstanden. Die schlimmste war, als sich beide in Rosaly verliebten. Anfangs hatte Paul versucht, mit Udo zu handeln. Halt dich zurück, hatte er den Freund gebeten. Es gibt doch genug Mädchen, mit denen du spielen kannst. Aber Udo fand nun ausgerechnet dieses Spiel reizvoll: Wer von ihnen beiden würde bei Rosaly die größeren Chancen haben? Zu dritt gingen sie ins Kino, sogar ins Museum, wo sie beide um die Wette Interesse und kunstgeschichtliches Wissen heuchelten, um Rosaly zu gefallen. Vermeer-Blau, schwärmte Udo, ist es nicht wunderbar und unvergleichlich? Paul konnte nach solchen verlogenen Bekenntnissen nur schweigen und verdrossen weitergehen. Rosaly schien nicht zu merken, wie geheuchelt Udos Begeisterung war.

Das Problem Rosaly löste sich auf die einfachste Weise: eines Tages mußten die Freunde verdattert zusehen, wie das umschwärmte Mädchen mit einem anderen den vereinbarten Treffpunkt betrat, einen Motorradhelm unter dem Arm wie ihr neuer Begleiter.

Udo hatte sich als erster gefaßt. Los, sagte er munter, wir wollten doch schon immer etwas für unser Outfit tun. Geld haben wir ja jetzt gespart.

Einträchtig klapperten sie die einschlägigen Geschäfte ab. Sie ermutigten sich gegenseitig zu T-Shirts in grellen Farben. Auffallen um jeden Preis? fragte Paul ein wenig beklommen. Jetzt gerade, war Udos Antwort. Sie waren sich mal wieder herrlich einig.

Wie lange war das her, daß Paul sich willig mitziehen ließ und dem modischen Geschmack des Freundes folgte? In letzter Zeit hatte er sich bewußt abgesetzt. Wenn Udo tintenblaue Hemden trug, blieb er weiter bei schwarzen oder grauen. War das nicht die Farbe der Revolution, die bei ihm überhaupt nicht stattgefunden hatte? Solange Kragen und Manschetten nicht durchgescheuert seien, würde er nicht wechseln, versicherte er schlechtgelaunt. Über die geckenhafte Eitelkeit ihrer Jugend könne er jetzt nur noch lachen.

Harmlose Sticheleien, sie verdarben ihnen beiden manchmal halbe Tage. Doppelpack, das stimmte wohl längst nicht mehr. Sie sollten sich trennen. Doch keiner fand den Absprung, aus Furcht, als Verlierer dazustehen. Heimlich studierte Paul die Anzeigen nach vielversprechenden Alternativen. Er hatte Udo am Tag zuvor ertappt, wie er rasch die Zeitung mit den Stellenangeboten versteckte oder Anrufer auf später vertröstete, wenn er ungestört sein würde.

Weder Paul noch Udo schlugen wie früher vor, sich einmal gründlich beim Bier auszusprechen. Auf diese Weise hatten sie immer ihren Frust weggeschwemmt, bis sie leicht schwankend Arm in Arm die Kneipe verließen. Am nächsten Morgen konnten sie sich, zwar mit dröhnendem Kopf, aber lachend und wie befreit in die Augen sehen.

Paul hatte sich gerade einen Kaffee gemacht und seufzend die Statistiken ausgebreitet, als Udo zur Tür hereinstürmte. Ich habs, schrie er, auf Seite fünf muß der Fehler stecken. Ich war schon fast zu Hause, als es mir einfiel.

Nachsaison

Die Felsen trockneten ihre Tangperücken: Ebbe. Am Kai stank es nach Diesel, Teer und den üblichen Fischabfällen. Der Landwind brachte den bitteren Geruch von schwelendem Kartoffelkraut und welken Rübenblättern hinzu. Die grauen Granitquader am Hafen waren glitschig von Fischschuppen, Algen und zertretenen Krabbenschalen.

Sie ging langsam, zimperlich fast, Schritt für Schritt um die Pfützen herum, die in den Steinmulden der Mole ölig schillerten. Bis zur Sturmlaterne. Von dort aus hatte sie die Postkartenansicht: die Bucht mit den hellen Häusersprengseln in blaugrünem Kiefergekröse. Doch jetzt lag nur die Hälfte da, kein Wasserspiegel, der Schönheit verdoppelt, kein Sonnenfirnis, der Makel überglänzt. Auf schlickigem Grund waren rostige Konservendosen und abgetakelte Segelboote wie all das andere Strandgut gestreut. Möwen machten reiche Beute.

Neun Tage genau, überlegte sie, fünf blieben noch übrig. Sie hatte den Postkartenblick verloren. Die Grüße waren verschickt, die Ausrufezeichen verbraucht. Nachsaison, für Kenner und Genießer, für Leute, die Ruhe lieben. Sie hatte geglaubt, sie gehöre dazu. Ruhe, Einsamkeit, Muße: Vokabeln, die sie wieder lernen wollte; es fehlte nur die Gelegenheit, ein wenig Übung, und sie würde mit ihnen umgehen, sicher und selbstverständlich.

Sie hatte die Reise sorgfältig vorbereitet. An alles hatte sie gedacht. Schlafwagen, das Bett oben, bitte. Zimmer mit Blick aufs Meer. Baedecker, Anorak und Segeltuchschuhe, dicke Pullover und Hosen, Jacken, T-Shirts. Zwei Hemdblusenkleider, Einheitsschnitt, das stand ihr am besten. Und für alle Fälle das kleine Schwarze, dazu die silbernen Sandaletten. Man konnte nie wissen. Sie würde jeden Tag etwas anderes anziehen, neu sein, frisch.

Sie hatte die Koffer umsichtig gepackt, und überall war noch Platz für den Zufall. Sie glaubte daran, ängstlich und zäh zugleich. Glück wagte sie es nicht zu nennen. Das Unvorhergesehene konnte ihr schon auf dem Bahnsteig begegnen oder im Zug und erst recht in dem Fischerdorf, in dem sie sich einquartiert hatte. Letzte Gäste, so sagt man, sind aufeinander angewiesen, sie haben von Anfang an etwas gemeinsam.

Sie war gut gerüstet in diese vierzehn Tage aufgebrochen, bereit, die bunten Bilder der Prospekte als Wirklichkeit zu akzeptieren. Sie freute sich, als sie gleich am ersten Tag eine weißgekalkte Strohdachkate mit blauen Fensterläden und Türen fand, laut Reiseführer ein typisches südbretonisches Fischerhaus. Sie fühlte sich bestätigt.

Am Abend saß sie lange unter einer der bläulichen Neonröhren in der leeren Gaststube. Sie hatte die Brotkrümel auf dem rotgrün karierten Tischtuch zusammengefegt, sie schrieb. Sie pries die herbe Landschaft, die wortkargen Einheimischen, die Knoblauchsauce zum Fisch, das launische Wetter, die Jahreszeit überhaupt. In jeden Satz stopfte sie ein Noch. Noch unverdorben, noch warm, noch ruhig, noch billig, noch echt.

Echt nannte sie es, wenn die Fischer um Mitternacht laut redend auf ihren Holzpantinen zum Hafen hinunterklapperten, wenn die kleinen Boote nacheinander mit stotterndem Motor ausliefen, wenn die Frauen, die Arme unter ihren schwarzen Schultertüchern verschränkt, mittags am Kai standen, auf die Boote warteten und darauf, daß die Männer im gelben Ölzeug den Korb mit Makrelen und Merlons für die Mahlzeit heraufreichten. Leben, dachte sie, echtes Leben; es hatte mit ihrem eigenen nichts zu tun.

Sie pflügte ihr Pensum gründlich durch. Stunde um Stunde verbrachte sie mit der Besichtigung von Sehenswürdigkeiten. In Quimper wartete sie einen halben Tag, bis das Heimatmuseum geöffnet wurde. Aber dann verzichtete sie, weil sie zu müde war, auf Fayencen und bretonische Spitzenhauben und blieb, bis der Bus zurückfuhr, in dem schmuddligen Café sitzen, in dem sie wie gebannt die Regentropfen anstarrte, die an der schmierigen Fensterscheibe unaufhörlich in zittrigen Bahnen niederrannen.

Ja, sie war müde. Es kam ihr plötzlich sinnlos vor, Museen oder Dorfkirchen zu besichtigen. Es war ihr auf einmal gleichgültig, ob die schimmlige oder rissige Patina in fünfzig, hundert oder vierhundert Jahren entstanden war. Überall in diesem Land fraß sich feuchte, salzige Luft in Holz, Leder, sogar in härtestes Gestein, verwischte Konturen, überzog grobkörnige Felsbrocken oder zartgemaserte Schnitzereien mit schlierigen Flechten, mit räudigem Ausschlag, mit nässendem, pilzigem Flaum. Sie hatte genug davon. Genug auch von Menhiren, Dolmen, Megalithen – sie verwechselte sie übrigens immer noch. Sie kannte nun die zertrampelten Distelweiden, auf denen zwischen aufgeweichten Tüten, plattgedrückten Milchbechern, Zigarettenschachteln und Schokoladenpapier die Attraktion für die Touristenkarawanen des Sommers stehengeblieben war: spitze, schmale, senkrecht aufragende Felsen oder breite, flache, auf kleineren Steinen lastende Granitkolosse. Kultstätten oder Begräbnisplätze – eins erklärte sowenig wie das andere. Eins wie das andere ging sie nichts an. Sie kehrte in ihr weißgestrichenes Hotelzimmer zurück. Sie warf sich auf ihr Bett und deckte sich mit Selbstmitleid zu.

Zu den Mahlzeiten fanden sich die wenigen Gäste pünktlich ein. Die Kellnerin schlurfte schwerfällig in ausgetretenen Sandalen von Tisch zu Tisch und zurück zur

Anrichte. Die Saison war zu Ende. Was jetzt noch zu tun blieb, mußte eben mit steifem Rücken, geschwollenen, blassen Beinen und schmerzenden Handgelenken gemacht werden. Der Winter würde lang genug sein.

Die Fensterplätze füllten sich. Die Engländer rechts in der Ecke waren stets die ersten. Hoffnungsvoll musterten sie jeden Neuen: Vielleicht ein Bridgepartner oder wenigstens jemand, mit dem man bei Aperitif oder Kaffee zwei, drei Sätze reden konnte? Ein glatzköpfiger Vertreter rechnete die Bestellungen in seinem Auftragsbuch zusammen. Zwei Studenten breiteten die Straßenkarte neben ihren Suppentellern aus. Ein junges Paar bemühte sich vergeblich um sein nörgelndes Baby. Die anderen Paare, ältere Leute meist, schwiegen sich an, sahen aneinander vorbei aufs Meer und warteten schläfrig auf die *Cotriade*. Der schwerhörige Major, oder was er sonst gewesen sein mochte, blätterte mißgelaunt im »Courrier de l'Òuest«, Windjacke, Kartentasche und Fernglas hatte er auf den Stuhl gegenüber gelegt; er brauchte keinen Partner.

In vier Tagen hatte sie immer noch nicht gelernt, unbefangen zu ihrem Tisch in der Mitte zu gehen. Sie fürchtete, über die Blicke zu stolpern, die sich bei ihrem Eintritt sofort vom Fenster lösten, denen sie nicht ausweichen konnte. Sie hatte ihnen keine Sensation zu bieten: Sie saß allein.

Zwischen den Gängen dehnten sich die Pausen. Langeweile hing über jedem Tisch. Knoblauchduft mischte sich mit dem in Thymian gekochten Fisch und brauner Butter. Manchmal roch es auch nach der Karamelspeise, die es zum Nachtisch gab. Die Gäste kneteten Brot, tranken in kleinen Schlucken Cidre und Vichy und horchten auf die Geräusche, die durch das Schiebefenster aus der Küche drangen. Wenn die Pfannen klapperten und über die Herdplatte schürften, wenn die gleichmäßigen Schläge des Schneebesens aufhörten, wenn die Essensschwaden dichter wurden, richteten sich die Gäste auf und strichen die Servietten glatt: endlich das nächste Gericht.

Sie ertrug plötzlich die dösenden, gleichgültigen Menschen nicht mehr, das lustlose Kauen, ohne Hunger, die mäkelnd stochernden Gabeln, die laue, satte, fette Luft in der schäbigen Gaststube, die braunen, lackierten Riesenhummerschalen an den Wänden. Angst überfiel sie: Vertane Zeit, verlorene Stunden, vergeudete Gegenwart. Sie stieß ihren Stuhl zurück und rannte aus dem Speisesaal. Sie konnte nichts anderes denken als: Abfahren, sofort, ganz gleich in welche Richtung, irgendwohin, wo Menschen in Herden, in Schwärmen hin und her trieben, wo Lärm betäubte, wo Wirklichkeit trommelte, sang, kreischte.

In ihrem Zimmer drehte sie den Wasserhahn auf, hielt den Kopf ins Waschbecken, ließ den kalten Strahl über Stirn und Hände laufen. Sie wurde ruhiger und schnitt ihrem nassen Gesicht im Spiegel eine Grimasse. Koffer packen, Rechnung bezahlen, Taxi bestellen. Es war ganz einfach. Sie war frei. Frei.

Auf dem Bahnsteig setzte sie sich auf die erstbeste dunkle Bank. Der Abendwind hatte die graue Wolkendecke auseinandergerissen. Violette Fetzen schwammen auf türkisfarbener Klarheit. Schön mußte es jetzt am Leuchtturm sein: gelber Stechginster, Glockenheide, Brombeerranken und weißgrünes Islandmoos über dem stahlblau gerippten Meer. Schön war es, ja.

Sie blätterte in den Bildern der letzen neun Tage: Seidige Nachsommersonne, Kieselstrand, matte schwappende Wellen. Nebelmorgen, blaue Perlonnetze, warmdunstige gefleckte Kühe. Die schwarz bereiften Mumien im Hafen von Concarneau: steif gefrorene, scharfflossige Thunfische. Das zappelnde Silber: Sardinen, die ein Kran gleichmütig aus dem Schiffsbauch schöpfte. Und die goldenen Buchstaben auf der weißen Marmortafel über dem *Tabac*: Jacques Péronic, 23 Jahre, und seine Braut Marie Cado, 20 Jahre, ermordet am 12. April 1943 von Nazis. Und die Hohlwege, gründämmrig, efeuverhangen, farnwedelgesäumt … Genug, genug für einen allein.

Schön war es, ja, würde sie sagen, Ruhe, Muße, Einsamkeit, Nachsaison eben – und niemand, der sie beim Vornamen genannt hatte.

Erinnerung, begraben in struppigem Gras

Er war viel zu früh zum Bahnhof gefahren. Jetzt stand er am Zeitungskiosk, starrte die für ihn unleserlichen Titel der türkischen Blätter an, verglich die Schlagzeilen der deutschen Tageszeitungen miteinander. Er zwang sich zur Geduld, gab sich gelassen. Unter dem gläsernen Gewölbe der Bahnhofshalle war er nicht der einzige, der seine Zeit totzuschlagen versuchte. Was für ein brutaler Ausdruck! Er hatte ihn immer gedankenlos benutzt, nie darüber nachgedacht. Fliegen schlug man achtlos tot, er hatte mitangesehen, wie auch Menschen totgeschlagen wurden. Er wollte nicht daran denken.

Es war ihm meist gelungen, die schrecklichen Bilder zu verdrängen. Nur nachts, wenn er wehrlos war und nicht ausweichen konnte, überfielen sie ihn. Die Hand seiner Frau hatte ihm immer geholfen, aus seinen Alpträumen aufzuwachen; sie legte sie ihm über seine Augen, als könne sie damit die Bilder löschen. Aber seine Frau war tot, schon seit Jahren.

Hunderte lungerten wie er in der Bahnhofshalle herum, manche schlenderten auch hin und her, in der Hoffnung, daß ihre Schritte die Minuten rascher vergehen lassen würden. Warten war noch nie seine Stärke gewesen. Je älter er wurde, desto deutlicher empfand er jede Wartezeit als Verlust. Dabei konnte er es sich seit seiner Pensionierung leisten, großzügig mit seinem Tagesplan umzugehen. Es kam auf ein paar Minuten mehr oder weniger nicht an, er mußte sich nicht mehr hetzen. Er hatte immer seltener etwas vor. Trotzdem war ihm jede einzelne Stunde kostbarer denn je.

Er sehnte sich nach seinem Sessel unter der Leselampe, ein klobiges Ungetüm aus schwarzem Leder, in dem er sich gern verkroch. Die Kinder hatten ihn ihm gemeinsam zu seinem letzten runden Geburtstag geschenkt. Sie kannten sein Bedürfnis nach Rückzug und Konzentration. Er hätte heute mindestens eine halbe Stunde länger dort sitzen können, die Folianten auf dem Beistelltisch in bequemer Reichweite. Warum nur hatte er es so eilig gehabt, zum Bahnhof zu fahren?

Unser Forscher, nannten ihn Sohn und Tochter liebevoll-spöttisch. Für die Ergebnisse seiner Arbeit – Stadtgeschichte im letzten Jahrhundert – hatten sie sich nie interessiert. Er war beschäftigt, das schien ihnen die Hauptsache. Im Heimatverein traf er zudem Gleichaltrige mit ähnlichen Interessen. Was Fürsorge oder gar Pflege betraf, stellte er keine Ansprüche. Wichtiger noch: Er machte Sohn und Tochter keine Mühe. Er war es seit dem Tod seiner Frau gewohnt, selbst für sich zu sorgen. Er erwartete nichts von seinen Kindern, die allmählich selbst graue Haare bekamen und sich abgewöhnt hatten, ihn enger in ihr Leben einzubeziehen. Freundlich distanziert, so bezeichnete er seine Beziehung zu ihnen. Es war ihm recht so; er strebte keine größere Nähe an. Nur gelegentlich wurde ihm bewußt, wie wenig er von ihnen wußte. Sie hatten ihn mit ihrem Kummer verschont, aber auch selten ihre Freuden mit ihm geteilt.

Daß sie wie jetzt gemeinsam zu einem Besuch kamen, war die Ausnahme. Ohne Kinder und Ehepartner hatten sie sich angemeldet, nur wir beide. Sie hatten etwas vor, das spürte er. Vielleicht wollten sie mit ihm über sein Testament sprechen, das immer noch nicht seine endgültige Fassung hatte. Sein Sohn war ein Ordnungsfanatiker. Sein Verhältnis zu der älteren Schwester war nicht das beste, da schien es ihm womöglich ratsam, künftige Erbschaftskonflikte von vornherein auszuschließen. Doch er hatte fast alles geregelt. Den größten Teil seines Barvermögens hatte er den beiden Enkeln überschrieben. Er würde den Kindern heute noch einmal die blaue Mappe zeigen und versichern, daß er seinen letzten Willen demnächst notariell beglaubigen lassen würde.

Er stützte sich auf den roten Griff eines der Kofferkulis, die auf Bahnsteig sieben aufgereiht standen. Das Stehen fiel ihm zunehmend schwerer, Tragen erst recht. Aber vielleicht würde es gar nichts zu tragen geben. Weder der Sohn noch die Tochter hatten etwas von Übernachtung geschrieben. Von den beiden einstigen Kinderzimmern unter der Dachschräge machten nur die Enkel hin und wieder Gebrauch. Die Geschwister würden vermutlich am Abend wieder zurückfahren und deshalb ohne Gepäck reisen. Er hatte trotzdem den klapprigen Wagen mit einem Euro aus dem Kettenverschluß gelöst. Jetzt konnte er ihn vor sich herrollen und sich daran festhalten, ohne daß jeder merkte, wie unsicher seine Schritte waren.

Der Bahnhof weckte bei ihm Erinnerungen an das Kriegsende, an den feldgrauen Haufen, zu dem er damals gehörte: das letzte Aufgebot, Sechzehn-, Siebzehnjährige, die vor Angst und Erschöpfung verstummt waren. Sie hockten auf dem Beton des Bahnsteigs, Karabiner und Sturmgepäck zwischen die Knie geklemmt, zu müde um zu rauchen, zu reden oder zu denken. Sie warteten stumpf und zermürbt auf das Kommando, das sie wieder in Bewegung setzen würde in den nächsten verdreckten überfüllten Zug zum nächsten halbzerstörten Bahnhof, zum übernächsten und so fort. Sinnlos, so war es ihm damals erschienen, wurden sie hin- und hertransportiert. Die Ziele waren ihm entfallen. Vorerst keine Feindberührung – was für ein zärtliches unangemessenes Wort! Statt dessen sollten sie ein Lager bewachen, hieß es. Er mochte nicht mehr daran denken. Mechanisch hatte er reagiert, wenn die Sirenen die Stille zerrissen und alle in die Luftschutzbunker drängten, oder wenn das Geschützfeuer immer näher kam. In Deckung gehen hatte er im Krieg als erstes gelernt, sich ducken, wo immer es ging. Er verdankte vermutlich dieser Reaktion sein Überleben.

Wahrscheinlich hatte er in den letzten Wochen zu viele Dokumentarfilme über den Krieg gesehen. Sie hatten ihm längst Vergessenes wieder bewußt gemacht. Doch für ihn gaben sie die Wirklichkeit von damals nur partiell wieder; das ewige Warten hielten die Bilder nicht fest. Würden die Kinder und Enkel jemals verstehen, was die Kommentatoren so einfach erklärten?

Mit den Kriegsbahnhöfen hatte die Station, auf der er heute wartete, außer dem unveränderten Standort kaum etwas gemein. Die Haupthalle mit ihren kleinen Läden und Trinkbuden glich einem südländischen Corso. Sprachfetzen aus aller Herren Länder vermischten sich in einem ständig summenden Chor. Es roch nach frischen Brötchen, nach Obst und der Cafeteria, wo er jetzt einen Espresso trinken würde.

Doch es gab auch verschmutzte Winkel, in denen sich Obdachlose und Drogensüchtige herumdrückten und Strichjungen ihre eindeutigen Angebote machten. Bei den Schließfächern und in den dunklen Ecken vor den verlassenen Gepäckschaltern breitete sich der widerliche Gestank von abgestandenem Bier, kalten Zigaretten und Urin aus.

Damals, vor mehr als sechzig Jahren, war es der Kohlenstaub, der einem in die Nase stieg und sich vermischte mit dem Schweiß von hunderten junger Männer, die seit Tagen nicht mehr aus ihren Uniformen herausgekommen waren. Er trank seinen Espresso in einem Zug, als könne er damit die Erinnerung wegspülen. Die Sendungen im Fernsehen über das Kriegsende hatten ihm zugesetzt.

In wenigen Minuten sollte der Intercity einlaufen. Er postierte sich in der Mitte des Bahnsteigs. So würde er nicht zu übersehen sein. Keine Umstände, hatten die Kinder geschrieben, sie würden ein Taxi nehmen. Doch warum sollte er sie nicht abholen, wie er es immer getan hatte, wenn sie aus den Ferien oder von anderen Reisen heimkamen?

Die Tochter trug jetzt eine dunkelrandige Brille; sie sah damit noch strenger aus als sonst. Der Sohn war füllig geworden, sein Blazer spannte um die Schultern, schließen ließ er sich wohl nicht mehr. Sie überragten ihn beide um einen halben Kopf. Ihre Küsse rechts und links auf Stirn und Wangen streiften ihn nur. Sie nahmen den Vater, der immer noch den Kofferkuli vor sich herschob, in die Mitte.

Das war doch nicht nötig, murmelte der Sohn verlegen, als sie zum Parkplatz gingen, nachdem der Vater umständlich die Münzen für den Automaten zusammengesucht hatte.

Auf der Fahrt in den Vorort, wo der Vater wohnte, überlegten die Geschwister, wann sie zum letzten Mal hier gewesen waren. Seit dem Begräbnis der Mutter kamen sie nur noch selten.

Die Tochter saß vorn und zischte jedesmal durch die Zähne, wenn der Vater vor den Ampeln zu heftig auf die Bremse trat.

Wie alt ist die Karre jetzt? fragte der Sohn, der mit seinem Bauch schräg und nur mit Mühe auf dem Rücksitz Platz gefunden hatte.

Für mich ist sie noch gut genug, ich habe sie wenig strapaziert, antwortete der Vater, es sollte scherzhaft klingen.

Er hatte ein paar Schnittchen vorbereitet, harte Eier, Schinken, saure Gurken, so wie seine Frau vertraute Gäste zu bewirten pflegte. Für kulinarische Genüsse hatten sie beide, ohne etwas zu entbehren, keinen Sinn entwickelt.

Der Sohn hatte die Terrassentür geöffnet und war in den kleinen Garten getreten. So wie immer, stellte er befriedigt fest. Du hast die Rabatte mit violetten Stiefmütterchen bepflanzt.

Die Tochter füllte die Kaffeetassen aus der Thermoskanne und setzte sich auf das graubraune Sofa, das – er sah es jetzt mit ihren Augen – längst schon einen neuen Bezug gebraucht hätte.

Wie geht es dir? fragte sie, und er wußte, daß sie nichts anderes hören wollte als sein übliches kurzes: gut.

Bei uns hat sich nichts geändert, fuhr die Tochter fort, bevor er noch fragen konnte. Die Schule – sie und der Schwiegersohn waren Lehrer – wie immer stressig mit Pausen, du kennst das ja.

Ja, er kannte das. Vierzig Jahre lang hatte auch er die Tage bis zum Ferienbeginn gezählt, hatte unter den Niederlagen, die ihm seine Schüler beibrachten, gelitten und die seltenen Augenblicke genossen, in denen die Klasse ihn so etwas wie Bestätigung und Sympathie spüren ließ.

Ich werde in diesem Jahr die Hecke schneiden, sagte er unvermittelt, im Juni ist die beste Zeit. Es war ihm gerade aufgefallen, daß die Hecke verwahrlost aussah. Er musterte plötzlich Haus und Garten mit den Augen seiner Kinder. Würden sie bemerken, daß die Blumentöpfe auf dem Fensterbrett des Wohnzimmers fehlten und im Geschirrschrank nur noch angeschlagene Teller standen? Ein bißchen verschlissen und ramponiert war wohl manches im Laufe der Zeit. Doch ihm genügte es, weshalb sollte er sich deswegen rechtfertigen?

Das Gespräch kam nur stockend in Gang. Er hatte das unangenehme Gefühl, inspiziert zu werden im Hinblick auf seine Tauglichkeit oder seine Lebenstüchtigkeit. Er wehrte sich dagegen, indem er die Neuanschaffungen aufzählte, die ihm jetzt den Alltag erleichterten: den elektrischen Rasenmäher, die Kaffeemaschine, die Fernbedienung für das TV-Gerät. Doch, doch, er war durchaus im Vollbesitz seiner Kräfte, falls seine Kinder das bezweifelt haben sollten. Manchmal kaufte er sich selbst einen Blumenstrauß; früher hatte er jeden Samstag seiner Frau einen überreicht.

Seltsam, nichts war selbstverständlich zwischen ihm und diesen beiden Erwachsenen in mittleren Jahren, die Kinder zu nennen ihm jetzt geradezu unpassend erschien. Nach jedem Satz tat sich eine Leere auf, und die Suche nach neuem Gesprächsstoff wurde immer mühsamer.

Hast du die Sendungen zum Kriegsende vor sechzig Jahren gesehen? fragte der Sohn plötzlich überlaut, als wolle er endlich zur Sache kommen.

Der Vater nickte. Nicht alle, aber viele habe er gesehen.

Wie hast du das Ende empfunden, als Befreiung? wollte der Sohn wissen.

Der Vater schüttelte den Kopf. Befreit wurden die anderen, die armen Schweine, die wir im Lager bis zuletzt bewachen mußten. Wir waren froh, daß endlich Schluß war, die Angst, die Todesangst endlich zu Ende.

Er hatte in den Nachrichtensendungen die alten Männer in gestreiften Sträflingskitteln gesehen, die bei den Gedenkfeiern in der ersten Reihe saßen und anschließend hinter den offiziellen Vertretern zu den mit Kränzen geschmückten Denkmälern schlurften. Überlebende, vielmehr lebende Mahnmale, Wracks, die schwerbeschädigt sechs Jahrzehnte überdauert hatten, die letzten Zeugen, von denen einige noch immer vergeblich eine Entschädigung forderten.

Einen von denen, die jetzt bei den Feiern dabei waren, mußt du gekannt haben, sagte der Sohn jetzt leise. Er hat mich angerufen, in gebrochenem Deutsch nannte er deinen und meinen Namen. Er wollte mich besuchen, auch nachdem ich ihm klargemacht hatte, daß ich der Sohn sei, zehn Jahre nach Kriegsende geboren. Erschrick nicht, ich habe ihm deine Adresse gegeben.

Wir wollten es dir sagen, bevor er vor deiner Tür steht,

sagte die Tochter. Die Stadt hat ehemalige Häftlinge aus dem KZ zu einem Urlaub eingeladen. So ist er hergekommen, für zwei Wochen. Er will dich sehen. Die Tochter legte mitfühlend die Hand auf den Arm des Vaters. Wir wollten es dir ersparen, erklärte sie. Aber er sagte – Iwan Wojnowitsch oder so ähnlich heißt er übrigens –, er wolle dir danken.

Der Vater blickte verständnislos von einem zum anderen: Danken? Wofür?

Wir haben ihn in dem kleinen Hotel besucht, berichtete der Sohn. Er muß etwa so alt sein wie du. Aber nach allem, was er durchgemacht hat – du wirst erschrocken sein. Als Kind zur Zwangsarbeit nach Deutschland verschleppt, ausgerissen, ins KZ gesteckt, nach dem Krieg nach Sibirien deportiert. Er hat uns angelacht, als ob das alles nichts gewesen wäre. Hauptsache leben, hat er immer wieder gesagt, leben!

Ein paar Brocken Deutsch hat er behalten. Man kann sich mit ihm verständigen, sagte die Tochter. Er kennt dich, behauptet er.

Du hättest in die Luft geschossen, andere nicht.

Du hast uns nie etwas von dem Lager erzählt, sagte der Sohn.

Nach all den Jahren, stammelte der Vater. Ihr habt nie gefragt. Ich war siebzehn, ich hatte es überstanden, und ich wollte es vergessen.

Er blickte auf die zusammengepreßten Hände in seinem Schoß. Woher weiß er meinen Namen? fragte er plötzlich mißtrauisch.

Er war in den Brotbeutel eingenäht, den du ihm geschenkt hattest, antwortete der Sohn, er hat ihn sich gemerkt.

Geschenkt! Der Vater lachte verlegen auf. Als alles vorbei war, hatte ich ihm den Brotbeutel mit der Notration zugeworfen. Keine Heldentat, nur eine Geste!

Für ihn war es mehr, sagte die Tochter, viel mehr. Er wird bald hier sein. Wir wollten dich nicht allein lassen.

Er erinnerte sich: Die Nachricht von der Kapitulation hatten sie anfangs stumm und wie erstarrt hingenommen, unsicher, was nun geschehen würde, immer noch wie gewohnt auf Befehle wartend. Aber dann hörten sie die Fahrzeuge, in denen sich die Vorgesetzten drängten und in hohem Tempo durch das Tor fuhren. Das Tor blieb offen.

Er hatte den Karabiner fallen gelassen, dem nächsten Häftling seinen Brotbeutel zugeworfen und war weggerannt, so schnell er konnte. Möglich, daß es dieser gleichaltrige Iwan war, der den groben Beutel auffing. Was gab es da zu danken? Ja, gewiß, er hatte in den Wochen davor in die Luft geschossen, wenn er auf einen der armen Kerle zielen sollte. Er konnte nicht töten und hatte Glück, daß keiner der Kameraden ihn verpfiff.

Er schwieg verwirrt und sank in sich zusammen, duckte sich wie früher, als es ums Überleben ging.

Wir dachten, begann die Tochter zögernd, du solltest dem Mann begegnen. Ihm schien es wichtig, und er gehört zu deiner Geschichte. Aber wir waren uns nicht sicher, wie du damit fertigwerden würdest. Deshalb sind wir gekommen.

Übermorgen fliegt dieser Iwan zurück, sagte der Sohn. Es klang, als wolle er den Vater beruhigen. Übermorgen würde niemand mehr ungebetene Erinnerungen aufwühlen, über die dichtes, struppiges Gras gewachsen war.

Fertigwerden, hatte die Tochter gesagt. Niemals würde er fertigwerden mit dem, was er damals erlebt hatte. Aber übermorgen würde niemand mehr Fragen stellen, auf die zu antworten so schwierig war.

Unsichere Liebe

Bloß keine Gardinen, ich möchte beim Aufwachen in den Himmel schauen! Sie hatte es gleich gesagt, als wir die neue Wohnung ausmaßen: zwei geräumige Zimmer, ein winziges Bad und eine Küche, kaum mehr als eine Nische mit Herd und Eisschrank. Sie hatte sich in der Ecke, wo das breite Bett stehen sollte, hingehockt und zum Fenster hochgeschaut.

Es ist unsere erste gemeinsame Wohnung. Das grauverputzte Mietshaus ist schäbig, Altbau, aber wir wollten unbedingt hohe Decken, da waren wir uns einig. Das beste daran sind die Kastanie vor der Tür und der kurze Weg zur S-Bahnstation, vielleicht auch noch das einst herrschaftliche Treppenhaus mit den grüngekachelten Wänden und den ausgetretenen Eichenholzstufen.

Ich mußte lächeln: Es hörte sich so hübsch an: Beim Aufwachen in den Himmel schauen! Daß über den fleckigen Mauern des Hinterhofs ein schmales Rechteck Himmel zu sehen ist, hatte ich gar nicht bemerkt. Wie bescheiden sie ist, dachte ich. Aber ich war auch ein wenig beleidigt: Warum will sie nicht mich als erstes anschauen? Warum will sich ihr Blick sofort in unbestimmte Ferne verlieren? Ich weiß, ich mache mich lächerlich.

Wenn ich vor ihr wach werde, wage ich kaum, mich zu bewegen. Ich möchte sie möglichst lange ungestört betrachten. Jedesmal überwältigt mich das Bedürfnis, sie zu berühren, die weichen Flächen ihrer Wangen zu streicheln, die durchsichtige Haut ihres Halses. Nie bin ich von Zärtlichkeit so erfüllt wie in diesen Morgenstunden. Sie schläft wie ein Kind mit angewinkelten Knien, eine Hand am Kinn, als wolle sie gleich einen tröstenden Finger in den halbgeöffneten Mund stecken. Ein kleines Mädchen, das sich mir anvertraut hat. Noch immer wundere ich mich darüber. Ich hüte mich, sie aufzuwecken.

Geschieht es trotzdem einmal aus Versehen, ist die Verwandlung erschreckend: Der Engel wird nun zu einer zeternden mißgelaunten Frau mit verklebten dunklen Haaren, die sich noch Stunden später über die morgendliche Störung beschwert. Wütend schreit sie mich an, wirft mir vor, ich brächte ihren Schlafrhythmus durcheinander, sei rücksichtslos, ohne jedes Gefühl für ihre Bedürfnisse. Morgens genügt ihr der geringfügigste Anlaß, um das zerbrechliche Gleichmaß unseres Zusammenlebens zu zerstören.

Anfangs habe ich gelacht und die Arme ausgebreitet in der Hoffnung, sie würde zu mir flüchten und ihren Ausbruch so schnell vergessen, wie er gekommen war. Malou, sagte ich sanft, es ist vorüber! Doch sie ließ mich mit leeren Armen wie eine Vogelscheuche stehen. Es blieb mir gar nichts anderes übrig, als stumm hinauszugehen und so rasch wie möglich die Wohnung zu verlassen. Wir können uns danach nicht so schnell wieder in die Augen blicken. Jedes Wort wird in diesem Zustand zu einem Pfeil, der, zum Abschuß bereit, auf der gepannten Bogenseite zittert und unfehlbar die empfindlichste Stelle treffen wird.

Immer bin ich es, der die Brücke zu ihr wieder aufbauen muß. Vielleicht schämt sie sich. Sie weiß genau, was ich erwarte; doch sie ist unfähig, mir entgegenzukommen. Es würde ihren Stolz verletzen, wenn sie zugeben müßte, daß sie die Beherrschung verloren hat. Außerdem könnte es der erste Schritt zu einem Gespräch sein, an dem ihr offensichtlich – zumindest zu diesem Zeitpunkt – nichts liegt.

Die Beherrschung verlieren – warum rege ich mich darüber auf? Ich will ja gar nicht, daß sie unterdrückt, was in ihr vorgeht und in solchen Szenen explosionsartig hervorbricht. Wenn ich ruhelos durch die Straßen laufe, lege ich mir Sätze zurecht, die ich ihr unbedingt sagen müßte. Klären möchte ich, verstehen. Warum, würde ich fragen, warum kränkst du mich? Was ist mit dir? Laß uns offen sein! Doch gerade das fällt ihr schwer. Sie kann mir nicht ins Gesicht sagen, was sie an mir stört.

Vielleicht spürt sie, daß ich es gar nicht hören möchte. Wie könnte ich es ertragen, wenn sie eingestehen würde, daß ihr meine Nähe lästig ist? Eine ganze Nacht hindurch ist zu lang für sie. Gewiß reizt sie meine nachsichtige Liebe; vermutlich erwartet sie Widerstand, Protest, harte Gegenwehr. Doch ich bin nicht der Typ, der zurückschlägt. Schon als Kind habe ich mich nicht verteidigen können. Du mit deinen Hundeaugen, hat Elfie, meine erste Freundin, gesagt. Du bettelst ja geradezu ! Mit braunen Hundeaugen bettelst du um Liebe.

An Elfie habe ich lange nicht mehr gedacht. Sie hat einen bulligen Bauunternehmer geheiratet, den Krösus unserer Kleinstadt. Kaum zu verstehen bei allem, was sie vorhatte. Das letzte Mal, als ich zu Hause war, traf ich sie vor dem Supermarkt. Sie war füllig geworden, schob stolz einen Zwillingskinderwagen vor sich her und strahlte mich an. Ich war erleichtert, daß sie nicht unglücklich aussah.

Wie viele Alternativen hat man in seinem Leben? Was ist Zufall, und was kann man selbst bestimmen? Habe ich Elfie damals zu früh aufgegeben? Und was wäre aus uns geworden, wenn wir zusammengeblieben wären? Nein, ich bedaure nichts; die Zwillinge übertreffen ohnehin alles, was ich Elfie jemals hätte bieten können, auch wenn ich den beiden einen anderen Vater als den dicken Baulöwen gewünscht hätte.

Malou – den Namen habe ich mir für sie ausgedacht. Sie heißt nach ihrer Großmutter Marie-Louise, die meisten nennen sie Marlies. Malou und ich sind uns buchstäblich auf der Straße begegnet. Sie war von einem Rollerscater angefahren worden, gestürzt und sekundenlang wie benommen am Bordstein liegengeblieben. Ich half ihr auf, sammelte den Inhalt ihrer Handtasche ein und führte sie in das nächste Café, das an diesem nebligen Sonntagnachmittag geöffnet hatte. November, die Stadt war bereits mit Tannengirlanden geschmückt, denen zum aufdringlichen Weihnachtsgeflimmer nur noch die Lichter fehlten. Überall Aufforderung zum Kauf. In den Schaufenstern schwebten die Waren auf glitzernden Wattewolken.

Malou trank ihre heiße Schokolade aus einer hohen Henkeltasse mit Goldrand. Sie rieb sich das rechte Knie.

Tut es noch weh? fragte ich besorgt.

Der schwarze Strumpf war zerrissen, winzige Blutstropfen drangen durch die aufgeschürfte Haut. Zum Krankenhaus zu fahren, lehnte sie ab.

Als wir Kinder waren, sahen unsere Knie öfter so aus, beschwichtigte sie mich. Doch als sie aufstand und die ersten Schritte machte, knickte sie vor Schmerz ein.

Ich brachte sie in ihr Appartement im zehnten Stock eines Hochhauses mitten in der Stadt. Ich wickelte ihr feuchte Handtücher um das Knie, rückte geschäftig die Kissen auf der Couch zurecht, holte ein Glas Wasser und bot ihr eine Aspirintablette an, die ich immer bei mir habe. Der Samariter in Person. Die plötzliche Intimität machte mich verlegen. Ich legte, bevor ich ging, wortlos meine Visitenkarte auf den Glastisch. Sie rief mich am nächsten Tag an.

Von da an haben wir uns oft getroffen, sind ins Kino gegangen – sie liebt Louis-Malle-Filme wie ich –, in Ausstellungen, in den Stadtwald. Alles, was man eben so tut auf der Suche nach Gemeinsamkeiten. Alles in der Angst, es könnte zu Ende sein, bevor wir es probiert hätten. Alles in großer Hoffnung, daß es mehr sein würde als ein Strohfeuer.

Einer liebt immer mehr als der andere und muß deshalb leiden, sagt mein weiser Freund Ben. Noch ist nichts geschehen, was uns ernsthaft gefährden könnte, versuche ich mich zu beschwichtigen. Nach katastrophalen Tagesanfängen gehen wir, wenn wir nicht zur Arbeit müssen, ins Bistro oder spazieren, manchmal Hand in Hand wie Frischverliebte um den See im Park. Ich passe mich ihren kurzen Schritten an. Mit den Augen können wir uns oft wortlos verständigen. Warum fällt es uns so schwer, miteinander zu sprechen? Wir sollten viel öfter zusammen lachen, nehme ich mir vor. Sagt man nicht, Lachen befreit? Aber wie denn lachen, wenn es keinen Grund dafür gibt?

Manchmal spiele ich den Clown, erzähle ihr, wie ich von den Kollegen reingelegt worden bin, wie sie gewiehert haben, als ich den Ulk endlich gemerkt habe. Es war ein harmloser Spaß auf meine Kosten. Doch sie hätte mich wohl lieber als den Überlegenen gesehen, mit dem keiner zu scherzen wagt.

Nehmen die dich nicht für voll? hatte sie spitz gefragt, und ein wenig Verachtung war nicht zu überhören.

Ich schlug ihr vor, ins Wohnzimmer zu ziehen. Dort ist der Straßenlärm allerdings störend. Doch ich könne dort wieder bis nach Mitternacht Radio hören, und außerdem hingen vor den Fenstern dicke blaue Vorhänge, sagte ich. Ich brauchte morgens keinen Himmel, ich sei ein Höhlenmensch. Nein, keine Trennung, natürlich nicht! Es ist nur: Wir haben unterschiedliche Bedürfnisse.

Meine Spannungsvermeidungsstrategie – ich bin stolz darauf. Nur manchmal kommen mir Zweifel, ob sie tatsächlich so wirkungsvoll ist, wie ich hoffe. Man kann sich aus lauter Rücksicht auch selbst verlieren. Ein weiterer Einfall: Wir schreiben beide auf, was wir mögen oder nicht mögen, und vielleicht sogar noch mit einer Rangliste, worauf wir um des lieben Friedens willen am ehesten verzichten könnten.

Hast du dir professionellen Rat geholt? fragte sie mich argwöhnisch. Sie konnte nicht einmal lächeln. Die Verstimmung hielt an.

Nach der nächsten Gehaltserhöhung suchen wir uns eine größere Wohnung, versprach ich ihr, auf jeden Fall zwei Schlafzimmer. Sie betrachtete mich mit fremden Augen, als bezweifle sie, daß wir bei der nächsten Gehaltserhöhung überhaupt noch zusammen sein würden. Die Wohnung mietete ich, der Vertrag lautet auf meinen Namen.

Ich bin nur deine Untermieterin, hatte sie gesagt, zu nichts oder doch nur zu sehr wenig verpflichtet.

Ben, mit dem ich danach eine halbe Flasche Scotch ohne Eis oder Soda in seiner mit Büchern und schwarzledernen Möbeln vollgestellten Wohnung getrunken habe, wußte keinen Rat. Und ich bereute es jetzt, daß ich mich ihm überhaupt anvertraut hatte. Seine Resignation, was Beziehungen anbetrifft, kenne ich ja, sie hilft mir nicht weiter. Er findet mich altmodisch, romantisch, weltfremd: Auf ein Glück zu zweit zu hoffen! Solche Worte setzt er immer in Anführungszeichen und grinst dabei auf seine überlegene, sarkastische Art.

Sein laues Verständnis bringt mich auf. Er hat es nach zwei gescheiterten Ehen aufgegeben, sich wieder zu binden. Zu kompliziert, sagte er, als ich ihn fragte. Vielleicht hörte er nur deshalb so aufmerksam zu, um nicht von sich erzählen zu müssen. Die Zeit, seufzte er, die Zeit rückt manches zurecht. Mach's gut, sagte er, und schlug mir beim Abschied auf die Schulter.

Auf dem Rückweg ging ich an einem Reisebüro vorbei. Das Schaufenster war noch erleuchtet, ein Plakat vom Markusplatz bot den Hintergrund für verschiedene Sonderangebote: Flüge nach Ibiza, Capri, Malta – Hotel und und Halbpension inklusive. Honeymoon in bewährter Kulisse – ob uns das helfen würde? Hotels sollen Wunder wirken. Es lohnte nicht, darüber nachzudenken: Unsere Kasse war leer. Die Wohnung hatte eine happige Abschlagszahlung gekostet.

Ich habe nie verschwiegen, daß ich rechnen muß; aber ein bißchen mehr Spielraum hat sie wohl doch erwartet. Vielleicht wünschen wir uns völlig unterschiedliche Dinge. Auch darüber müßten wir endlich reden. Arm, aber glücklich zu zweit – das ist wohl tatsächlich zu naiv. Ich habe zu viele Liebesromane gelesen.

Ben hatte gelacht, als ich ihm von meiner Hoffnung erzählte, meinem neuen Chef durch Fleiß und Zuverlässigkeit aufzufallen. Du und auffallen? spottete er. Er hält mich zwar nicht gerade für eine Niete, aber für eine graue Maus, ohne die kein Betrieb funktioniert, nützlich und unscheinbar. Ein Sachberater, auf der mittleren Ebene kompetent, aber fern aller Höhenflüge. Ich müßte mir meine Karriere nun mal ersitzen, meinte er. Wenn er sich da mal nicht täuscht. Schließlich bin ich noch keine dreißig; meinen Ehrgeiz tarne ich eben gut.

Oft stehe ich vor dem Spiegel, den ich an die Innenseite des Kleiderschranks geschraubt habe. Eine schmale Leuchtröhre oben am Türrand spendet funzliges Licht. Wenn ich das Kinn recke und die Schultern zurücknehme, bin ich keineswegs klein, gute Mittelgröße, könnte man sagen. Ein bißchen mager vielleicht, ein bißchen grau im Gesicht von täglich neun Stunden sauerstoffarmer Zimmerluft. Meine Haare machen mir Sorgen, sie lichten sich an den Schläfen und sind so dünn, daß die Kopfhaut gelblich durchschimmert. Ich beneide alle Männer mit einem dichten Schopf; es sieht vital aus, strotzend vor Kraft. Egal, eine Schönheit bin ich gewiß nicht, aber eine graue Maus will ich auch nicht sein. Neuerdings trage ich blaue Hemden, richtiges Tintenblau. Meine Krawatten waren schon immer gewagt. Wohl von der neuen Freundin, hatten die Kollegen gespottet; mir trauen sie einen kühnen Geschmack nicht zu.

Im Gegensatz zu mir hat Malou tatsächlich einen ausgeprägten Geschmack. Ich bin mir nicht sicher, ob ich ihre Rattanmöbel schön finde, für die sie die Kissenbezüge aus einem mit dunkelgrünen Blättern gemusterten Stoff selbst genäht hat. Passend für eine Lodge im Dschungel, versuchte ich zu scherzen. Du machst dich als schwarzer Panther gut darin.

Schwarz ist ihre Farbe, schwarz, eng, tief ausgeschnitten oder hochgeschlossen. Zwischen den Regalen und Kleiderstangen mit bunten Fummeln hebt sie sich dunkel, elegant und verführerisch ab. Sie wird es bald zur Abteilungsleiterin bringen, prophezeite ich ihr. Schwarz ist seriös.

Manchmal wächst, je näher ich unserer Wohnung komme, meine Angst, Malou könnte mich verlassen haben. Ich beeile mich, stürme die vier Treppen hinauf, klingle atemlos, weil ich zu aufgeregt bin, um den Schlüssel in meiner Tasche zu finden. Erstaunt öffnet sie mir die Tür. Ich drücke sie an mich und stammle verwirrt etwas von meinem neuen Training für den Kreislauf: Zumindest einmal am Tag muß das Herz strapaziert werden.

Meist hat sie die große blau weiß gestreifte Schürze umgebunden, die wir beide benutzen. Wir kochen abwechselnd. Es duftet nach Ratatouille, Käseauflauf oder einem indonesischen Fischgericht, dessen Rezept sie beim Friseur aus einer Illustrierten herausgerissen hat. Wir werden lange lüften müssen nach diesen Köstlichkeiten. Doch der Zwiebelgeruch von meinem Standardgericht Bratkartoffeln, saure Gurken und Bouletten setzt sich genauso penetrant in den Dschungelpolstern des Wohnzimmers fest.

Sie koche leidenschaftlich gern, behauptet sie. Vor Eifer bekommt sie rote Wangen. Kaum habe ich den Mantel ausgezogen, muß ich schon kosten. Hmm, ich verdrehe die Augen vor übertriebenem Entzücken. Ich küsse ihren Nacken, aber das findet sie jetzt unpassend. Mit einem Schulterzucken wehrt sie mich ab, rührt weiter mit dem

Holzlöffel, den ich soeben abgeleckt habe, und fügt noch eine Prise von dem undefinierbaren Gewürz aus einem Puppengläschen hinzu.

Dann sitzen wir uns gegenüber. Sie hat die Sets aus Reisstroh aufgelegt, die Teller vorgewärmt, Gläser und Besteck vorschriftsmäßig plaziert. Doch sie stochert nur lustlos herum. Zuviel probiert, entschuldigt sie sich. Ich dagegen bin ein dankbarer Esser. Allerdings gelingt es mir selten, all die raffinierten Zutaten herauszuschmecken. Ich sehe es ihrem enttäuschten Gesicht an, daß ich ihr Kunstwerk nicht kennerhaft würdige. Zu Hause, erzählt sie mir, war ihr Vater der bessere Koch. Seine feine Zunge hat sie geerbt. Sie läßt mich spüren, daß sie mich für einen Banausen hält, ihrer Kochkunst unwürdig.

Ärgert es sie, daß meine Knie unter dem schmalen Tisch ihre berühren, daß ich die Blumen vergessen habe, die jetzt zwischen uns stehen müßten? Die Kerze flackert und wirft scharfe Schatten auf ihr erschöpftes Gesicht.

Erzähl mal, wie es heute war, fordere ich sie auf, Büroärger soll man möglichst vor dem Essen loswerden.

Ich arbeite, wie du weißt, in einem Warenhaus, verbessert sie mich, dritte Etage links, Damenoberbekleidung.

Daß sie dort gelandet ist, verzeiht sie sich – aber offenbar auch mir – nicht. Immer erwähnt sie diese Tatsache in einem beleidigten Ton, als sei ich schuld daran, daß sie keinen interessanteren Job gefunden hat.

Du könntest dir etwas anderes suchen, beginne ich jedesmal vorsichtig, vielleicht noch einmal etwas ganz Neues lernen.

Wie stellst du dir das vor? faucht sie mich dann an, als hätte ich etwas Unmögliches vorgeschlagen.

Fernsehen ist an solchen Abenden unsere Rettung. Ich akzeptiere ihre Auswahl ohne Mäkelei. Sie liebt Serien, behauptet, die Darsteller seien ihr vertraut wie nahe Verwandte, deren Geschick sie unbedingt verfolgen müsse.

Diese Förster, Landärzte und Kapitäne geben ihr die Gewißheit, daß das Gute in der Welt nicht verkümmert. Solchen Männern sei sie bedauerlicherweise nie begegnet, seufzt sie, und ich weiß, sie meint es ernst, und verkneife mir das Lachen. Sie sind sehr selten, brumme ich dann und lehne mich zu einem vorzeitigen Nickerchen zurück. Mit diesen Förstern, Ärzten und Kapitänen werde ich nie konkurrieren können.

Wenn ich Glück habe, wecken diese Supermänner aber so viele sehnsuchtsvolle Gefühle, daß Malou im bläulichen Licht des Fernsehschirms auch mit mir vorlieb nimmt und auf dem Sofa näher heranrückt. Landarzt- oder Förster-ersatz – was soll's – ich genieße es. Niemals würde ich aber Ben gegenüber zugeben, daß ich damit schon zufrieden bin. Ich hole eine Piccolo-Flasche aus dem Kühlschrank und gieße zwei Sektgläser so voll, daß ein wenig vom kühlen Schaum über unsere Hände fließt. Für heute ist es genug.

Familientag

Wir sind mit dem Taxi gekommen. Überpünktlich. Sicherlich werden wir die ersten sein, aber Vera braucht einen bequemen Sessel, nach dem Unfall kann sie immer noch nicht lange stehen. Es wird voll werden in Friedos »Hütte« – so nennt er seine luxuriöse Villa ziemlich albern.

Die Kinder öffnen, Hinrich und Margarethe, beide in blauem Samt mit weißem Kragen und ebenso weißen Söckchen. Zwei hübsche blondschöpfige Puppen, liebenswürdig altmodisch. Die Armen! Ich stelle sie mir in Jeans und T-Shirts vor; so würden sie sich bestimmt wohler fühlen. Allerdings, der blaue Samt paßt gut zu den feierlichen Namen. Auch gegen die konnten sie sich nicht wehren.

Hallo, sagt Vera und zieht zwei Kaugummis aus ihrer Handtasche. Was Kinder mögen, weiß sie immer.

Dürfen wir nicht, sagt Hinrich brav. Aber Margarethe grapscht so schnell danach, daß auch der jüngere Bruder seine Bedenken überwindet. Er grinst Vera verlegen an und läßt die Kaugummis blitzschnell in der Hosentasche verschwinden.

In der Diele stehen zwei dünnbeinige Tische unter goldgerahmten Spiegeln; Platz für jeweils zwei Leuchter und eine silberne Schale. In der einen liegen ein paar Visitenkarten, in der anderen ein paar Münzen, damit jeder weiß, wo die Karten und wo die Trinkgelder abzugeben sind. Unwillkürlich rücke ich meine Krawatte zurecht. In diesem Haus gelten noch die alten Benimmregeln.

Eigentlich müßte ich Halle sagen. Diele findet Friedo

bestimmt spießig, er hat sie schließlich mit Marmor und dem nötigen antiken Mobiliar ausgestattet, wenn auch die Maße dem Begriff Halle nicht ganz entsprechen. Eine breite, mit grünem Velours bespannte Treppe schwingt sich zu den oberen Gemächern. Auf halber Höhe spreizt tatsächlich ein Zwölfender sein Geweih über Ridinger-Stichen, auf denen der Tod des waidwunden Wilds dramatisch verherrlicht wird.

Daß sich die Jagdleidenschaft vererbt hat, obwohl niemand mehr ein eigenes Revier besitzt! Erstaunlich. Und kostspielig außerdem. Um einen solchen Kapitalen zu schießen, muß man einige Tausender hinblättern und weit fahren. Doch in diesem Haus spricht man nicht über Geld, man hat es eben.

Friedo ist der Glückspilz der Familie. Er gehört zu den Wenigen, die sich »nach dem Zusammenbruch« wieder ganz oben etabliert haben. Er ist der einzige von uns, der die ehemals ländliche Tradition im städtischen Edelmilieu sorgfältig konserviert. Er kennt sie wie wir gleichaltrigen Vettern und Cousinen nur vom Hörensagen. Der graugrüne Trachtenanzug aus feinstem Loden gehört dazu wie das bayrische Lokalkolorit und die raren Erinnerungsstücke an die östliche Heimat der Vorfahren, Tradition eben. Er schmückt sich damit. Sie stehe ihm gut, meint er, wecke Vertrauen, das er für seine Klientel brauche. Und Gabriele, der er dieses prächtige Ambiente verdankt, bewundert seinen Stil und versucht, im besten Villenviertel der Stadt die Rolle einer Schloßherrin zu spielen.

Da kommt Friedo schon, verbeugt sich, küßt Vera die Hand, boxt mich freundschaftlich ins Kreuz und führt uns zu seiner Großmutter. Sie muß um die neunzig sein. Ich habe Vera vor Tante Theresa gewarnt: Eindrucksvoll und einschüchternd sei sie. Wie ein uralter Raubvogel mit schütterem Gefieder hockt sie auf dem Sofa. Ihren eingesunkenen Augen entgeht nichts.

Sie liebt es, uns zu schockieren. Zu meiner Beerdigung braucht ihr nicht zu kommen, pflegt sie zu sagen, die fällt aus. Ich habe meinen Leichnam der Pathologie vermacht. Befriedigt registriert sie dann, ob wir entsetzt, peinlich berührt oder hilflos lachend auf ihre Mitteilung reagieren. Wer will sich schon den nackten, knochigen Körper von Tante Theresa, im bläulichen Neonlicht von Seziermessern zerlegt, vorstellen.

Komm her, fordert sie Vera auf und klopft mit ihren krallig-verkrümmten Fingern auf den Sessel neben sich. Resolut nimmt sie Vera die Krücke ab und stellt sie zu ihrem zierlichen schwarzen Stock mit dem Silbergriff. Du mußt mir erzählen, wie das kam.

Aber Vera erzählt nicht gern von ihrem Unfall, der ihr heute viel Wohlwollen und Mitleid einbringen wird. Geschichten von Unfällen und Krankheiten werden auf Familientagen herumgereicht wie hausgemachtes Konfekt. Ohne Unfall hätte Vera jetzt wie jeder Neuling in der Familie eine kritische Prüfung über sich ergehen lassen müssen. So wird sie bedauert und hoffentlich von lästigen Fragestellern verschont.

Die treffen gerade ein, Berta und Thea, genannt die Puten, wegen ihrer langen schrumpeligen Hälse und ihres zweistimmigen Gezeters, das bei jedem Anlaß einsetzt. Die hageren Zwillingsschwestern haben offenbar von einem bestimmten Zeitpunkt an aufgehört, weiter zu altern. Seit mindestens zehn Jahren verändern sie sich nicht mehr. Trugen sie nicht beim letzten Familientag auch schon diese grauseidenen, hochgeschlossenen Plisseekleider mit den doppelreihigen Perlenketten auf dem flachen Busen? Zum Verwechseln ähnlich.

Diesmal werde ich das nicht bemerken; ich habe es schon zu oft festgestellt und damit bewiesen, daß ich mir noch nie die Mühe gemacht habe, Unterschiedliches zu entdecken. Jedenfalls haben sie auch als doppelte Ausgabe in diesem Familienkonzert keine wichtige Stimme. Sie leben als pensionierte Bibliothekarinnen im Wohnstift Astra, einem Altersheim am Rande des Neubaugebiets. Als Nachrichtenbörse jedoch sind sie geschätzt. Bei ihnen kann man stets das Neueste vom Clan erfahren. Sie geben auch zuverlässig Auskunft über die Vergangenheit, sammeln Dokumente und mehr oder minder verbürgte intime Geschichten. Schade, daß sie so wenig Phantasie haben. Reichlich Stoff für eine interessante Familienchronik wäre eigentlich vorhanden. Doch wer soll sie schreiben? Wenn ich weiterhin so ziel- und berufslos bleibe wie bisher, wird diese Aufgabe womöglich mir zufallen.

Das Doppelleben der Puten ist vermutlich immer auf Sparflamme verlaufen. Von ihnen gibt es keine Skandalgeschichten, nur rührende Anekdoten mit zweifelhaftem Wahrheitsgehalt. So wie die vom unvergleichlich herrlichen Beinahe-Ehemann, den sie sich beide teilen wollten, eine Lichtgestalt; sie verlor sich bedauerlicherweise in den Kriegswirren. Um ihn trauern sie noch heute gemeinsam.

Eigentlich mag ich die alte Tanten. Sie haben sich wacker durchs Leben geschlagen, als es noch keineswegs üblich war, daß höhere Töchter ihren Lebensunterhalt selbst verdienten. Es war ein Glücksfall, daß sie beide gleich nach ihrer Ausbildung in der neuen Stadtbücherei eine Anstellung fanden. Nie sind sie jemandem zur Last gefallen. Heute helfen sie ihren treuen Lesern unentgeltlich, sich im Labyrinth der Bücherregale und Karteien zurechtzufinden, falls jemand noch nicht mit dem Computer umgehen kann.

Regelmäßig tauchen sie auf, wenn die Familie sich versammelt. Sie werden geduldet und mit unverhohlener Erleichterung verabschiedet, nachdem sie ihre spitzen Bemerkungen und Nörgeleien verteilt und gebührenden Dank für ihre Mitbringsel erhalten haben. Mit leeren Händen erscheinen sie nie, auch heute nicht. Friedo haben sie einen selbstgezeichneten Stammbaum mitgebracht, und Gabriele ist ein hellblauer, selbstgestrickter Schal mit silbernen Lurexfäden zugedacht.

Friedo geleitet die Puten in Irenes kleinen Salon. Das ist geschickt von ihm, denn mit Therese, seiner Großmutter, vertragen sie sich nicht. Daß ich an der Tür stehenbleibe, mißfällt ihm.

Du könntest dich mal kümmern, zischt er mich an mit Blick auf die Tanten, die sich umständlich und steif auf dem taubenblauen Sofa niederlassen, ihre Handtaschen wie auf Kommando gleichzeitig aufklappen, ihre spitzenumsäumten Taschentücher zücken und ihre Nasen abtupfen.

Kümmern, das ist ein Familienausdruck aus der Zeit, als man soziale Verpflichtungen sehr ernst nahm. Meine Mutter beispielsweise kümmerte sich bis zu ihrem Tod stets um eine ganze Schar von »lahmen Enten«, wie wir die Bedauernswerten und Zukurzgekommenen nannten. Ich habe damit meine Schwierigkeiten. Es ist eine lästige Pflicht. Wenigstens ein paar Minuten werde ich mich aber zu den Puten setzen. Ihre Fragen kenne ich schon jetzt:

Warum dieses Studium, was willst du damit? Du warst doch in der Bank schon auf dem besten Weg. Und Kinder? Wünscht ihr euch keine Kinder? Wir denken darüber nach, werde ich ihnen versichern. Die Hauptsache ist doch, daß Vera und ich uns gut verstehen. Ich werde die Tanten möglichst schnell ablenken und nach ihrer Familienforschung fragen. Wie weit seid ihr? Und schon werden sie rote Bäckchen bekommen und eifrig berichten, was die Ahnen im achtzehnten oder neunzehnten Jahrhundert und viel früher noch getrieben haben.

Wußtest du, daß dieser Hubert viermal verheiratet war und jedesmal ein Vermögen von seinen verstorbenen Frauen geerbt hat?

Tante Berta hatte mir das schon bei meinem letzten Besuch wie ein großes Geheimnis anvertraut.

Viermal, raunte sie mir verschwörerisch und argwöhnisch zu.

Die betuchten Ehefrauen und ihr immer reicher werdender Hinterbliebener hatten ihren kriminalistischen Spürsinn geweckt.

Verdächtig, findest du nicht auch?

Witwer, die vom Tod ihrer Frau profitieren, sind immer verdächtig, meint Agatha Christie, habe ich ihr zugestimmt.

Ein mutmaßlicher Mörder in unserer Familie – nicht zu glauben!

Wie erwartet fangen die Tanten wieder mit Hubert an, als hätten wir erst gestern über ihn gesprochen. Sie haben die Namen der Güter herausbekommen, die er geerbt hatte, zudem die Summe der Golddukaten. Ja, tatsächlich Dukaten – so lange liegen die nicht geheuren Erbfälle zurück.

Und was ist von all dem dubiosen Vermögen übriggeblieben? frage ich.

Nichts, sagt Tante Berta, wirklich nichts. Hubert war ein Spieler.

Auch das noch! seufze ich mit gespielter Verzweiflung.

Als ich den selbstgezeichneten Stammbaum bewundere, lassen sie endlich das Thema Hubert fallen.

Drei Wochen haben wir gebraucht, um das alles zu zeichnen, sagt Tante Thea, aber du bist der erste, der sich dafür interessiert.

Sie ist beleidigt.

Aber Friedo will ihn doch rahmen lassen und in seine Halle hängen, beschwichtigt ihre Schwester, ihm gefällt er.

Mit den Blättern, auf denen die Namen und Daten stehen, haben wir uns viel Mühe gegeben, stellt Tante Thea fest. Sind das Weinblätter, Lorbeer- oder Feigenblätter? hat Erik, unser Bruder, gescherzt. Er meinte, daß aus einem so mächtigen Stamm wie unserem nichts anderes als Eichenblätter wachsen könnten. Er hat vor allem die Wappen geprüft. Manche Farbe fand er nicht genau getroffen, und die Helmzier sei auch nicht immer deutlich genug. Soll das ein Greifenkopf sein? hat er gefragt, sieht eher wie ein Schafsgesicht aus. Er macht sich immer über uns lustig!

Niemand bestreitet, daß Erik mehr von Heraldik versteht als wir, meint Tante Berta versöhnlich. Aber wer macht sich an die Arbeit, kopiert, malt und koloriert und schreibt? Natürlich die Tanten, die angeblich nichts zu tun haben.

Erik dagegen, beschwert sich Tante Thea, fährt mit seinem seltsamen Wohnmobil in der Gegend herum, trinkt abends seinen Rotspon und kümmert sich um nichts. Jetzt, wo er alt und verwitwet ist, benimmt er sich wieder wie der kleine verwöhnte Junge, der er einmal war.

Charming boy nannte ihn unsere Mutter, ergänzt Tante Berta, er durfte alles. Charming boy ist er wohl geblieben. Selbst seine Frau Martha verzieh ihm vieles, wenn sie ihn auch manchmal verächtlich zurechtwies. Er war längst nicht so tüchtig wie sie.

Vielleicht kommt er sich ja mit seinem weißen Haarschopf auch heute noch unwiderstehlich vor, hechelt Tante Thea, so wie früher, als er unseren Freundinnen den Hof machte. Erik, der Schwerenöter, zumindest gab er sich den Anschein, einer zu sein.

Er stach uns immer aus, erinnert sich Tante Berta. Wenn er das Wohnzimmer betrat, ein hübscher Junge mit hellblonden Locken und grüngrauen großen Augen, wandten sich die Erwachsenen ihm zu. Uns beachtete niemand. Unsere Mutter verhätschelte ihn. Und Vaters Sinn für Gerechtigkeit versagte regelmäßig.

Erik verstand es, unseren Vater zum Lachen zu bringen, ergänzt Tante Thea. Vielleicht wäre er ein guter Schauspieler geworden.

Ein Schauspieler in unserer Familie! protestiert Tante Berta. Unmöglicher Gedanke.

Daß er die solide Martha heiratete, fährt Tante Berta fort, hat uns alle erstaunt. Seine früheren Freundinnen waren eher von der leichten Sorte. Sie hatten ausnahmslos einen wohlhabenden Papa, spielten Tennis und ließen keine Fete aus – heute würde man Party sagen.

Die Familie war mit Eriks Wahl höchst zufrieden, erzählt Thea, denn nun hörte das Schuldenmachen auf. Martha nahm sein Leben energisch in die Hand. Er hatte jetzt so etwas wie eine junge strenge Mama, die nachholte, was unsere Mutter bei seiner Erziehung versäumt hatte.

Über Erik wollte ich schon immer mehr wissen, auch wenn diese Tanten-Erinnerungen reichlich mit Eifersucht gewürzt waren. Erik gehört schließlich wie Onkel Ernst, der Vater von Hans, seit dem Tod meiner Eltern zu meinen Ersatzvätern.

Und Martha, frage ich, mochtet ihr sie?

Martha hat Eriks goldene Manschettenknöpfe mit den Mondsteinen gerettet, auch die dazu passende Krawattennadel, erinnert sich Tante Berta. Auf der Flucht, als wir alle hungerten, hätte sie dafür Speck und Brot bekommen. Aber nein, sie bewahrte sie für ihn auf. Sie war sicher, daß er heil aus dem Krieg kommen würde.

Erik hat Martha vergöttert, behauptet Tante Thea, sie war für ihn die erste Instanz. Möglich, daß er sie manchmal auch ein bißchen gefürchtet hat. Sie verlangte nach dem Krieg viel von ihm. Doch er war so stolz auf sie wie auf die vier Kinder, die sie ihm geboren hat.

Selbst in den schlechtesten Zeiten war er gut angezogen. Unsere Kunden legen Wert darauf, versicherte er, wenn er ein gestärktes schneeweißes Taschentuch faltete und in die Kavalierstasche seines sorgfältig ausgebürsteten Anzugs steckte. Das lenkt von den abgestoßenen Säumen ab, erklärte er. Maßarbeit, lobte er, wenn er sich vor dem Spiegel drehte, man sieht es noch immer. Eitelkeit ist keine Schande.

Eine ideale Familie, dachten wir oft, sagt Tante Berta, wenn wir vom Sonntagsschmaus in der Weinhandlung zurückkamen. Wir haben Erik beneidet. Dabei ahnten wir ja längst, daß keineswegs alles so heiter und unbeschwert war, wie es am runden Tisch mit dem Schweinebraten und den schlesischen Klößen aussah. Wir waren dabei, als der Älteste, Franz, seinen Teller zurückschob und so heftig aufsprang, daß sein Stuhl umkippte. Mit wüsten Beleidigungen beschuldigte er seine Eltern, daß sie ihm ihr Lebenskonzept aufgezwungen, seine Talente unterdrückt hätten. Geldverdienen, schrie er, ihr bewertet alles nur danach, was es bringt!

Erik saß erschrocken und bleich am Kopfende der Tafel, fuhr Tante Thea fort. Das Tranchierbesteck hielt er wie erstarrt in der Hand. Er hatte gerade den restlichen Schweinebraten aufgeschnitten. Auch Martha war hilflos. Nicht hier, stammelte sie, nicht vor den Tanten. Doch Franz stürmte schon hinaus.

Wir hatten den Anlaß für diese Explosion überhaupt nicht mitbekommen, erinnert sich Berta. Vielleicht war es eine von Marthas strengen Beanstandungen oder einer ihrer Aufträge gewesen, die sie gern bei den Mahlzeiten, wenn alle versammelt waren, verteilte. Denn mitarbeiten in der Weinhandlung mußte ja nicht nur Erik, sondern auch die Kinder. Das Etikettieren und Verpacken der Flaschen war ihre Arbeit. Und ständig mußten sie kehren. Blitzblank sollte es auf dem Hof, im Keller und natürlich in der Weinstube sein. Nur nicht absinken, nur nicht aufgeben war Marthas Devise. Ihr allein ist der bescheidene Wohlstand zu verdanken, von dem Erik jetzt noch profitiert.

Das nächste Kind, das sich verweigerte, war Rosi, erzählt sie weiter. Doch ihr Ausstieg aus der Familie vollzog sich in Etappen und unter tragischen Umständen: eine gescheiterte Ehe, ein Selbstmordversuch, Aufenthalte in Sanatorien, wo niemand sie besuchen durfte.

Du mußt das doch noch wissen, sagt Tante Thea, du hattest den besten Kontakt zu ihr. Seid ihr nicht gleich alt? Sie wird übrigens heute hier erwartet. Seit sie aus Borneo zurück ist, hat niemand sie gesehen, sie hat sich geradezu verkrochen.

Jedenfalls ist Eriks Familie keineswegs ideal, wie wir jahrelang – zugegeben manchmal neidisch – angenommen hatten, stellt Tante Berta abrupt fest. Da könnten wir dir noch ganz andere Sachen erzählen!

Aber ich will keine anderen Sachen hören, mir reichts. Weiterhin viel Erfolg bei eurer Forschung, wünsche ich und stehe hastig und unhöflich auf, denn Friedo kommt gerade mit dem Sektkühler aus der Küche.

Ich kümmere mich gern um den Champagner, biete ich ihm übereifrig an. In diesem Haus wird selbstverständlich Champagner und nicht etwa einheimischer trockener Sekt auf silbernem Tablett gereicht.

Doch da ist schon ein junger Mann dabei, die erste Flasche, vorschriftsmäßig in eine weiße Serviette gewickelt, zu öffnen. Er sieht Berti, unserem Außenseiter, ähnlich, der fast allen Familienmitgliedern Anlaß gibt, ein schlechtes Gewissen zu bekommen.

Ole ist Bertis Sohn, macht Friedo bekannt, und heute unser Aushilfskellner. Alex kennst du ja wohl, wendet er sich an den Jungen.

Wir schütteln beide verlegen den Kopf. Ole hätte, denke ich, Anspruch auf meine Entschuldigungen und Wiedergutmachungsversuche, die allerdings nach so vielen Jahren eher halbherzig und unbeholfen ausfallen würden. Die Familie hat diesen Sproß bisher nicht gerade liebevoll und fürsorglich in ihren Schoß aufgenommen.

Der Junge nimmt seinen Job ernst. Als Kellner arbeitet er offensichtlich nicht zum ersten Mal. Perfekt, wie er die

Flaschen öffnet. Er schaut nicht einmal auf, während er die Gläser füllt und mit einer angedeuteten Verbeugung anbietet. Distanz oder Routine. Ich möchte unbedingt mit ihm reden. Ich müßte allerdings mit verlegenen Erklärungen beginnen.

Zuerst will ich aber Gabriele, unsere Gastgeberin, begrüßen. Ganz in Elfenbeinweiß gehüllt, paßt sie genau zu ihren noblen Möbeln. Eine wehende korallenrote Chiffonstola soll die Rundungen verdecken, die sie sich mittlerweile angefuttert hat. Sie hat ihr glattes Lächeln aufgesetzt.

Wie schön, daß Vera mitgekommen ist, strahlt sie mich an.

Mit viel Mühe habe ich sie überreden können, scherze ich.

Doch es stimmt, Vera ist der Clan ziemlich gleichgültig, und als Bestiarium, wie ich ihn zu betrachten empfehle, nicht amüsant genug. Sie kann nicht verstehen, daß ich gern zu solchen Versammlungen gehe, die einen Konsens vortäuschen, den es längst nicht mehr gibt. Mein Gott, die Vergangenheit! Wirst du denn niemals davon loskommen? seufzt sie manchmal. Sie mag keine verklärten Rückblicke, weil sich da ihrer Ansicht nach Heuchelei und Wichtigtuerei geradezu unerträglich konzentrieren. Wie es wirklich war, erfährst du nicht einmal aus historischen Untersuchungen, geschweige denn von Familienmitgliedern mit einem derart starken Bedürfnis nach Heldenverehrung wie in eurer Sippe, meint sie. Doch mir kommt es gar nicht auf unverfälschte Wahrheit an. Auf den Stallgeruch etwa? hatte sie verächtlich gefragt.

Wir streiten uns oft aus geringfügigem Anlaß mit erschreckender Feindseligkeit. Vera wittert bei mir den Hochmut eines Abkömmlings feudaler Ahnen, während ich doch nur den Grund suche für meine sentimentale Sehnsucht nach Heimat oder Zugehörigkeit. Vera wird das nie verstehen. Ich habe dich für unabhängig gehalten, hatte sie enttäuscht und ein bißchen herablassend gesagt.

Sie beugt sich gerade hinunter zu Tante Theresa und läßt sich über ihr Labor ausfragen. Ein lohnender Gesprächsstoff. Friedos wißbegierige Großmutter hat bestimmt noch nie etwas von Chlorid-Ionen gehört. Doch sie behauptet, sie interessiere sich für alles, buchstäblich für alles. Vera läßt sich leicht einfangen, wenn es um ihr Labor geht. Ich brauche mir keine Sorgen zu machen, das Thema wird nicht so schnell erschöpft sein. Tante Theresa findet eine promovierte Biochemikerin in unserer Familie – zu ihrer Zeit gab es vorwiegend Rinderzüchter, Offiziere, Waldbesitzer und gelegentlich einen Diplomaten – höchst exotisch, auf jeden Fall interessant. Sie wird hoffentlich nicht gleich wie die Puten nach den Kindern fragen, die wir ihrer Ansicht nach schon längst haben müßten. Vera bekommt bei solchen Fragen ihren starren Blick und sucht möglichst schnell das Weite.

Doch Tante Theresa erkundigt sich nur, ob Vera tatsächlich allein für unseren Lebensunterhalt sorgen muß, und wann ich endlich gedenke, mein Zweit- oder Drittstudium abzuschließen, was allerdings auch ein heikles Thema ist.

Philosophie! Lieber Himmel, was macht er damit?

Frag ihn selbst, schlägt Vera mit ihrer rauhen Stimme vor, es ist allein seine Angelegenheit.

Sie ist wie immer loyal. Ich kann mich auf sie verlassen. In der Öffentlichkeit sind wir die reinste Harmonie. Unsere Auseinandersetzungen gehen keinen etwas an, wir wollen keine Zeugen.

Das Angenehme an einem so großen Haus ist, daß man herumgehen kann, ohne sofort mit jemandem zusammenzustoßen. In der Halle ist es kühl, und ich kann dort auf neue Gäste warten.

Wo hast du den geschossen? frage ich Friedo, der mich offenbar gesucht hat. Auf ein ernsthaftes Gespräch möchte ich mich nicht einlassen. Ich will ihm etwas Unverbindlich-Freundliches sagen. Schließlich ist er der großzügige Gastgeber. Er wird nicht merken, wie gleichgültig es mir ist, ob er den Kapitalen an der Wand im Sachsenwald, in Sibirien oder in Ungarn zur Strecke gebracht hat. Doch bevor er mir die Geschichte von seiner Trophäe zu Ende erzählt hat – nach Gewicht, Stärke der Stangen und der Anzahl der Enden wird bezahlt – klopft es an der Tür.

Hans und Agnes platzen in ihren bunten Anoraks und Radlerhosen wie aus einer anderen Welt in die Champagnerpracht dieser Villa. Hans trägt sein Baby, von dem vorläufig nur eine rote Pudelmütze zu sehen ist, in einem blaurotgelben Rucksack. Agnes hat in einer ebenso farbenfrohen Tasche Windeln und Flaschen verstaut. Wir umarmen uns mit geradezu überschwenglicher Herzlichkeit. Beide haben vom Wind gerötete Gesichter. Sie riechen nach Herbst und würzigen Kräutern. Mit dem Rad sind sie quer durch den Stadtwald gefahren. Für Gabriele haben sie ein selbstgebackenes Schrotbrot mitgebracht, in ein blauweißkariertes Küchenhandtuch geknotet.

Mit Hans habe ich die schönsten Ferien meiner Kindheit auf dem halbverfallenen Hof seiner Eltern verbracht. Weißt du noch, die Forellen ...? Das ist unser Stichwort. Ich spüre sofort das eisige Wasser, als wir die Arme eintauchten, während wir, reglos auf dem Bauch liegend, den Fischen auflauerten und die Erlenblätter über uns wispern hörten. Weißt du noch? – Stundenlang könnten wir unsere Kindheit beschwören. Jedesmal wenn wir uns treffen, fangen wir dort an. Glückliche Augen bekommt ihr, wundert sich Vera immer, wenn ihr nur an eure Forellen denkt. Ich wünschte, Vera würde Hans und Agnes mögen. Sie rückt ein wenig beiseite.

Mit dem Fahrrad? fragt Friedos Großmutter ungläubig und läßt sich auf dem weißen Sofa von Agnes und Hans samt dem Baby einrahmen. Sie schüttelt den Kopf.

Habt ihr kein Geld? fragt sie besorgt.

Nicht für Taxis, lacht Agnes. Wir fahren gern Rad. Das

Baby braucht wie wir frische Luft. Es ist gewöhnt, huckepack zu reisen. Du siehst ja, es schläft ganz friedlich.

Die beiden sind die einzigen in der Familie, die noch vom Ackerbau leben, bescheidene Gärtner am Stadtrand. Mit dem neuen Treibhaus, das sie Gabrieles Vater, dem alten Wenger, verdanken, haben sie sich einen Berg Schulden aufgeladen. Es scheint sie nicht besonders zu bedrücken.

Agnes trägt glänzend schwarze Elastikhosen zu einem spitz ausgeschnittenen schwarzen Baumwoll-Shirt. Die rosa Söckchen in den robusten Joggingschuhen erinnern mich an die rosa Taftschleifen, mit denen sie als Schulmädchen manchmal ihre braunen Zöpfe schmückte.

Sie sieht mich herausfordernd an: Was hältst du von meinem Velo-Schick? Nur deinetwegen habe ich mich so fein gemacht, scherzt sie.

Du könntest im Zirkus auftreten, lache ich.

In Agnes war ich einmal heftig und vergeblich verliebt. Hans, der Naturbursche mit Neigung zu klassischer Kammermusik, gefiel ihr besser. Er stach mich mühelos aus. Noch heute kann ich mir vorstellen, mit Agnes zusammenzuleben. Unkompliziert wäre das, ohne nächtelange Diskussionen und ohne die zerstörerischen Anwandlungen von Vera, die unverhofft über uns hereinbrechen und denen ich immer noch wehrlos ausgeliefert bin.

Agnes hat Spannungen immer mit nutzbringender Tätigkeit abgebaut. Früher strickte sie wie besessen, heute jätet sie vielleicht Unkraut, wenn sie sich mit Hans gestritten hat, oder sie streicht Möbel vom Sperrmüll mit feuerwehrroter Ölfarbe an.

Vera schaut sich irritiert um. Sie ist offensichtlich ein wenig überwältigt von diesen Naturkindern mit ihrem friedlichen Nachwuchs, den sie heute zum ersten Mal sieht.

Bestiarium ist wohl doch nicht der richtige Ausdruck, flüstere ich ihr ins Ohr.

Sie lacht und wendet sich wieder Tante Theresa und der

glücklichen Gärtnerfamilie zu. Über Ökologisches werden sie sich leicht verständigen. Hans, der diplomierte Garten- und Ökospezialist, hat nebenbei noch einen Lehrauftrag in Weihenstephan. Schon als Junge hat er uns gern die Zusammenhänge von Überdüngung und Pflanzenkrankheiten erklärt. Noch größeren Eindruck machte er uns aber, weil er den altersschwachen Trecker wieder in Gang bringen konnte, die einzige Zugmaschine auf dem Hof.

Die drei ineinander übergehenden Räume füllen sich. Onkel Erik ist mit Gefolge gekommen. Er hat den größten Teil seiner Kinder und Kindeskinder im Kleinbus aufgesammelt und zum Nulltarif hierher transportiert. Tom, seinen Ältesten, mit Elisabeth und den beiden Kindern, und Toms jüngere Geschwister Rosi und Jan. Mit seiner knarrenden Militärstimme macht Erik Gabriele, die gerade warme Käsestangen herumreicht, Komplimente. Blühend, sagt er, blühend sehe sie aus.

In der Tasche seines Blazers steckt das handgeschriebene Manuskript seiner Rede. Er schreibt sie jedesmal wieder neu, obwohl sie sich auch diesmal kaum von seinem Resümee vor fünf Jahren unterscheiden dürfte. Ob er mir diesmal erzählt, wie er die Nazizeit und den Krieg überstanden hat? Bisher hat er Auskünfte stets verweigert. Laß mal, wehrt er immer ab, dunkle Kapitel soll man nicht ausleuchten. Daß ich ganz anders darüber denke, hat ihn nie überzeugt.

Friedo geleitet alle Neueintreffenden erst einmal ins große Wohnzimmer zu seiner Großmutter. Auf diese Weise wird Vera, die immer noch neben ihr auf dem Sofa sitzt, die ganze Familie kennenlernen, begleitet von den bissigen oder spöttischen Kommentaren von Tante Theresa. Zwei Sätze über Onkel Erik höre ich mit halbem Ohr. Sie sind ungerecht und wenig schmeichelhaft:

Um die Majorsecke wäre er nie herumgekommen. Und er erzählt noch immer die Kasinowitze seiner Leutnantszeit, lästert Tante Theresa.

Dabei hat Onkel Erik nie ein böses Wort über sie verloren. Im Gegenteil, er verehrt sie und hat sich immer für sie eingesetzt, wenn es nötig war. Er fühlt sich wie die Puten für den Zusammenhalt der Familie zuständig, nach dem Tod seiner Frau, unserer sehr verehrten Tante Martha, noch mehr als bisher. Er schreibt Briefe, macht Besuche und hilft bei der Organisation von Festen wie diesem heute. Er ist beliebt. Nur Berta und Thea, seine älteren Schwestern, haben immer etwas an ihm auszusetzen.

Der alte unfreiwillige Krieger hat gleich nach den verlorenen Schlachten und dem Untergang seiner Welt das Fähnchen der Überlebenden gehißt. Wir sind noch da, schnarrte er zuversichtlich. Das war damals, als andere ihre Verluste registrierten und bejammerten, eine beachtliche Leistung. Zusammen mit seiner Frau Martha war er für uns elternlose Kinder immer da, wenn wir ihn brauchten. Er hatte Zeit für uns, machte uns Mut. Man muß sich umstellen, verkündete er, wenn wir ihm in seinem Weinkeller halfen und dabei eine Probe aus grünlichen Gläsern zu uns nehmen durften. Er zwinkerte uns dabei so vergnügt zu, wie er es heute noch gelegentlich tut.

Er hätte das Gut in Pommern geerbt und für seine unverheirateten Schwestern bis an ihr Lebensende sorgen müssen. Verlorene Kriege haben auch positive Konsequenzen, scherzt er oft, die Schwestern sorgen jetzt, ohne zu klagen, für sich selbst. Wenn er beim Antiquar etwas Kostbares erwirbt, einen silbernen Leuchter oder eine Teekanne, die ihn an Zuhause erinnert, rechtfertigt er die unerhörte Geldausgabe mit seinem Heimweh. Ihr könnt euch gar nicht vorstellen, was mir alles fehlt, entschuldigt er sich.

Er ist ein Lebenskünstler. Mit seinem Kleinbus reist er im Herbst nach Südfrankreich oder Spanien. Er fliehe vor der Tristesse, gibt er zu. Sie überfalle ihn regelmäßig, wenn es bei uns kalt und grau wird und die Gespenster der

Vergangenheit auftauchen. Über seine Gespenster will ich ihn heute unbedingt ausfragen.

Toms Kinder haben sich sofort mit Margarethe und Hinrich in den Garten verzogen. Und ihre Mutter, Elisabeth, die Gute, kümmert sich wie immer um die Tanten.

Ich suche jetzt erst einmal Bernis Sohn und den Champagner, den er einschenken soll. Schlimm, daß ich seit Jahren überhaupt nicht an meinen Neffen gedacht habe. Ich weiß nicht einmal, was er eigentlich tut, Schule, Lehre, Studium – nichts weiß ich. Und Berni, sein Vater, mein alter Kumpan, ist mir auch völlig abhanden gekommen. Wenn wir heute diskret eine Sammelbüchse zugunsten von Berni & Sohn kreisen ließen, käme wahrscheinlich etwas zusammen. Ich bin schließlich nicht der einzige, der sich etwas vorzuwerfen hat.

Bernis überzogene Fistelstimme höre ich jetzt aus dem Nebenzimmer. Er erzählt Onkel Erik von Investitionen und günstigen Zinsen, dabei hat gerade er auf diesem Gebiet nie Glück gehabt. Immer wieder stürzt er sich mit naiver Begeisterung in neue finanzielle Abenteuer, die in Enttäuschungen, schlimmer noch, in Katastrophen enden. Wenn er unsicher wird, neigt er dazu, anzugeben und zu übertreiben.

Acht Prozent und todsicher! höre ich ihn ein Sonderangebot anpreisen.

Du weißt doch, Zinsen interessieren mich nicht mehr, unterbreche ich ihn, und schüttele ihm kräftig die Hand.

Er zuckt zusammen und fühlt sich ertappt. Er stottert verlegen von einmaliger Chance, und nun tut er mir schon wieder leid. Damit er sich hier nicht als einziger Versager fühlt, erzähle ich ihm von meinem zum zweitenmal aufgeschobenen Examen.

So ist das nun mal bei uns älteren Semestern, spotte ich. Nach den Sternen zu greifen, müssen wir uns wohl allmählich abgewöhnen.

Hier wird man doch jedesmal geprüft und verhört, beschwert er sich. Aber Ole, lenkt er ab, der machts richtig. Der nimmt, was er kriegen kann; der hat auch keine Hemmungen, Trinkgelder zu kassieren. Er weiß, was er will. Hast du Ole gesehen?

Sein Sohn ist sein ganzer Stolz. Ich habe von Bernis letztem oder vorletztem Versuch, wieder einmal eine neue Existenz zu gründen, gehört. Das Restaurant in mittelprächtiger Gegend florierte nicht. Für die erlesenen Wild- und Fischspezialitäten fanden sich zu wenige Gäste ein. Dabei hat Berni eine bemerkenswert feine Zunge. Aus dem Hobbykoch hätte sich mit Ausdauer, einigem Glück und möglichst der richtigen Frau ein erfolgreicher Profi entwickeln können.

Warum bist du hier? will ich wissen. Dumme Frage eigentlich, entschuldige ich mich gleich.

Ach, sagt Berni, genau wie du schau ich mir die Sippe von Zeit zu Zeit gern an. Nur so. Es gibt da ja auch Leute wie dich, die auch nicht gerade schnurstracks die Erfolgsleiter hochklettern. Tröstlich, für mich jedenfalls. Es gibt auch jedesmal Begegnungen wie von einem anderen Stern. Die Bahnen kreuzen sich, ich staune, ein paar Sternschnuppen blinken auf, dann geht man wieder auseinander. Man hat sich erkannt oder auch nicht. Was solls. Diesmal gab es noch einen anderen Grund: Ole wollte mit. Ich bin gespannt, wie er unseren Familienzoo findet.

Berni, Hans, Friedo und ich sind Vettern mit gemeinsamer Ferienvergangenheit. Zu unserer Forellenzeit wollten wir alle vier Förster oder Bauer werden. Unser Quartett löste sich auf, als Berni, kaum achtzehn, heiratete. Er war ohne Beruf, ohne Geld und bald auch wieder ohne Frau. Nur Ole, das Baby, behielt er und schlug sich allein mit ihm durch. Wo war da die gepriesene Familiensolidarität? Sie scheint vor schwarzen Schafen zu versagen. Aber Berni war anfangs nicht einmal schwarz. Er war nur hilflos. Aus Hilflosigkeit machte er gelegentlich krumme Touren und war dann für längere Zeit verschwunden. Auch ich habe ihm nicht geholfen, außer daß ich manchmal abends das Baby hütete, wenn er seinen dunklen Geschäften nachging.

Er legt jetzt freundschaftlich seinen Arm um mich und kneift mich dabei unsanft in den Überhang am Hosenbund.

Ganz schön angesetzt hast du, Alter, meint er ziemlich schadenfroh.

Irgendein Einverständnis ist zwischen uns geblieben. Zumindest kann er bei mir sicher sein, daß ich ihn nicht verurteile, daß ich mich nicht einmischen werde in seine Angelegenheiten.

Frischfleisch für Hunde und Katzen packe er jetzt ab und liefere selber aus, verrät er mir. Ein saumäßiger Job, die Einzelhändler und Privaten behandelten ihn wie den letzten Dreck. Er betrachtet voller Abscheu seine geschundenen roten Hände. Es sieht nicht danach aus, als würde Berni mit frischem Katzen- und Hundefutter ein reicher Mann. Doch Berni, der Hallodri von uns Vieren, sucht unbeirrt weiter nach einer Goldader.

Es dürfte auch eine Frau mit einem soliden Beruf und Rentenanspruch sein, lacht er und schaut unverschämt hinüber zu Vera.

Doch ich habe Vera nicht aus Berechnung geheiratet, wie Böswillige es vermutlich annehmen, weil ich kurz nach unserer Trauung bei der Bank gekündigt und mit dem Studium begonnen habe.

Komm doch mal wieder zum Essen, schlage ich vor. Wir könnten zusammen kochen und Vera überraschen.

Ihr wollt mich immer so aufdringlich retten, wehrt er ab.

Wir lachen beide über unseren letzten Versuch, ihn mit Veras geschiedener Freundin Manon zu verkuppeln.

Ihr habt gedacht, bei Kerzenlicht sieht man die Mängel

nicht, lacht Berni, aber daß eure Manon nicht gerade eine Beautée ist, blieb mir auch nach dem vierten Glas Beaujolais nicht verborgen.

Man täuscht sich eben manchmal, gebe ich zu. Gutgemeintes ist schließlich ein Wert für sich und keineswegs immer zum Scheitern verurteilt.

Tante Theresa hat vorhin zu Vera gesagt, in jeder Generation gäbe es ein paar Nieten, wenige Gewinner, viel Durchschnitt und ganz selten eine Schönheit. Sehr taktvoll fand ich ihre Bemerkung nicht, eher erbarmungslos. Ich kann mir denken, daß Tante Theresa Vera in ihrer exaktgestreiften Hemdbluse bestenfalls sympathisch und sonst unscheinbar findet. Wenn ich die kleine Margarethe nicht zähle, habe ich hier noch keine Schönheit entdeckt.

Doch nun tritt Nora auf und weiß genau, daß sie die Schönste ist. Ole stürzt sofort zu ihr und schenkt ihr ein, doch sie schaut über ihn hinweg, sie sucht ein geeigneteres Opfer. Sie hat Tante Theresa flüchtig begrüßt, Vera, Hans und Agnes beinahe kränkend ignoriert. Jetzt nimmt sie auf dem Sofa gegenüber Platz, wohlwissend, daß sich um sie sofort ein Kreis bilden wird. Bernie findet sich als erster ein.

Suchst du zufällig einen Art-Director, einen Product-Manager oder so etwas ähnliches? fragt er und grinst sie mit seinen nikotinverfärbten Zähnen an.

Sie lächelt eisig, doch Berni läßt sich nicht einschüchtern.

Nimm mich! empfiehlt er. Wenn man mich liebevoll einweist, kann ich alles.

Berni im modisch zerknautschten schlammgrünen Leinenanzug, violettes Hemd, zerraufte Haare über den Dakkelfalten der Stirn, Nike-Turnschuhe an den nackten Füßen – ich könnte ihn mir als Kuriosum durchaus in Noras lichtdurchflutetem PR-Studio vorstellen.

Du würdest mit ihm noch mehr Erfolg haben, empfehle ich Nora.

Doch sie kann nicht mehr scherzen, ihr Lachen ist weggestylt.

Macht ihr euch etwa über mich lustig? fragt sie wütend.

Zwei gegen eine ist gemein, beschwichtige ich. Was macht die Agentur, und was macht dein Privatleben?

Danke für dein Interesse, antwortet sie höflich-kühl.

Ich habe wohl einen zu plump-vertraulichen Ton angeschlagen.

Der Agentur geht es vorzüglich, Privatleben findet nicht statt. Sie dreht an ihrem Siegelring, den sie am Mittelfinger trägt, ein Erbstück von ihrem Vater und viel zu klobig für ihre schmale Hand.

Sie redet von Aktionen und gelungenen Präsentationen, von Etats, die sie nun auch noch bekommen wird, und von der Konkurrenz, die, gelb vor Neid, in die Knie gegangen ist. Vor fünf Jahren, als wir uns beim letzten Familientag trafen, hat sie das so ähnlich auch gesagt. Ich erinnere mich, wie wichtig es ihr war, mir ihre Werbestrategie genau zu erklären.

Dazwischen sind wir uns zufällig einmal vor der Börse begegnet, schießlich wohnen wir in derselben Stadt. Sie sah hinreißend aus in ihrem wasserblauen Kostüm. Die kurzgeschnittenen weißblonden Haare, die sonnengebräunte Haut machten sie viel jünger. Im Börsenkeller hätte ich mit ihr zusammen Aufsehen erregt. Doch ich hatte dort nichts mehr zu suchen. Ich war wieder an der Uni, was sie mit spöttisch-ungläubigem Lächeln zur Kenntnis nahm.

Man sieht's, stellte sie abschätzig fest und betrachtete meine ausgebeulten Cordhosen und die etwas zu enge Lederjacke.

Sie war immer die Ehrgeizigste unter den Kindern, Neffen und Nichten, die sich sonntags und auch sonst gelegentlich um Tante Marthas und Onkel Eriks runden Tisch, unserem damals allseits frequentierten Familienmittelpunkt in der Weinhandlung, versammelten. Sie wußte stets, was sie wollte. Vor allem selbständig sein, Geld verdienen, das Leben genießen, etwas nachholen, was sie in ihrer Kindheit entbehrt hatte. Sie sagte es nicht so banal. Reisen, Erfahrungen sammeln wünschte sie sich. Sie sei gierig nach Schönheit, bekannte sie und lachte herausfordernd, weil wir sie verständnislos ansahen. Nach oben wollten wir schließlich alle, aber gierig nach Schönheit?

Nora hat keine Umwege gemacht. Von uns allen erreichte sie als erste ihr Ziel. Wir Vettern haben sie bewundert, als sie uns zur Eröffnung ihrer eigenen Agentur einlud. Ihr Porsche Carrera stand als Beweis für ihren Aufstieg vor der Tür.

Sie hat Stil, sagte Tante Martha anerkennend, während sie die beiden kahlen Räume mit den Plakaten in silbernen Rahmen an den weißen Wänden in Augenschein nahm. Die mindestens vier Meter lange hellgraue Schreibtischplatte aus geschliffenem Granit war leer, bis auf die italienische Lampe, die warmes gelbes Licht verbreitete, und die blauschillernde flache Schale aus Muranoglas, in der drei goldene Kugeln, groß wie Ping-Pong-Bälle, lagen.

Wir mischten uns unter ihre Kunden, diese Jungmanager in Tweed- oder Seidenjacketts über ihren Designerjeans. Nora verteilte ihre Gunst sparsam. Sie spielte Gefühle, doch ihre Berechnung war nicht zu verbergen. Sie weckte Erwartungen und nutzte die Spannung aus. Berni nannte sie Schneekönigin. Er war überzeugt, daß ihr Herz tiefgefroren war, nicht mit normaler Kühlschranktemperatur, sondern mit hundertneunzig Grad weißnebliger Nitroglyzerinkälte.

Ich bemühe mich noch immer, eine gemeinsame Nacht mit ihr aus meinem Gedächtnis zu streichen. Für mich war es kein Erfolg, geschweige denn ein Genuß. Nora indes würde diese Nacht niemals als Niederlage bezeichnen. Enttäuschungen läßt sie gar nicht erst an sich heran. Wir haben nicht einmal zusammen gefrühstückt. Vielleicht hat Berni ähnliche Erfahrungen mit ihr gemacht.

Die feinen Linien um ihren Mund sind ein wenig schärfer geworden. Für ihr Make-up braucht sie jetzt gewiß mehr Zeit. Aber schön ist sie geblieben. Allerdings: Schönheit wäre ihr zu unbestimmt. Attraktiv ließe sie gelten, faszinierend wäre ihr lieber. Über diesen Unterschied haben wir einmal ein langes törichtes Gespräch geführt, während sie ihren Porsche mit hundertachtzig über die nächtliche leere Autobahn jagte. Erik hat sie einmal als die einzige Orchidee in unserem eher biederen Familienbukett bezeichnet. Ich bin sicher, sie wird auch heute alles abwehren, was an tiefere Schichten rühren könnte. Sie läßt sich bewundern, nimmt die Aufmerksamkeit, die sie erregt, wie selbstverständlich entgegen.

Ich werde sie mit Vera bekanntmachen. Manchmal ziehen sich Gegensätze an.

Für Alex habe ich einmal geschwärmt, sagt Nora zu Vera, als stünde ich nicht neben ihr. Ein charmanter Traumtänzer. Und er sah fabelhaft aus. Als Banker konnte ich ihn mir nie vorstellen. Doch das ist ja vorbei, und seinen Bierbauch hat er sich offensichtlich schon merklich abgehungert.

Sie ist so direkt und verletzend, daß ich nach Luft schnappe und nur hilflos lächle.

Profitierst du von seinem Philosophiestudium? wendet sie sich weiter an Vera, oder holt er nur auf deine Kosten seine Jugend nach?

So schnell ist Vera nicht zu kränken. Vielleicht werde ich auch einmal etwas anders machen, raus aus dem Labor und nichts mehr mit Chemie. Dann ist er dran, lächelt sie.

Ideale Partnerschaft, lobt Nora, beneidenswert geradezu.

Sie will wissen, wie Vera die Familie findet.

Interessanter als ich gedacht habe, antwortet Vera kurz. Ein Kontrastprogramm, nicht wahr?

Ich weiß es gelegentlich zu schätzen, pflichtet ihr Nora

bei. Keine Konkurrenten, keine Kunden, ganz verschiedene Menschen, zu denen du, wenn du willst, ohne langen Anlauf Zugang findest. Allerdings ist für mich der Abstand schon aus Selbsterhaltungstrieb wichtig. Familie mündet leicht in Familienpflichten. Nein danke, nichts für mich.

Hast du schon bemerkt, fährt sie fort, daß hier jeder seine Zirkusnummer vorführt? Ich spiele wie immer die Powerfrau. Werbung und Erfolg gelten hier als Synonym. Ständig werden Hochglanzbroschüren mit der Wirklichkeit verwechselt.

Tante Theresa winkt uns gebieterisch heran. Lange hält es niemand in ihrer Nähe aus. Selbst Agnes hat sich mit ihrem Sabberbaby ins nächste Zimmer zu den Puten verzogen. Nur der geduldige Hans harrt brav neben der alten Eule aus. Für Nora hat Tante Theresa ein Faible. Sie möchte unbedingt mit ihr ins Gespräch kommen.

Was gibt es Neues bei dir? fragt sie über den gläsernen Couchtisch hinweg.

Nichts, was du hören möchtest, sagt Nora spitz, kein Heiratskandidat, kein Eigenheim, kein Rassehund. Bei mir gedeiht nur die Agentur. Ostern habe ich auf deinen Spuren in Rom verbracht.

Tante Theresa horcht auf. Auf meinen Spuren? fragt sie. Sie hat dort ein paar Jahre gelebt. Die glücklichsten meines Lebens, versichert sie regelmäßig.

Außer Andeutungen wissen wir nichts über diese Zeit. Eine Affaire, vermuten die Puten anzüglich und neidisch. Sie haben gewiß nichts dergleichen erlebt.

Nun werden Tante Theresa und Nora eine Weile in Rom bleiben, die Straßen und Plätze nennen, die ihnen vertraut sind, den unvergleichlichen Espresso loben und das schwarze Eis auf der Piazza Navona. Ich verziehe mich unauffällig, ich möchte Rosi wiedersehen.

In der Küche finde ich sie endlich. In einem Strickkleid, das genau die Farbe ihres rostrot gefärbten Haares hat, hockt sie blaß und erschreckend dünn auf dem einzigen freien Stuhl, den der Partyservice nicht mit seinen Plastikcontainern und Edelstahltöpfen besetzt hat. Als ich sie umarme, spüre ich ihre Schulterknochen, ihre zerbrechlichen Kinderarme. Ich knie vor ihr nieder, damit wir in Augenhöhe reden können. Wie geht's? kommt mir nicht über die Lippen. Ich sehe ja, wie es um sie bestellt ist.

Schön, daß du hier bist! Toll, dieses Rot! Ich möchte etwas sagen, was ihr Mut macht. Sie wirkt so verloren in diesem Durcheinander von Geräten und verpackten Speisen. Aber wo anknüpfen? Das letzte Mal haben wir uns vor fünf Jahren in einem kahlen Krankenzimmer der Psychiatrie gesehen. Sie konnte bei meinem Anblick nur weinen. Bring mich hier raus! flehte sie. Aber das wagte ich nicht. Wohin sollte ich sie auch bringen? Zu Martha und Erik, ihren Eltern, von denen sie sich schmerzlich und voller gegenseitiger Vorwürfe getrennt hatte? Zu ihrem Freund, der nichts mehr von ihr wissen wollte, nachdem sie in diese verzweifelte Traurigkeit gesunken war?

Berni war es, der sie tatsächlich bei seinem Besuch herausgeholt hat. In seinem besten Anzug machte er einen vertrauenswürdigen Eindruck. Bei mir, ihrem Lieblingsvetter, ist sie gut aufgehoben, hatte er den Ärzten versichert. Schließlich war sie freiwillig in die Klinik gegangen, sie konnte sie also auch auf eigene Verantwortung wieder verlassen.

Natürlich war Berni mit Rosis Rettung überfordert. Aber er hatte es im Gegensatz zu mir zumindest versucht und ihr alles angeboten, was er besaß. Allerdings war die winzige Zweizimmerwohnung mit Blick auf einen engen Hinterhof nicht gerade geeignet, Rosi aufzuheitern. Immerhin, er versorgte sie und ließ sie nicht im Stich. Rosi schmiedete wieder Zukunftspläne. Daß die, nicht zuletzt bestärkt durch Bernis Phantasie, abenteuerlich wurden, hat sie vielleicht vor weiteren Depressionen gerettet.

Rosi ging nach Borneo. In der Missionsstation hauste sie in einer Schilfhütte. Fern aller Zivilisation brachte sie den Einheimischen Lesen und Schreiben bei und heiratete den Missionar – weil sie Trost in der Einsamkeit brauchte, so habe ich es mir jedenfalls erklärt. Sie kam allein zurück.

Jetzt lächelt sie mich verlegen an: Mutig, nicht wahr? Ich fühle mich selber verwegen, daß ich mich in diese Familienarena wage. Aber so habe ich es schnell hinter mir, kann die Fragen selbst beantworten und lasse Gerüchte erst gar nicht aufkommen.

Kann ich dir helfen? stammle ich, doch sie fällt mir ins Wort.

Du willst natürlich auch wissen, was ich jetzt mache. Das Kleid zum Beispiel habe ich mir von meinem ersten selbstverdienten Geld gekauft. Ich unterrichte Deutsch für Ausländer und gebe Nachhilfestunden in Englisch. Mach dir keine Sorgen, ich komme zurecht. Fünf Jahre Borneo waren ein gutes Überlebenstraining.

Tapfer, sage ich, aber das will sie nicht hören.

Könnt ihr mich nicht mal so nehmen, wie ich jetzt bin: normal, ganz normal?

Ich nicke verlegen. Vielleicht sollten wir uns wieder wie früher häufiger sehen, schlage ich vor.

Zum Tee, ich lade dich zum Tee ein, sagt sie feierlich und zieht aus ihrer Handtasche eine Visitenkarte hervor, auf der auch die Telefonnummer steht.

Ganz offiziell zum Tee, bestätige ich, sag, wann es dir paßt.

Friedo kommt herein, hockt sich ebenfalls vor Rosi und stößt mich dabei beinahe um.

Röschen, flötet er, du siehst hinreißend aus.

Du mußt mir nichts vormachen, wehrt sie ab, den Blick in den Spiegel halte ich schon längst wieder aus.

Jetzt geht es gleich los, verkündet er, nachdem er sich vergewissert hat, daß der Partydienst mit seinen Vorbereitungen fast fertig ist. Krebsschwänze in Dillsoße, gab es das bei euch im Urwald?

Schlangen, nur Schlangen, kontert Rosi, aber auch die kann man nach Feinschmeckerart zubereiten, wenn sie tot sind.

Friedo und Rosi haben sich nie besonders gemocht. Ich kann nicht alle meine Vettern lieben, hat Rosi einmal in komischer Verzweiflung gesagt. Mit Hans und Berni gab es nie Probleme, mich hat sie wohl als harmlosen Langweiler eingestuft.

Möchtest du Vera kennenlernen? frage ich und stehe auf. Es lohnt sich, sie ist wirklich meine bessere Hälfte, versichere ich. Und sofort zweifle ich, ob die beiden einen Ton miteinander finden würden: Rosi, die naiv und schnell entflammt ist, und Vera, die Kühle, Überlegene.

Ich ertappe mich, daß ich möglichst alle aus meiner Generation in einen von Vertrauen und Zuneigung erfüllten Kreis hineinziehen möchte. Zugegeben, ich habe ein starkes Bedürfnis nach Harmonie. Forellengefühle, nennt Vera das. Aber sind Forellen nicht eigentlich Jäger und Einzelgänger?

Gabriele schwingt eine silberne Glocke: Bitte zu Tisch!

Ihr Vater, der alte Wenger, ist endlich erschienen. Ein wettergegerbter, gebeugter Mann, der sich schwer auf seinen Stock stützt und nicht gerade redselig ist. Wie immer muß er zwischen den Puten sitzen. Die übernehmen gern die Konversation und freuen sich über einen höflichen Zuhörer.

Vor ein paar Wochen hatte ich den alten Wenger in seiner Jagdhütte besucht, wo er den Sommer über allein haust, nur mit dem Notwendigsten versehen, geradezu primitiv. Den Wald im Rücken, den See vor mir, was will ich mehr, sagte er.

Früher soll er ein großer Nimrod gewesen sein. Jetzt macht ihm die Jagd immer weniger Spaß. Er fühle sich einsam auf dem Hochsitz, hat er gestanden. Seit Jahren habe er nichts mehr geschossen. Er scheue sich abzudrücken.

Ich wollte mit ihm über die Zeit sprechen, die Onkel Erik als dunkle Schatten seines Lebens verschweigt. Der alte Wenger würde bei diesem Thema weniger wortkarg sein, hoffte ich. Ich sammle authentische Auskünfte für meine Diplomarbeit.

Ich weiß, daß der alte Wenger sein Geld mit Immobilien verdient hat. Gleich nach dem Krieg war er dabei, die richtigen Trümmergrundstücke aufzukaufen. Gebaut hat er auch während des Krieges, Straßen, Bunker, was man eben so brauchte. Aber er redet ebenfalls nicht gern über diese Zeit. Es war mein Fach, sagte er, und ich brauchte nicht an die Front.

Nachdem seine Frau gestorben war und Gabriele ihm den richtigen Schwiegersohn vorgestellt hatte, zog er sich von seinen Geschäften zurück. Es blieb genug übrig für die einzige Tochter, und gelegentlich kann er Leuten wie Hans und Agnes beim Start helfen. Wiedergutmachung, nennt er das. Was er damit gutmachen will, verschweigt er.

Hans hat mir erzählt, daß er und Agnes das Geld für das Glashaus und den Lieferwagen vom alten Wenger zinslos bekommen haben. Er sitzt gern bei uns auf der Bank hinterm Haus, sagte Hans, schneidet Bast zum Aufbinden oder repariert Pflanzkästen. Bei uns kann er sich nützlich machen, beteuerte er. Als erstes geht er regelmäßig zu unseren Regenwürmern. Zwanzig von dieser Sorte genügen schon, um einen Komposthaufen in wenigen Wochen durchzuarbeiten. Ein Glück, daß sie sich rasch vermehren. Seit wir die nützlichen Biester in einer Gartenzeitschrift angeboten haben, ist die Nachfrage groß.

Damit verdient ihr Geld! wundert sich der alte Wenger jedesmal und zählt sorgfältig ab, ehe er die Würmer in feuchte Erde packt und zum Versand in einen luftdurchlässigen Behälter steckt. Wenn Agnes Spinatauflauf oder

Reispudding auf dem Speiseplan hat, bleibt er immer zum Essen, spielt mit dem Baby und hilft hinterher, die Küchenkräuter umzutopfen. Er sei ein verhinderter Gärtner, sagt er.

Die Tischordnung hat bestimmt Friedo gemacht. Erik muß wie immer neben Tante Theresa sitzen. Beide schwärmen für die besten Lagen französischen Rotweins und verachten die Konkurrenz aus Südafrika, Australien oder dem Nappa Valley. Was sie sonst verbindet? Viel mehr als die Fähigkeit, das Leben »trotz allem« zu genießen, ist es wohl nicht. Beide fühlen sich als die letzten ihrer Generation. Haltung nennen sie es, was ihnen geholfen hat, Schicksalsschläge zu überstehen. Tante Theresa hatte den Tod ihrer beiden Ehemänner und ihres einzigen Sohnes zu beklagen. Erik vermißt seine Frau Martha und leidet unter der Entfremdung seiner Kinder. Ich bezweifle, daß sie ihre verletzten Gefühle voreinander eingestehen. Haltung eben, Abschottung – so haben sie es gelernt, so haben sie überlebt.

Rosi hat einmal geklagt, daß sie den Panzer, den ihr Vater sich zugelegt hat, nicht durchbrechen könne. Ich sitze heute neben ihr, Friedo meint es gut mit mir. Vielleicht wird sie mir etwas von Borneo erzählen. Aber ich wäre auch glücklich, wenn sie mich teilnehmen ließe an ihrem jetzigen Leben: Deutschunterricht für Ausländer oder Alleinsein in einer Zweizimmerwohnung im Neubaugebiet.

Der Partydienst serviert routiniert ein Gericht nach dem anderen. Ole kommt mit dem Nachschenken kaum mit. Frascati zu den Krebsschwänzen, Beaujolais zum Rehrücken, Traubensaft für die Kinder und immer wieder Mineralwasser. Was mag hinter seinem verschlossenen Gesicht vorgehen? Ob er diesen Hilfsdienst gern übernommen hat? Zumindest die Kinder am Katzentisch könnten sich selbst bedienen.

Einer fehlt, stellt Rosi fest.

Und außer dir und den Puten verschweigen wir ihn alle, denke ich. Hoffnungslose Fälle haben bei Familienfesten nichts zu suchen. Daß Franz sich selbst im Abseits versteckt, ist eine andere Sache. Nur sein jüngster Bruder Jan weiß, wo er jetzt wohnt; und der mußte versprechen, niemandem die Adresse zu geben.

Auch Rosi wollte er nicht sehen. Die letzte Station bringe ich allein über die Bühne, hat er Jan erklärt. Der geht mindestens einmal in der Woche zu ihm, bringt ihm frische Wäsche, Obst und Konserven – und Geld für den Stoff. Auch wenn wir uns alle an den Kosten beteiligen, wird es kaum ausreichen. Er braucht ja immer mehr.

Keiner konnte mir bisher erklären, wie Franz in diesen Teufelskreis hineingeraten ist, sagte Rosi. War es wirklich nur Protest gegen die Familie, die Eltern, vor allem gegen Mutter mit ihren Erwartungen und Forderungen, unter denen wir alle gelitten haben? Und warum habt ihr es alle so spät gemerkt?

Ich weiß es auch nicht, gab ich zu. Franz war unter euch Geschwistern wohl immer der Einzelgänger, ein Rebell, dem die Kraft zur Rebellion fehlt. Vielleicht betäubt er sich deshalb mit Drogen.

Ich habe Jan einen Brief mitgegeben, aber Franz hat nicht geantwortet, sagte Rosi. Es bedrückt mich, ich bilde mir ein, ich könnte ihm helfen. Erfahrungen mit der Vorhölle habe ich schließlich auch.

Erst als die Polizei ihn als Dieb in Marthas Büro ertappte, kam es an den Tag, erinnere ich mich. Drei- oder viermal war er dort eingebrochen und hatte jedesmal die Tageskasse, dieses blaue verschließbare Metallkästchen, mitgenommen. Es muß für Erik und Martha ein schlimmer Schock gewesen sein. Sie schickten ihn in eine Klinik, aber nach seiner Entlassung blieb er nicht lange clean. Gestohlen hat er dann woanders. Zugegeben, ich kann Franz nicht verstehen. Und ich kann auch der näheren Familie nicht die Schuld an seinem Unglück geben. Was war denn so schrecklich an Marthas Erwartungen? Und wurde der Druck, den sie vielleicht manchmal ausübte, nicht vielfach aufgewogen durch ihre Herzlichkeit, ihre Fürsorge? Warum sollen die Starken in einer Familie immer verantwortlich gemacht werden für die Schwächen der anderen?

Ich kam nicht dazu, meine Gedanken laut auszusprechen. Rosi wäre vermutlich nicht einverstanden gewesen. Aber jetzt klopfte Onkel Erik an sein Glas: Das Loblied auf die Familie, wie gehabt. Zwei, nein drei dieser beispielhaften Gemeinschaften waren ja immerhin heute in Friedos »Hütte« versammelt. Mit seinem ältesten Sohn Tom und seiner idealen Frau Elisabeth fing Erik an. Erfolgreich und intakt, lobte er, und die Kinder selbstverständlich vielversprechend. Für Friedo und Gabriele und deren Nachwuchs suchte er Variationen. Vortrefflich, ja wirklich vortrefflich, was die auf die Beine gestellt hatten, dank väterlicher, beziehungsweise schwiegerväterlicher Hilfestellung. Hans und Agnes fand Onkel Erik tapfer, wie sie sich mit Kräutern und Regenwürmern wacker durchschlugen. Wir anderen gaben immerhin zu Hoffnungen Anlaß. Optimist muß man sein, wenn man den Lauf der Dinge in einer Familie verfolgt, sagte Onkel Erik, und damit hoch, hoch lebe sie, die Familie!

Wir klatschten, bis der Nachtisch serviert wurde: Schokoladenparfait mit Orangensoße.

Quellennachweis

Die Erzählungen »Ein Leben lang Liebe«, »Rosa Nelken«, »Tiefes, ruhiges Blau«, »Gut versorgt«, »Unsichere Liebe«, »Loslassen«, »Erinnerung, begraben in struppigem Gras«, »Nachsaison« und »Liebe, lebenslänglich« wurden 1998 in dem Band »Liebe, lebenslänglich« erstmals abgedruckt.

Die Erzählungen »Das Gewitter hat sich verzogen«, »Jack und die zwei Schwestern«, »Fischmann«, »Einmal um den Block« und »Doppelpack« erschienen zwischen 1999 und 2001 in der »Frankfurter Allgemeinen Sonntagszeitung«.

Alle anderen Texte sind Erstveröffentlichungen.